花漾心計

WAR
OF
THE
FLOWERS

明星煌——著

青春失樂園——《花漾心計》推薦序

文／台灣大學中文系副教授　卓清芬

學期進行到一半，繳交期中報告的那天，星煌走到講桌邊問我，他可不可以晚一點交？「小說都寫好了」，他急急的說，「但是，我把它送到影印店去裝訂了。我希望它有更完美的呈現。」課程的期中報告讓學生寫和古典詩詞有關的小說創作或是散文，篇幅不拘。兩週後，我看到一本裝幀精美的小書，設計過的版面，封面、紙質光潔到讓我捨不得下筆批改，怕會破壞了那份完美。這是第一次，我看到星煌在寫小說的才華之外，有那麼一點點的自我執著和自我要求。

然後，就是這本《花漾心計》了。

一開始寫作就挑戰長篇小說，實在很讓人佩服他的勇氣。「我想要當一個作家。」星煌的眼神溫和而堅定。聊起我們在年少時期風靡的瓊瑤小說，或是時下以清朝宮鬥為背景的流行小說，他眼睛一亮，如數家珍。但是，《花漾心計》卻不是夢幻的愛情故事。雖然故事背景設定在高中校園，有俊男美女，鋪展愛情和友情的多角關係，也有豪門恩怨牽扯出的身世之謎，更有同學之間勾心鬥角的嫉妒報復。在看似波瀾起伏的情節之下，埋藏在底層的卻是星煌所譜寫出來的一曲悲歌——致青春，致青春失樂園。

小說的男主角白子都，一如其名，是一個不願沾染世俗塵埃的美男子，在桐城高中的東苑守護著圍繞在他身邊的美麗女孩，就像賈寶玉一樣。桐城高中既非銅牆鐵壁，自然抵擋不住邪惡勢力的入侵。人性的卑劣，在老師帶人抄檢東苑時淋漓盡致的展現。一如大觀園，在王善保家的帶頭抄檢之後，也就失去了庇護的作用，潔淨遭受汙染，秩序遭受破壞，終至走向青春樂園的喪失。

然而，星煌還是悲憫的，他沒有讓他筆下的人物自我毀滅，保留了在艱困處境中人格的自我堅持和高尚的品質。甚至，有時候我會有一種錯覺，白子都就像是星煌一部分的化身，以清冷孤高的氣質，俯瞰著芸芸眾生。《花漾心計》是星煌初試啼聲之作，如初發芙蓉，相信隨著時間的醞釀，會有蓮實收成，值得期待。

《花漾心計》推薦序

文／台灣大學中文系副教授　林永勝

本人是明星煌的導師，從日常與課業的接觸上，深知他的古典文學浸潤十分深厚，造字遣詞也相當具有功力，是台大中文系不可多得的高材生。明星煌將其剛完成的小說創作請我試閱，我在閱讀完後覺得非常愉快，也讓人勾起許多青春與校園的回憶，故大力推薦此書給有興趣的讀者。

本書的書名是花漾心計，明星煌告訴我說大概是個青春版的甄嬛傳，但我閱讀後，又覺得頗有不同。作者因為仍是大學生，所以使用的語言與意象都跟台灣現在的校園文化十分貼近，整體行文偏向輕鬆幽默的風格，讓人讀起來不會有壓力，而能藉由明星煌的文字，沈浸在校園與花漾少男少女的氛圍中。小說的主軸當然跟各種的情感有關，如愛情、友情等，但作者使用「心計」作為書名，因為人與人的相處，其實正是心跟心的遇合，只是因為每個人的個性、成長背景、重視的事物各不相同，因此心與心遇合時就會有各種的考量與姿態，從而產生傾慕、追求、排拒、逃避、還有心與心的交疊。這其實大概是每個人在花漾年華中必然會經歷的過程，所以讀起來，一邊能感受著當下校園的青春氛圍，一邊也能讓人產生許多懷想，這也是這本小說的成功之處。

當前大學的相關科系中，文學創作的風氣並非不盛，但通俗文學的創作則較為少見。這是因為受到一些前代典範文學的影響，因此多數的創作都投向文學獎評審會欣賞的形式，用繁複的文字技巧與意象，表達一些隱微而難言的感觸，但卻與大部分讀者的生活與情感是有距離的，也使得讀者多轉而去閱讀一些譯自外國的輕小說。但每個時代本來就有不同的文化背景與社會環境，明星煌用他的筆觸，把這個時代的校園生活、年輕人的語言、以及心靈的實態呈現出來，其實也是在參與一種新的文學典範的塑造。也很希望他能繼續有更多的創作，讓讀者在閱讀後也能夠跟書中的人物一樣，心靈都能更加豐富而完整，故本人大力推薦此書。

《花漾心計》推薦序

文／台灣大學中文系副教授　高嘉謙

「出名要趁早！」這是張愛玲的名言，大概也是任何一個具備寫作才華和企圖心的作者，隱約放在心裡的念想。然而，不是人人有此際遇，更重要的，還是寫作者對寫作這件事的態度和準備。當年在上海淪陷區寫作的張愛玲，面對的是戰爭打到眼前，都市的繁華與文明隨時可能崩壞的隱憂，那是時間焦慮的存在感。對於寫作而言，出名變成一種面對生命的選擇。而長期處在新舊生活夾縫的張愛玲，走出家庭紛擾和親情磨難，養成的早熟與敏感，也讓她及早把握了那個時代的感覺結構。箇中的天分和機運，到底成就了中國現代文學光譜上亮眼的明星。

明星煌出身臺灣大學中文系，正統的中文系訓練不一定教他寫作，卻可能給了他一個感受和深入文學的氛圍。如同每一個待過中文系的學生，多少都是文青角色，難免都有過寫作的夢，或想像自己的第一本創作。但如何找到一個合適的出手時機，讓作品登場面世，除了寫作實力，很難不談機運。當明星煌很有自覺的選擇以《花漾心計》作為處女作，告訴我們一個更貼近青春生命的故事，年輕世代面對原生家庭的煩惱，戀人同儕間的感情糾葛，他張羅的校園日常，已可以視為他經營把握的感覺結構。儘管不脫類型寫作的套路，但到底是年輕寫作者的第一個長篇，一個在臺大校園歲月裡，完成的描摹和窺探世界的方式。

每個寫作者都會有自己的起點。當年張愛玲處身的上海也是一個為雜誌賣文，走入市場的時代，卻無礙她過早完成的知識準備和世故體驗。但寫作者的起手式，往往也露出底細。那是可預測的門徑路數，還是預告了蘊積的潛力和能量，他日自有分曉。我祝福明星煌在花漾時序裡，為自己留下的「心計」，計量著自己在寫作路上的登場發光，也不忘掂度著寫作的初衷。同時也期待明星煌的「心計」放在一個更大的寫作世界，在可預見的未來，告訴我們各種的故事和可能。

《花漾心計》推薦序

文／台灣大學中文系教授　陳昭瑛

明星煌曾在大一時修過我的課，如今即將畢業。這位對瓊瑤世界深深著迷，也擁有瓊瑤小說中男主角的靈氣與帥氣的大男生，一直令我印象深刻。在畢業前夕，他完成了這本小說，希望我能寫一篇序。作為一位看著他長大的老師，我很高興有機會參與他人生中的重要時刻。

五月是忙碌的季節，日本關西大學之行、期中考卷的批改、期末作業的面談一波波襲來。偷閒閱讀這本小說，有時在九重葛紫紅花影斑爛的宿舍窗前、有時在位於靜謐古老建築內的研究室、有時在往還日本、台北的飛機上，我一次次看到年輕生命力的淋漓揮灑。這本小說文字優美，處處可見古典詩歌的巧妙運用；人物描寫細膩，個個外型亮眼、性格鮮明。然而或許是年齡的差距及對「青春小說」的陌生，閱讀中有時有目眩神迷之感。人物關係錯綜複雜，情節充滿衝突與奇情。有時如瓊瑤小說般情意纏綿，有時如金庸小說般俠氣逼人。偶而又遊走於暴力與色情的邊緣，這是青春小說的基本元素？或是高中生活的真實反映？我這老教書匠不禁自嘆落伍了。

最可貴的是小說中對友情的頌揚，以及對今昔對比之滄桑感的刻畫。雖然是熱戀的年紀，卻能體察友情的溫潤；雖然青春正盛，卻懷有老靈魂般的智慧。小說後段回到了開頭的情境：主角子都與三位女性好友的互動。歷經了校園中一些有心人士的爭權奪利，無數男女同學間的感情糾葛，這一群主要角色痛惜清純歲月中早熟的心計，懷念逐漸消逝的花漾年華。他們恢復昔日的寧靜生活，子都打開的珠寶盒裝滿如寶石般璀璨動人的青春記憶，三位女孩分別戴上子都從珠寶盒取出的戒指，這是記憶的魔戒，也是友情的魔戒。他們決定將高中生活的點點滴滴牢牢記住，不論曾經多麼傷痛，多麼迷亂，就像子都想望的，他們想要「一輩子停留在青春時代」。青春時代的友情勝過任何時期的友情，因為「友情是一種成長記憶，一種生命中的勇氣，無關情愛的純粹佔有」。

在眾多以愛情為主題的青春小說中，這本以友情為主題的小說令人耳目一新。作為明星煌中文系的老師，我更高興看到中國文學的養分滋潤了這一小說園地的土壤，也期待這一園地還將繼續長出既青春又復古的纍纍果實。

目次

花漾01

常言道：天要下雨跟金正恩要試射飛彈一樣——沒人管的著，但偉大的上天挑人進退兩難，放眼一片平坦無物的時刻，嘩啦啦的下起大水，難免讓人頗有微詞。

彈珠大的雨滴磅礡的砸下來。

白子都挺直腰桿的撐著傘，彷彿天空灑下的是鹽酸，碰到一滴衣服就會嘶嘶的燒出一個洞。他穿著訂做的直筒褲，黑中透著暗藍的顏色，規矩但不失好看。白色的襯衫在他身上很潔淨，整個人散發清秀的書卷氣質。

深黑色瀏海斜在眉毛上方，他一雙長長睫毛對著大雨顫動，同時對身旁焦躁的薄艾問：「我們現在是回去教學大樓，還是奮不顧身的衝去咖啡館跟和玉她們碰面。」

子都和薄艾位在學校停車場，是教學大樓與後門之間的中央地段。不管他們選擇哪個方案，只要腳步一動基本上衣褲就淪陷了。

子都嘗試挪步轉身，結果一陣妖風呼巴掌似的襲來，雨傘頓時掙脫束縛，在空中翻滾兩圈落地後迅速成為一個倒扣的盛水姿態，不悲不喜。

他縮到薄艾傘下。

薄艾的右側全濕，制服溼答答貼緊肌膚，肩上還掛著兩個滴水的帆布袋。雨傘這時候只提供心靈上的慰藉。

雨下的淒厲，彷彿素貞姐又來水漫金山。

在淅淅瀝瀝的雨聲中，悶著一道囂鬧聲傳到子都耳裡。

「妳有沒有聽到甚麼聲音？」

「有。」薄艾動作謹慎，模樣像是要從口袋掏出一顆手榴彈。

她按下通話鍵，聽見和玉乾爽的說：「你們要來了沒？這裡的人多到要把空氣抽乾了，外面又下起好大的暴雨……」

「我們只有一支傘，行動非常困難。」

「需要我過去幫你們嗎？」

「太好了，順便開一艘諾亞方舟過來。」螢幕微弱的光芒熄滅，薄艾把手機塞到胸前口袋。

「不管了，我們迅速的前進吧。」薄艾鼓舞的說。

子都嘆了一口氣。兩個人亦步亦趨的向前挪動。

小爆炸般的雨聲中，子都還是聽見怪異聲響，但薄艾一心只想趕快脫離這個潮濕的鬼環境，沒有反應到即將映入眼簾的畫面。

三個字一句話的國罵清晰地傳入他們耳朵。

他們拐了彎，後門敞開的地方約有十幾個面目兇惡的人對立著。一邊是身穿桐城高中制服，另一邊則是兇眉惡眼的混混。眼下的場面俗稱打群架，刑法稱群眾鬥毆。

子都和薄艾面面相覷，但談不上驚嚇。

桐城高中本身就是一所龍蛇雜處的私校，學生中雖不乏政要子女、財團三代、勤謹用功的學子一類，但另一種問題學生雖然不比北市「東南西北」四校那樣驚悚，但也有一半糟糕。

比如倪子風就是其中一個。

那群人裡身形最高拔顯目的，就是倪子風。

積雲滲透出的光線打在他的臉上，一雙濃密的眉毛是近黑的棕色。他格外嚴肅的發狠向對方喊：「我保證，我會把你們打到連你媽都認不出來，並且連隔壁的老王也認不出來。」

從以貌取人的觀點出發，倪子風的臉就是醫美追求的最高目標。濃眉大眼不說，渾然天成的挺鼻足以讓一群玻尿酸偶像憤恨的扭斷鼻樑，扔到地上大喊：「給我捏出他的。」

但他相當暴殄天物，掛著一張偶像的臉，行徑卻比青春期的狼人還要兇殘。

子都最新一次聽到他的消息，是他和高三學長衝突時不經意把人的手臂撕扯下來。和玉的言語向來是浮誇了一點，但是學長的診斷報告是粉碎性骨折，還因為惶恐舉報會遭報復而不敢張揚。

在叫囂聲中對方混混甲舉著一把鐵尺衝向倪子風。

牆邊一個人影冒了出來——雷震霍。他和子都、薄艾同班。跟倪子風的關係就是羅賓與蝙蝠俠，不過在子都的世界觀裡他們倆就是狼狽為奸的好拍檔。

他敏捷的側腿一踢，那個混混像一個鐵罐甩到門邊。

這一踢煽動了劍拔弩張的緊繃，打得越來越不可開交。

一般來說打架是這樣的，打的人深陷其中，看的人酣暢淋漓。但打架對於子都來說就是一群男人用四肢在演繹蔡依林的〈舞孃〉，反正都有人被旋轉，有人在跳躍，當然也有人閉著眼。

子都扯了薄艾袖子，暗示她該走了。

「可是震霍在裡面，我們難道見死不救！」

「當然是找教官來處理，這種事我們別去蹚渾水。」子都瞪大眼睛，心裡祈禱她千萬不要燃燒俠女精神。「妳立刻給我收起心裡的熱血沸騰。」

薄艾認同似的盯著他，用力頓頭。

還好！子都心想。

下一秒薄艾手作話筒狀大喊：「教官來了。」

子都站了起來四處張望，納悶的問：「教官在哪？」

「沒有教官啊。」薄艾分外從容。

再一次的四目相接，子都沉痛地閉上眼。

薄艾把傘交到他手中，「你趕快去找人幫忙，不要待在這裡危險，唔！這先給你。」她把帆布袋掛在他肩上。

薄艾捲起有一條紅碎格紋的短袖，大義凜然的衝進戰場。

在女孩都在迷戀韓國oppa的年紀裡，薄艾則是對著海報上一襲長衫的英雄，率性的喊：「我要打十個。」

子都一直很頭疼薄艾的勇武，她雖然不比姿靜那麼美，但也還是個花漾的少女啊。他多盼望她添一點和玉的傻氣怯懦，或者姿靜的飄逸平和，無奈這大概對有紅黑一線跆拳資格的女孩是種奢求。

論薄艾的實力，對付混混就是折吸管般的愜意。但子都看她跟震霍被團團惡煞圍住，心裡還是七上八下的亂跳。

慶幸的是，很快的他就無暇顧及薄艾了。

當子都被逼到階梯上，他就沒有逃跑的心。等你再對他熟悉一些，你就會知道「狼狽不堪、倉皇、求饒……」這類情節絕對不會發生在他身上。即便他遇到那個戴著面具的殺人狂對他說：「I want to play a game!」他也只會回復：「I don't want to play with you.」

他看混混手上的木棍，那大概是從木椅上拆下來的，一旦鐵釘入皮，說不定會引發蜂窩性組織炎。不能做到全身而退，起碼要有不為瓦全的清高。

他一個無奈，索性在台階上坐了下來。

他的目光空靈的穿透混混。「你預備怎麼辦。」

混混猖狂的朝地上吐口水，「當然是打你一頓，怎麼樣小白臉怕了嗎，我保證一定會非常用力，求饒沒用。」

子都的右手緊緊扣住左手，手指用力得泛白。聲音微微飄忽，「我跟你打個賭，賭我不會受傷，如果我輸了，就證明你是一個無能的懦夫。」

「少廢話，我一定打到你趴在地上，看你還多能說。」

子都彷彿聞到皮肉中傳來的甜膩血腥。

咚咚一聲。

混混頭下腳上的癱在地上，充滿疼痛的姿態。他是被倪子風拽著脖子扯下來的。他踉蹌的爬起，指著子風飆髒話。

子都想這年頭的混混都有一顆小強的心，就是不知道有沒有小強的命。

他又暴衝上來想要揪住子都，倪子風先揪他的手臂，箝制住他，然後微微的將他托起來，大概一時覺得沉，撒手推了下去。

混混在階梯上邊滾邊叫。

子都發覺血腥的氣味不是幻覺。

倪子風在他身邊坐下大口的喘氣，眼尾大概是因疼痛而緊縮。他被雨水浸濕的白制服緊緊的黏著他壯碩的上半身，透膚的襯衫能看見傷口綻放著紅花狀的血跡。

「你賭贏了！」子風用手背抹了嘴角的擦傷。

「你不會是要我感激你吧。」子都起身收拾包包，把背帶掛在肩上。他指著倒地的混混，「你竟然等到最後一秒才出手，萬一你晚了，現在倒在地上的人就是我！你一定知道我有多感激。」

子風猛然扯住他手臂，瞥了他胸前的藍色繡名，「好歹我救了你。」唔！是那個號稱「桐城四景之一」的白子都？他嘲諷地說：「所以我拯救了某類國家級的文物？那我的名字會被寫進歷史課本嗎？」

在他們僵持的時候，又有人瞄準倪子風跑了過來。

倪子風揚起眉毛，得意地說：「現在求我救你。」

子都天生就內建泰山崩於前而色不變的功能。他昂起臉不慍不火的說：「等你媽去警察局領你出來的時候，我一定告訴她你有多麼的喪心病狂。」

這句話並不別出心裁，不過是不肯求救外加無謂的小威脅，但是倪子風卻像被唬住了，「你要跟我媽告狀？」皺起的眉頭說不清是生氣還是意外。

子都想難道這個混世魔王其實是個媽寶？但這跟曹操有顆纖細的少女心一樣荒謬。

一眨眼，子風把他的包包搶過來拽在肩上，一手拎著他一路狂奔，速度像是一道閃電。

中學的佔地面積桐城高中在台北排名第二，從學校西邊到東側活生生就是一趟路跑。子風奔馳到了東羅馬廣場才慢下腳步。子都勒著他的脖子，一方面是擔心會摔下來，另一方面是有想滅絕他的心思。

圖書館旁有一扇鐵門，門後的地方大家叫「東苑」，裡面是一排專給學生申請使用的小建築。最近一次的裝修正剛完工。

倪子風縱身一躍跳了進去，叫子都也進來。他仰著頭想看子都怎麼翻牆。結果子都出現時不屑地對他搖頭，手指敲著太陽穴說：「門是虛掩的！」

每棟建築都掛著縮小版的匾額，用燙金色的楷書寫著處所名字。

鐵門之後沿著牆數的第三間叫「桑華」，那是一間白色外觀的屋子，門前有一塊大大的草皮，淋過雨後像一塊濕淋淋的綠色絨毯。

不到三公尺的隔壁是一棟鋪張費工的樓中樓——「敷錦」，樓前還獨有一個院子。子都沒能逛下一間「攏金」，因為倪子風已經闖進了桑華。

子都傳了封簡訊給和玉。

子風躺在白石色的地板上，胸口起伏著，鬆懈浮現的疼痛表情，看起來也有些欲仙欲死的滋味。他單手解著扣子，如果現場有任何的雌性生物，哪怕是一隻結紮的馬來貘，都會立刻湊上去將他扒光。

襯衫敞開，肌肉線條彷彿刻出來的分明，扣除他的傷痕，他就像是時裝海報裡那些不愛穿衣服的帥氣模特兒。

「你應該去保健室，而不是擅自闖入東苑。」

「我又不是第一次來。」子風起身手支在膝蓋上，「欸！你看到我有沒有甚麼要說的？你不可能不知道我吧，就算你不知道，你一定也聽女孩子說過。」他勾起自信的笑容。

子都沒理他，把包包收拾又準備走了。

他原本以為倪子風會攔住他，但子風自顧自地走到浴室，接著聽見蓮蓬頭灑下嘩啦啦的水聲。

「我走了。」子都說。

「你不要你的錢包了？」他說：「你等我沖完水。」

子都忍住想要報警的衝動。

他索性走到外面看看，都進了東苑不如趁機看個仔細。

誰知道子都前腳出了桑華，和玉就來找了。

她看見子都的書包擱在牆邊，又聽見浴室滴答的水聲。

子都一向注重「清爽」的質地，具體來說他不能忍受雜亂和黏膩的狀態。夏天的他還會請假回家洗澡，等身心回到嬰兒般原生的爽朗，才悠哉的回到校園，然後對著和玉他們說：「你們怎麼能忍受不清爽的感覺。」

他們聽了只有不爽的感覺……

所以和玉理所當然覺得正在洗澡的是被大雨淋過的白子都。

「你闖到東苑來洗澡！要是被逮到，警告單是不是要寫『因為洗澡所以被記過』啊？」她嘻嘻笑著。

倪子風關了蓮蓬頭，朝外說：「拿我的襯衫過來。」

和玉撿了地上的衣服走過去。

通常越是尷尬的時分就越是共襄盛舉的場合。

子都走進桑華。「妳怎麼過來了？」

和玉轉頭看見是他，「雨變小就回來找你們啦。」心中的困惑油然而生，自己嘀咕：「你在這裡，那裡面的是誰。」接著鬼使神差的轉開了門。

倪子風兩隻手撥著頭髮，側頭和她對看。

天地沉默。

濕漉漉的髮梢不斷滴下水珠，落在寬闊的胸肌上，滑過輪廓有致的腹肌，再往下滑向應該被打上馬賽克的地方。

子風不愧是見過大風大浪的人，只是鎮靜的接過衣服。

「啊！」和玉感嘆，「你是倪子風吧。」

和玉的表現實在可圈可點，淡定中帶點霸氣，以至於在場的兩位男性跟著莫名平靜起來。

幾秒過後，子風先穿上襯衫，揚起一口白牙燦笑說：「是啊，妳好。」

和玉的目光掉了下去。

她才慢慢地摀住嘴巴，聲音由小變大，變巨大，「你怎麼不穿衣服啊？」

咖啡館播放著來自雨林的音樂。

王姿靜獨守空桌，扶著脖子無聊的攪動杯裡的冰塊。她眉眼上的百般聊賴也勾動了周邊男子的百般慾火。在等待的時間裡已經有五組男人上前搭訕，其中又分成團體組和單人組。要是子都在就會說，「一個男人因為美貌而被吸引，這叫缺德；而一群男人對落單女孩展開行動，這種行徑叫做無恥！」但他不知道他和姿靜的相處，在其他男人的眼中是多麼奢侈的享受。

平心而論，愛美之心人皆有之，王姿靜那一張楚楚動人的臉蛋，長一點的敘事說法，就是子都初見她時想到的洛神賦那句：「瑰姿艷逸，儀靜體閑」；簡潔一點說就是美人如蘭。

曾經有同學把跟她同組的籤以三千元的價格賣出，並且買主還是隔壁班的男同學。那個人如果不是想藉怪招吸引姿靜注目，那就鐵定是個智障。

晃眼間，又有個彎著細細眼睛的男人朝她走過來。

他拉椅子坐下，瀟灑地指著她的制服，說：「桐城高中啊，我是妳學長。」

姿靜看到子都進門，鬆了一口氣。

「學長？學長太多了，土裡面埋著一堆學長呢。」子都坐定，對著一臉詫異的路人男說：「我們學校從日治時期就有了，那時候的學生哪個還沒入土，學長有甚麼稀奇的。」

子都看他還有力挽狂瀾的決心，換了個哀傷的語調說：「你如果真的對我朋友有興趣，那你找空去學校後院把她的甕挖出來，記得帶把傘讓她跟著你走，忘了說她的名字叫小倩……」

那男的恭敬的道了再見，還連帳單一併帶走。

薄艾圍著咖啡色圍裙，站在櫃台負責結帳。

搭訕男去付帳的時候她額外為自己點了一份奶油鮭魚飯。

店長看薄艾年輕又勤快，人很好的放了二十分鐘給她吃飯。她解了圍裙，捧著托盤加入他們。她灌了一杯開水，「結果你後來去哪了，我跟震霍說你也在，他走不開就跟倪子風說，我好像看見你們在一起，但又消失了。」她盯著子都的臉蛋檢查。

和玉的腦海大螢幕播放著美男出浴圖，久久不能自已。

話說她隨著時間越久，理解的程度越多心裡的震撼越強，就好像倪子風在她心上塞了一顆種子，現在才盤根錯節的開始發芽。

「一言難盡，總之我遇到他沒錯，但是話不投機沒多聊。」子都說。

姿靜對和玉晃晃手，「妳被人打啦？怎麼一副受到強烈衝擊的表情。」

和玉吸了一口氣，說：「我看見那個倪子風的……身體。」

薄芠快要入口的鮭魚跳回盤子，她匆忙的問：「妳是說有穿衣服的那種，還是比較難看到的那種。」

「不可能看到的那種。」

四個人都倒抽了一口氣。

薄芠又喝了杯水，「這比遇到千年靈芝還難啊，應該說妳好運嗎？妳大概是唯一一個看光他，卻沒跟他幹嘛的人。」

子都清了嗓子，「不管他長得是甚麼形狀，他放蕩不羈為所欲為的個性太猖狂了，將來還不知道怎麼死呢，你們等著在社會版看見他大名吧。」

姿靜安慰的摸摸和玉的頭。笑說：「也說不定是在娛樂版看見他啊！現在有點姿色的人難免都比較囂張，何況他還名列在『江風白驍』裡。」

子都不屑跟他放在一個話題裡討論。

薄芠從剛剛的故事抓了一個重點，說：「分享一下遊苑心得，如果真的像傳聞中那麼美輪美奐，那我們就去申請啊。」彷彿東苑是標價十元的巧克力。

雖然說凡是學生都能申請，不過即便你是有錢有勢，或者品學兼優也未必能上。說穿了，校方會衡量家長背景的不同，做出最平衡人心的結果，因此誰能雀屏入選，不到結果總說不準。

很快的高二前的暑假就來了。

高中生和暑假的關係是甚麼呢？

就像老鼠愛大米。

林薄艾是最閒不下來的一個。

她從國中就開始半工半讀，原本是為了減輕家裡負擔，後來又有了出國念書的想法，這念頭一開就沒有休息的餘地。暑假她五點就去早餐店煎培根，下午以後就到咖啡館拉花。

子都三不五時便拉上和玉去找她。

「流金一般的歲月，妳不應該都埋葬在工作裡。」

薄艾也被子都照三餐的勸說打動了，多美好的青春啊！多輝煌的年代啊！整天追著鈔票跑的行為實在有愧作為子都的朋友，於是她接下了康輔炙手可熱的社長一職……但子都倡導的似乎是一種閒適的生活態度。

好吧！語言的傳遞是會打折扣的。

子都覺得薄艾這麼拚不如去賣血賣肝，但這種玩笑他又不敢開，因為他不確定薄艾會不會真的去做……

而姿靜最近忙著幫她班上的同學——李琳俐。

這都是因為學生會會長開學就要去新加坡觀課，底下的人趁勢瓜分肥缺，琳俐又向來最好權力顯擺才幹，當然不會閒著。她看姿靜做事謹慎，就拉她到身邊作心腹，何況當擺設也很賞心悅目。

至於和玉則是天天哭紅著眼為分離難過，面容哀婉到她母親都開始懷疑子都是過世了……

和玉是那種屬於會在歷史課迷失自我，在地理課失去方向的人。而子都的形象先是一個文采斐然的書生，再來才是一個俊美的男孩，所以分組意味著兩人不可能再度同班。

開學第一天，早晨七點。

只有此刻才會看見學生帶著昂揚的步伐走進校門，今天過後你能在這條綠油油的桐城道看見的，只會是陰屍路的拍攝現場。

子都掛著印著隸書校名的側背包走著。

沿途有一隻飛鳥滑翔在子都面前停住，牠羽毛中暗藍色的金屬光澤吸引了他的目光。

「那是喜鵲！我第一次在學校裡看到。」說話的女孩子臉頰帶著嫩紅，一雙眼睛笑著看他。

子都見過很多女孩，但能留在他心裡的臉孔不多。

在他身邊最美麗的女孩當屬姿靜，可她是清瘦的西子，風一吹會飛的花柳之姿。既然百花姿態不同，美人自然各有殊異。眼前這個叫姚甘棠的女孩，比起姿靜多了分婉約。而身材正是多一分可惜，少一分則可憐的穠纖合度。一身跟大家相同的制服，卻因為淡雅的氣質讓她狀似衣衫華麗的名媛。

就是這樣端莊的形象讓子都想起了她。

那是年初在琳俐她家大宅辦的聚會裡。

子都和姿靜是被拉去的，除了他們以外的賓客，每個人家裡的存摺最少都是八位數以上，一張開嘴就是不合年紀的世故與俗氣。

姿靜被琳俐拖著和富少爺們說話。子都一個人在水晶燈的映照下，用心品嘗從日本坐飛機來的蛋糕。

甘棠遞了一杯無味的茶給他，「沒看你和其他人說話，你不喜歡這種場合？」

子都比了盤子，表示自己是來找蛋糕的。

「妳說他們眼裡看見的不是彼此，是誰跟誰家簽了一項計畫，誰寒假去了歐洲滑雪，跟誰當朋友可以讓自己變得貴重，這種針鋒相對的炫富不無聊嗎。」

甘棠淺笑：「富貴不是一件壞事，只是當人一無所有只剩下富貴時，那就讓人不怎麼喜歡了。」

和玉沒有去校園布告欄看全校的分班結果。她無精打采地趴在桌上，一副將不久於人世的頹喪。身邊同學窸窣的對白她也沒聽進去。

同學們慷慨激昂地討論他們班的組成成分。比如「我竟然能看到倪子風上課」、「想到能跟嚴驍同窗兩年我就興奮」、「你說白子都會跟我當朋友嗎」……

如果和玉有看號碼表，就會發現23號是白子都。當然了，她連自己6號上方的4號林薄艾都沒注意到。

跟他們同班的老相識還有雷震霍。一進門他就迅速佔據了兩個離後門最近的位置。

子都和甘棠一起走進十三班人門，頓時目光唰地掃到他們身上。

子都說：「他們都在看妳耶。」

甘棠輕輕搖頭：「她們是在看你吧。」

甘棠選了還很空曠的前排坐下。

和玉看見子都時的激動跟見到鬼沒有區別。於是未來的兩年，他們又可以繼續前後坐，上課無聊時耳鬢廝磨的說著同學的玩笑打發時間。

薄艾一到就趴在桌上睡覺，耳骨上閃閃發亮的耳環特別顯眼。

一切都圓滿了，反正姿靜在語資班，從來就沒機會一起。

大家聊天的聲音太歡騰了，薄芠被吵醒了起來。

子都餘光瞥見好多人往他看。他不能說不習慣，但這種像是蒼蠅干擾般的視線讓人很不自在。「你們有沒有發覺大家好像在說我甚麼。」

「大家是在說『最美的風景』吧，『江風白驍』有三個都在我們十三班，還不夠人家討論啊？」

「江風白驍」是學生們在高一時興的話題。

上期校刊的趣味章節以「校園裡最美的風景」為題目從全校一千五百多位男性裡挑了四個作文章。如果只看那一節會讓人有校刊很煽情的錯覺，特別是小標題：「本世紀最後的王子」、「他的胸膛妳的天堂」、「維納斯的DNA」、「冰河來的吸血鬼」。子都很慶幸他不是被寫成維納斯的去氧核糖核酸……

那期的校刊比任何一本八卦雜誌都還深得人心，就連秘書室的阿姨也偷偷收藏了兩本。

總之，這四個男生以殊異的形象吸引了桐城高裡的無數芳心，以及雄心……

對於他們的外貌排序是否為江風白驍當時還引發了一場論戰，各有支持，最後青年編輯社怕犯了眾怒，不願多作解釋。不過現如今最出風頭的莫過於風字的主人——倪子風，主要是他個性海派，結交的朋友廣闊曝光率又高，可以說是學校裡被幻想值最高的男子。

薄艾用眼色比了坐在第一旁左側的男同學。

他的背影看上去端正硬挺，把白襯衫穿的像西裝一樣氣派。不用說也知道是——嚴驍。當時他的關鍵字就是冷靜、冷酷、冷峻……一切冷的不懷好意的字眼都適用他，不過最精準描繪他的字眼大概是「冷血」。等日子再長一些，你就發覺集高富帥於一身的他根本就是路西法的人間合夥人。

他目光淡薄的翻著手上的商業週刊。周圍一直有意圖攀談的小羔羊們，但當他抬頭把一雙寒森森的眼亮出來，那些羊群們就感受到四個字毛骨悚然的爬上背脊，「生人勿近」。

子都胸口有種不暢快。如果說「江風白驍」有三個在這，白、驍確定之後就只剩江與風。那不就等於剩下的是那該死的……

籃球聲咚咚的聲音闖進班上，球拋物線的飛越教室投進了打開的窗，咕咚地墜下樓。

一個小跟班跑出去撿球。

倪子風游移在教室前端，子都很想拿釘子把他釘在牆上。原來他是跟著電風扇的方向在走動。

他把體育服捲到肩膀上，手臂上飽滿的肌肉配上那張邪氣魅人的臉龐，落在人眼中就是一帖春藥。

薄艾嘖嘖的對震霍說：「你兄弟真的很壯耶，至少一百八！」

「不對，如果妳是指他的戀愛次數，他可是個標準的陽光男孩。」他回。

「他全身上下哪一個器官有陽光的氣質啊。」子都看著臉泛桃花的和玉，忽然覺得這裡面隱含了太過複雜的成分。

所有的討論都在班導師走進來時嘎然停止，老師還是有威嚴的，起碼頭一個禮拜。

他們的老師是個矮小的女人，讓子都想到《哈利波特》裡那個叫恩布里居的教授。而老師古嬙威也穿著一套粉紅色套裝，擠著臉上的肉盯著他們微笑。

例行公事，一切從選拔幹部開始。

在「你不認識我的過去我不了解你的曾經」的狀態下，自然是老師主導場面。一剛開始總要來個提名的客套應酬，被點到的人一定會露出「真的好討厭喔」的神情。

但是眼前的場面卻有點違反千古定律。

倪子風被提名的時候，立刻站起來表示他很願意擔任班長，於是老師就露出「真的好討厭喔」的表情。直到有人提了嚴驍和白子都的名字，老師的臉色才撥雲見日起來。

剛開學老師也不好無視民意，想著讓嚴驍當班長，子都當學藝股長，至於麻煩的倪子風就塞個體育股長應付。但嚴驍稱自己是校級幹部無暇顧及班上，這是好聽的說法，真實意涵就是：別拿這種事煩我。而子都更是在第一時間就清楚表達：「我不想當幹部。」

老師歌功頌德了嚴驍一番，後來是找了甘棠作副班長嚴驍才點頭應允。

至於子都自然是不可能涉入公共事務。杜費老師耗了十分鐘點評他的暑假作業寫得有多麼洗鍊，多麼妙筆生花，多麼像李白捏著他的手寫的……

古老師覺得嘴角麻痺了。

她宣布的最後一件事是，「我們班有同學通過了東苑的申請。」

一片驚嘆的抽氣。

這學期東苑有兩位新主人。

琳俐開學第一天就帶著鑰匙進去，接著東苑就被她接管。不知道在裡面擺了甚麼陣，直到星期五才讓姿靜帶子都過來。

子都審問姿靜：「她搞甚麼鬼，擋我這麼多天。」

「你自己看就知道了，她說特地挑了黃道吉日才讓你進來。」子都翻了農民曆發現是胡扯，今天寫的是宜安葬入土……

不少學生被琳俐公器私用叫來打掃，她還算有良心，批了兩個小時的公服給他們。

子都作為桑華的新主，大門敞開時襲來的冷氣讓他滿意，像地窖清涼的溫度再適合他不過。他就應該去和企鵝同居。

這裡已經不是上次子都所見的模樣。

薄如蟬翼的白簾遮住刺眼的陽光。一套五人座灰白麻布沙發，地上一塊黑白格紋地毯，灰色鬆軟的懶骨頭沙發，玻璃桌上擺著一壺冰鎮過的檸檬水，一切擺設簡單精緻。子都還發現小房間裡塞了兩張沙發床。

整間屋子小而美，就跟樣品屋一樣齊全漂亮。

「學校的補助款有那麼多？」子都知道不可能。

明媚的聲音率先傳來：「當然是我的功勞。」琳俐的迷你皮裙讓她雙腿看起來纖細無比，天知道她怎麼躲過糾察取締！一頭新作的棕色波浪捲髮，配上她發亮的笑容，嘴上的紅色唇蜜也同樣光彩。紅黑相間的細皮帶彷彿是她玲瓏的身軀上的一條緞帶。

李琳俐——與子都相鄰的敷錦主人。

「我沒騙你，我剛來的時候這裡只有兩根梁柱，而且地上甚至有像血跡的東西。」她斷言：「一定是工人吃檳榔。」

子都很清楚工人是冤枉的。

姿靜把幾個假裝在擦桌子的學生叫了出去。

「學姊，讓我們再待五分鐘嘛。」說話的人眼球黏在子都柔順的側臉，恨不得巴上去舔兩口。

姿靜嘟嘴笑，「別討價還價，等一下我叫琳俐來趕你們。」

那幾個學生哆嗦著消失蹤影。

琳俐指著姿靜翻白眼，「當初我問她你喜歡的風格，她說你說『素樸裡有時尚，繁華中見真淳』，請問一下這是甚麼怪力亂神的描述，我想了想這兩句話不就是紐約的簡約精神嘛。」

琳俐能從這十二個字攫獲簡約的重點，想必是去觀落陰。

不過她還真的是費心費力，自從她從董事會搶先知道人選後，就開始張羅室內要怎麼陳設，周邊植栽如何搭配。子都又難取悅，她也不敢假他人之手，關於桑華的一切無不親力親為。

子都揣著一顆價值連城的Fendi抱枕，手指撫著沙發的刺繡圖騰。他說：「無事獻殷勤，非奸即盜。」

琳俐哼了一聲，「不先恭喜我成功擠上了學生會活動長的位置。」

他玩笑：「天知道妳為這個位置殺了多少人。」他不明白的是像琳俐這麼務實的人，活動長這麼忙碌的身分她看中的是甚麼。

琳俐語重心長的解釋：「長遠來說，是為了以後申請國外大學，國外看中實務經驗，成績事小，他們學生比的是籌辦過甚麼社團，主導過甚麼活動，開了幾間公司倒了多少又賣了多少，後者好處理，前者就要踏實去做。」

很弔詭的一段話，就是「錢能辦的事都不是事」，誰叫琳俐一出身就是富三代。不過這麼費勁打算，看來她不打算像一般有錢人騙個學歷，而是要進哈佛那種擠到讓人窒息的窄門裡。

子都又問：「那短視近利一點說呢？」

琳俐揚起麗莎的微笑，「去年的財務長兩學期汙了三十四萬，這只是檯面上的數字，我看過私下的帳本，你相信買彩色筆壁報需要三萬二嗎，就是要祭祖買冥紙都不用，所以我保守估計實際數字是三倍都不嫌多。」

姿靜回憶著，「聽說後來學長怎麼求情都沒用，硬生生就是被退學了。」

桐城高中允許學生有不小的自主權，但要是觸犯了校規，那不管你家人是內閣議員還是外星總統，通通沒得商量。

「可是錢流通到最後都歸財務長管轄，就算歸妳處理，現在層層把關，也沒有所謂近利了吧。」

琳俐嗤之以鼻，「沒有活動長拿贊助流通資金，財務長有甚麼錢可管，說穿著了就是上下交相賊，只是學校不想牽連過大，拿一人嚴處告誡而已。」

姿靜強忍住笑意，「所以今年規定財務長批過價目後還要再給會長審一次，用意是雙重關卡，也是避免一人擅權舞弊。」

子都想到前幾天嚴驍說他暫時兼任會長，而他自己本身又是財務長。「可是嚴驍冷言冷面，我看也不太好說話吧。」

琳俐疑惑的說：「你不知道他是我男朋友嗎？」

教育部的國語字典就應該在「監守自盜」的解釋裡把嚴驍和琳俐寫上去。

子都想起莎士比亞說，女人應該在外貌與知識上做出選擇，兩者兼具或是兩者全無都會導致悲劇收場。琳俐的外貌與才幹都太過張牙舞爪，子都常常覺得她就是一隻走在鋼索上的貓。不過非這樣的人也很難跟嚴驍走在一起。

相較之下與懂得藏愚守拙的甘棠相處時，子都總是更舒坦。與呆得很舒坦的和玉相處，他就更愜意了。

花漾02

想像一下你是上帝，你的目光從太陽系裡找到湛藍星球，動手翻轉幾圈，你會發覺星球上有滿滿的七十億人口。其中的百分之三十，是充滿滾燙熱度我們通稱為青少年的群族。你的周遭也隨處可見這樣平凡而尋常的生命，他們不過就是年齡小智商低，沒甚麼了不起。

而從這三成的青少年裡去蕪存菁的百分之三，才是我們討論的對象。

他們或具有得天獨厚的皮囊，或身懷傲視群倫的才性，更過分的還可能二者兼有。他們是年輕時代的人生勝利組。

他們是青春的ＶＩＰ。

青春絕對不只是十七歲到二十三歲的這段時光的名字，它是來自上天贈與的金靡奢侈品。奢侈品的意思就是，人人都能看，但充其量很多人也只能看看。

你可能會有的疑惑是，那擁有青春的稀罕孩子們，在哪裡啊？

他們在哪裡啊？

比如穿著一套黑色Chanel衣裙的琳俐。

敦化北路上的一家法式小館。

她對面的年輕男子不發一語的翻著菜單。

對他們來說今晚是一個談公事的場合，所以不僅琳俐一身黑，嚴驍緊實的肌肉也被一件Dior的黑色襯衫包裹起來。

昏黃的燈光把嚴驍瞳孔裡的漠然暈染得很遙遠。

琳俐把行事曆上的ＳＰＡ行程畫了叉叉，闔上本子。

校慶的工作從訂便當到簽合約大小事都有，她現在就是充飽電的鋼鐵人，昨天凌晨她還上網查了關於一個禮拜不闔眼對人體的危害有哪些。

「甘棠已經答應來幫我，等一下我會問子都的意願。」

以她們的交情，請甘棠協助這嚴驍可以理解。只是找白子都來協助，嚴驍覺得沒意思，請也請不動，說也說不得，放一尊水晶花瓶要幹嘛。

「你找白子都的用意在哪裡。」

「就跟我找倪子風的是一樣的。你們幾個湊在一起就是話題，辦活動講的就是噱頭，只要校慶變成受人矚目的活動，資源啊人力啊就會自己滾進來。」

嚴驍點了菜，比會來的人分量還多一些。「白子都不會被說服的，他跟倪子風的不合就像APPLE跟Microsoft。」

琳俐心底是想這兩家公司遲早會合作，但她水晶指甲叩了下桌面，「連你都這麼說。」

「倪子風愛出風頭，常常帶班上辦活動，中秋節烤肉、唱歌，溜冰……偶爾興致來了還硬要邀白子都參與。」

「結果怎麼樣！」

嚴驍不以為意一笑，「受了一頓刻薄，紅著臉離開。」

子都對他眼神冷、話語冷、心思也冷冰冰的，倪子風每每頂著太陽般的熱度接近他最終都是自爆內傷。但白子都從來都不屑虛偽的人情客套，大家知道也就不理會，活該子風不按子都的規則玩又愛煩他。

大家都在等究竟他們誰會先往對方書包裡放炸彈。

飯局上琳俐默默觀察著以子都為中心的一群人，最後得出的心得是，林和玉就是白子都抱在懷裡的寵物。正所謂射人先射馬，擒白狐需得先誘林中兔。

她看人的眼光一向穿心透肺，比海關的X光機還強。

飯後她提議大家到東區喝飲料，叫了兩台小黃就把大家運過去。甘棠隨和，暗暗把自己的司機先叫走了。

他們坐在一個半敞開的包廂。

這家店一般時段就是咖啡廳，九點一過招牌才會亮起ＬＥＤ燈，搖身變成小酒館。裡面一半是外國人，一半是想搭訕外國人的台北人。

吧台一個打扮時髦的男子從櫥櫃翻下一瓶瓶酒。甘棠對琳俐說：「我們都未成年呢，妳千萬別點酒，要是讓子都覺得妳不正經，妳的詭計就成空了。」

琳俐受用的點頭，「但是我們進來又不違法。」

子都覺得剛剛沒吃飽，看菜單發現這裡竟然有號稱冠軍的牛肉麵，價格也很勝利，兩百八一碗。嚴驍說要去吧台，順便幫他點。

子都跟和玉她們聊得呵呵哈哈，正想找琳俐去哪，不經意瞄見嚴驍身邊有一個穿著風騷的女人，她的衣服是前後兩塊布，奇幻的是身側幾乎鏤空。嚴驍和酒保說了兩句，一杯酒就到了那女的手裡。

那女的如果不是喝了一杯殺蟲劑，就是在演不勝酒力，曖昧的倚著嚴驍。

嚴驍依然坐著不生波痕。子都猶豫這算不算是坐懷不亂。

但嚴驍不過是在享受女人展現對他的渴望而已。

夏末時分的晚風像是從海邊吹來，帶著遼闊的涼意。琳俐的髮絲輕輕飛舞，好幾個進出的外國人對她擠眼睛。

倪子風穿著一件酒紅色的素T，邁著一雙鐵灰色牛仔褲的長腿走來。他攏手搭在琳俐肩上，「琳俐姐姐找我幹嘛，介紹好貨給我？」

「少物化女性了。」琳俐笑著甩開他，「我是有心要介紹一個人給你，只是不知道你有沒有本事讓她傾倒。」

這種赤裸裸的挑釁聽得他熱血沸騰。他希望是一頭秀髮飄逸的姿靜，或者溫柔可人的甘棠也好。上次他看見甘棠短裙下白嫩的雙腿，就恨不得能把頭枕上去睡個午覺。男性總對外表溫良的女子充滿遐想。

琳俐試探地說：「白子都身邊的女孩子。」

子風錯愕一聲，他怎麼感覺這種說法更像是鎖定薄艾或和玉。薄艾雖然沒有王姚二人難得的姿色，但爽朗的行徑也讓她有著小杏妖嬈的漂亮。可是天底下的女孩子他都敢下手，唯獨兄弟喜歡的他絕對不碰。

子風晃著脖子緩緩地說：「妳不是再說和玉吧。」

「你就這麼怕白子都，呿！還以為你多厲害。」琳俐就是看準最簡單的激將法對四肢發達的傀子風一定管用。

「那也要看我喜不喜歡啊，而且她跟白子都形影不離，我也沒機會接近。」

「要機會容易啊，你想辦法讓她加入校慶籌備，放學後的活動子都才懶得參加。而且你想想看，如果和玉非常喜歡你，他還敢再得罪你嗎，他難道就不會擔心你為了報復他而故意傷害和玉？」

琳俐認為就算子風跟和玉有甚麼，按他的慣性也不會長久。反正她也不管這層，只要他們都加入就行了。

和玉收到了媽媽傳來的簡訊，一看才發覺聊得太起勁，算時間康熙都播完半小時了。他們一群人抓包包也準備回家。

一個高頭大馬的外國人擋在路中間，和玉拍了肩膀說借過，那老外轉身太急把玻璃杯的啤酒灑到衣領上，原本扯開喉嚨就要罵，但看見是一個小女生，轉了態度輕佻起來。

老外舉止比較開放，加上喝了酒動作就更大膽，手不時朝和玉伸過來。他們想繞走，又被他同夥攔住。一群女孩子手足無措，子都頓時發揮了身為男性的作用，啪地拍了杯底朝老外的鼻子敲過去。

於是事情演迅速提升到動手動腳的層級。

老外臉色脹紅，一手揮向子都，他擋住但腳步不穩的往後跌，一雙有力的手及時扶住他。他還沒回過神，巨大的咆哮聲就在耳邊炸開。

琳俐從子風身上拉過他，口氣像警察在問案：「發生甚麼事了。」

子都還沒開口，倪子風就撲上去打成一團。

甘棠鎮靜的抓著女孩子往外走。場面一陣亂七八糟，桌子傾倒，地上溼答答的散發酒氣。你來我往，晃眼間一聲哐啷清脆。倪子風硬生生被酒瓶砸下去，他閉著眼睛茫著退後幾步。

他看出去眼前像是一幅抽象畫，後來鎖定白子都的臉。他分不清楚白子都甩在他臉上的巴掌是要叫醒他，還是趁機下毒手。他的弟弟以前會趁他睡覺時拿彩虹筆塗他臉，完工後再把筆塞到他嘴巴，這種感覺跟此刻挺相似的。

倪子風扶著頭坐起來，眼前黑壓壓的一片。前一個記憶場景像沒完成的畫布在腦海裡浮散，他只記得自己和老外扭打在地，拳拳到肉的快感變成現在的肌肉痠痛，驚天動地的尖叫聲，和玉在他懷裡哭泣……

他伸手要扯開凌亂繞在眼前的紗布。

「別動。」薄艾壓住他的手。

他尷尬的笑，「怎麼了？這樣我甚麼都看不見。」

「昨天晚上發生的事你都不記得了嗎？」薄艾的聲音很顫抖，「你昨天昏昏沉沉地抓著老外打起來，整個人像瘋子一樣，老外被你揍得一直喊『對不起』你也沒停手，然後——」

在子風的耳朵裡薄艾就像在啜泣，她說：「你可能會有短暫性的失明。」

他腰一鬆的倒在病床上。

和玉綿綿的手握住子風，無言地看著竊笑的薄艾。

孩童稚嫩地的話語聲盪進病房，子風聽到喊了聲倪妮。

倪妮是他的妹妹。

昨晚子風昏迷後就送進醫院，琳俐拿他的電話想要聯絡他父母，卻找不到號碼，於是叫了震霍過來。他過去跟子風和人從校門口打到鬼門關口，再慘烈也沒見他進醫院，於是心態上比其他人都慌張。

子風沒有跟父母住在一起，據震霍所知他是單親家庭。家裡只有還在念幼稚園的倪妮，子風每天都會親自送她上下課。子都知道後，一早就和甘棠去接了他妹妹過來。

子都拉著倪妮的小手，進來發現子風醒了。他蹲下來對她說，「你跟薄艾姊姊去買午餐給哥哥吃好嗎。」

和玉手抽得很快，她不知道子都有沒有看見。

白子都在他床邊坐下，語重心長地說：「倪子風，你再這樣逞兇鬥狠的過日子，有一天你會後悔的。」

子風面對他沒有說話。

子都扳住他的頭，把那條紗布扯下來。子風睜開眼，看見白子都精緻的臉上帶著戲謔的笑，子風抿著嘴眼色虛弱地瞪他。

「我沒瞎！」

子都把紗布丟給他，「是還沒。」

震霍嘴巴被貼了一張封箱膠帶，他忍痛撕下來，「他叫薄艾黏住我的嘴，威脅我要加入這個惡作劇——」他越說越心虛。子都坦然的搶過話：「是我讓他跟我一起鬧你。」

喀喀的高跟鞋聲音，截斷了氣氛的尷尬。琳俐旋風般的進門。

「醒了啊！醫生說你沒事，只是輕微腦震盪已經可以離開了。」她把紙袋扔給他，裡面是剛出廠的學會會服，「這個充當換洗衣物。這裡是ＶＩＰ病房不是飯店套房，既然醒了就立刻給我精神飽滿的走出去。」

子風彎頭低眉，看起來真的像個鬱卒的病人。

琳俐納悶是不是自己對一個剛恢復意識的人太狠了。

車子裡，子風英氣的臉掛著頹喪的陰影。

琳俐沒有給子風搞抑鬱的時間，她說：「我要三十個有美術長才的工人，下禮拜把人交給我，就當是你的醫藥費了。」

震霍不知道子風的情緒從哪來，訕訕替他接過琳俐手上的資料表。

琳俐不是沒察覺他的異樣，但她日理萬機，這幾天又要騰出手對付學生會裡那些朝她放冷箭的對立派，想到這她就覺得倪子風的困難根本死不了人。再說像她這樣的工作狂，解決心情低落的良方就是讓自己更忙。

碧雲天，黃葉地，秋色連波。

校慶籌備就在吹不盡的秋風裡如火如荼的展開。

姿靜把琳俐送來的衣服捧進桑華時，子都正對著窗戶發呆。

不知道是誰說的春困秋乏夏無力，這幾天子都總覺得全身懶洋洋。雖然他沒事，也還是跟琳俐要了好幾張公假單窩在桑華。

起初甘棠還能陪他說話，後來她忙著管理活動組底下的四五十人，每個人都是一張嘴一副心思，又刁又難纏，她找子都的時間就少了。

子都跟和玉獨處時心裡就更是鬱結，像是胸口被一塊冰堵著。

他發覺了和玉對子風的心意，先是替她擔憂，又想雖然他們現在的關係不明確，但既然子風已經吹皺了一池春水，那麼和玉的腦袋就有了進水的危機。

她交男朋友子都不能接受，那個人是風流多情的倪子風他更不能接受。

他穿上當季新款的valentino西裝，整個人金貴的臥在沙發上，看起來就是櫥窗裡表情陰鬱的小王子。對了，就是小王子，他現在就是一隻被豢養的狐狸，他看似是個支配者，但事實上他被動得動彈不得。他被馴服了，不僅是被和玉，包括薄艾、姿靜，他不能忍受跟別人分享她們溫柔的目光。

活動中心被布置成交誼廣場，學會的工人們打扮成侍者佇立在入口，手上托著香檳盤。琳俐打著校友會的名目，邀請了現如今在社會上有頭有臉的校友，這個餐會就是她為了儲備經費才辦的。

李校長滿臉含笑的走來，說：「琳俐，妳的能力真是讓人刮目相看。」琳俐把場面弄得華麗又整齊讓他臉上很有光，不只是校長，剛剛一個在公關公司上班的學長還問她有沒有興趣來實習，不過琳俐當然沒瞧上眼。

琳俐端出選美小姐的笑容，「我只是想讓校友都能感受到桐城高中不曾停息的關懷。」

會場上除了準備勞務的學生，就只有琳俐、甘棠和子都這三個能上檯面的人。

琳俐雙手擁抱了眼前的景象說：「妳不曉得有多少人搶著來招待，還好嚴驍已經把他們全都支開了，所以眼前的大魚都是我們的。」按規定，三萬元以上的贊助，拉款人可以抽一成，所以大家都想來撿這個好事。

琳俐對子都說：「遇到叔叔就問他的事業，阿姨就談你愛吃的食物，要是有順眼的就多說兩句。」她本來就不指望靠他拉到贊助，只是不想明目張膽地把餐會變成一場商業會晤，子都乾淨的氣質正好可以淡化觥籌間的利害算計。

甘棠穿著一件玫瑰紫的抹胸小禮服，端莊持重，但在琳俐身旁不顯奢華。琳俐拉著她幽幽的擺進人群，準備垂釣。

地下韻律教室的大片鏡子裡，子風隨著音樂節拍舞動，大汗淋漓，整個人光亮的彷彿鍍上一層耀眼的金邊。一群女生擠在門口直勾勾的盯著他。

他撩起體育服擦了臉頰的汗，讓人食指大動的王字腹肌清晰可見。那些女生喉頭咕嚕一下，發出近乎暈厥的尖叫。

他轉過身，彷彿大王一般，手指抬起一個個的點過，最後停在一個拿著可樂的人身上，勾了勾手指。那女的呼吸紊亂的奉上去，她強忍住暈厥在他身上的慾望，以免即刻被其他女生毀屍滅跡。

他暢快地喝一大口，接著問：「妳們有誰擅長美工布置雜七雜八的！」

每個人搶著說：「我我我！我會！」還有一個不知道想到哪了，特別激動又嬌羞地喊：「我願意！」

震霍拿出一疊校慶活動組的報名表，熱絡的像是在開倉放糧，「資料都要填詳細，篩選完會立刻通知。」

震霍捧著這幾天招蜂引蝶……招兵買馬的成果。他覺得那些女生看見子風就跟老鼠聞見乳酪一樣激動。

子風這陣子能光明正大的逃離教室，心裡還是很滿意的。

震霍猛地停下腳步，子風莫名其妙看他。

薄艾幾天前已經和社團商量好了表演內容，琳俐也都核准了。等一下她還要趕去經紀公司簽校慶的演出合約，那歌手是最近從比賽出來的，炙手可熱，所以也大頭的不得了。

子都若有所思的問她：「怎麼妳們這麼忙？」

姿靜幫著琳俐留心大小行程，善後；薄艾負責敲定活動；甘棠、倪子風也是各有任務。子都心知肚明別人不會麻煩他，可是琳俐對每個人都物盡其用，獨獨置閒和玉，理由絕對不跟自己相同。

如果和玉感覺到被排除，心裡會難受的。

子都看似不經意對姿靜說：「妳讓和玉跟薄艾去簽約吧，反正她閒著也是閒著。」

姿靜皺眉，片刻就會意，「也好，琳俐那邊我也走不開。」

子風搭著震霍走來。

自從那天離開醫院，他和子都就是王不見王，說不清楚是誰惱誰，只是子風也不像從前找事鬧在他身邊。

震霍說要把資料送去學生會，趕緊溜走，只剩下他們倆大眼瞪大眼。

子風雙手插在口袋。

其實他沒把惡作劇放在心上。

他囂張了十幾年，不要說同學畏他，就連老師也不想惹他，久了他想大概只有天上的神仙才能料理他，誰知道突然橫生一個白子都，不喜不懼不屑他，還無視他，更可恨的是子都又生得乾淨，相較之下貌似自己真的挺下流。

無論是誰心底終究有把道德的尺，子都就扛著那把尺使勁的劈他。每次他火氣上來想要動手，又覺得要是真的翻臉，那自己就跟禽獸沒有兩樣了。他不懂得怎麼跟子都相處，於是只能躲開他。

樹葉在磚地上沙沙作響，涼風帶起他們輕薄的衣襬。

白衣飄逸，子都的臉輕輕的皺起來，一雙眼睛晶瑩的發亮。

子風就受不了讓人心寒的沉默，終於先開口，「你好歹也問問我頭還會不會痛，或是說聲謝謝，我可是又救了你一次，你看和玉就多感激我——」

兩行眼淚從子都眼眶落下。子風咬住舌頭，慘了！我要遭天譴了。他伸手替子都搵掉淚痕，結果這一碰，子都瞪著他又落下淚，子風焦急的抽開手，「對不起對不起，我沒有要欺負你，你能不能別這樣看我，我……我對你已經是無可奈何了！」

子都聽到他提及和玉，悵然的不滿衝破胸口，才委屈的哭出來。

「我是哪裡讓你不爽了，你乾脆的跟我說吧，我斟酌的改一點。」

子都吸了兩口氣，用手背沾了沾臉，「也不要你改，就跟我再打個賭，如果這次期中考你不能及格六科，從此你就不能再踏進桑華。」

男人是不會為女人改變的。也不會為女孩改變。

所以倪子風不會為了和玉奮發向上。何況國英數歷地公物化生九科，要過關三分之二，子風最好的狀態就是連三分之一都不到！萬無一失啊萬無一失，子都覺得人生豁達了，清爽了。

子風最討厭別人瞧不起他，腦子一熱他就回應：「那如果贏的是我，你就要把習慣都改了，然後跟我做朋友。」

不因俊俏難為友，風流正為始讀書。子風以賭注為名，光明正大的盤踞在桑華看書，桌上滿滿是各路女同學進貢的筆記。甘棠看他捱過前三天，狀似真心在用功，偶爾他有問題也會出手指點。

空蕩蕩的會議室裡，嚴驍神情專注地盯著手上的AB卡，模樣跟雜誌封面上年輕的企業家沒有區別。像他這樣的人，當你把手從肩膀滑到他每天早晨在健身房鍛鍊的胸肌上，你會驚覺，原來他也有一顆溫熱跳動的心臟。

但如果你不是琳俐，就最好別作自殺性的行為。

琳俐進門，身段輕盈的靠著桌子。

他說：「餐會募款比我們預期還多了百分之十三點三，白子都的功勞？」

「沒想到他那麼有長輩緣，果然只要他願意，隨便兩句話都比別人說一籮筐有用，只可惜他個性受不了委屈，不能為我所用。」

琳俐從小跟在他父親身邊，見過無數的大人小人，卻鮮少見過氣質跟子都一般出塵的，他比她見過的闊少爺們還更顯千金之子的風範。

「我也不好問姿靜他家裡的背景。」

「別人家的事妳就不用多管了。」他沉思片刻，又看了手腕上的錶，「薄芠不是說藝人的合約又有問題，妳不趕快去處理。」

琳俐眼神放光的說：「等我去收拾那妖孽。」

嚴驍手上的AB卡一般由輔導室保管，上面記錄學生的經歷資料。他手指彈了下子都的證件照。

白子都這張臉，他覺得似曾相識……

琳俐踩著細跟抵達案發地點，氣勢磅礡的像是要去打匈奴。

她在警衛逮捕她之前竄進電梯，卻發現八樓的按鈕死都不亮。警衛紅著一張臉抵住門，「妳要到哪間公司？沒有預約不能造訪。」

琳俐面露凶光的瞪著他，原本是想要投訴他，但掃到他胸前的員工證時目光忽然放軟，她兩眼多情的伸出手指。要是那警衛不為色所迷，就會發覺琳俐此刻的情態跟白骨精吃人時特別神似。

她扯著警衛脖子，嗶嗶一聲，員工證讓感應器通關，八樓鈕亮起。

她對還沒回魂的警衛揮了揮爪子，「不謝。」

琳俐大喇喇走進經紀公司，路過一排排在格子裡辦公的人，那些人抬頭看她一眼，以為她是來試鏡的藝人，沒阻攔她。幸好琳俐不知道他們的「誤以為」，因為在她心裡藝人就是高級娼妓，這關乎另一段恩怨情仇——她的後母過去就是一個小有名氣的演員。

琳俐在門口停了幾秒，暗暗觀察一眼。

經紀人捏著蘭花指，指責說：「妳是誰！這裡不能隨便進來。」

她愜意的坐下，貌似無心的挑起那歌手被她坐到的裙襬，「好可愛的茶几布。」在對方要回嘴之前又先發制人的說：「我們把問題整理一下，我以為合約的一切都已經達成共識很久了。」

她加重語氣，眼神像一把匕首射過去，「問題在哪！」

那藝人忿忿的說：「前兩天你們派來的人告訴我我是唱開場的，有沒有搞錯啊，我來暖場？妳也太沒大沒小了，知不知道我是誰。」

當初的台詞是「表演時間是十一點校長致詞完後」，可是和玉說成了「妳是第一個嘉賓，校慶的開場表演喔」。大旨相近，意趣不同。

琳俐平滑的眉心皺起來。

她和顏悅色地說，「當初談的是十一點到十二點之間三首歌我方有權決定演出時間，至於是開場還是壓軸，我們當然是以藝人的價值來權量了。」

經紀人把原先合約扔到地上，踩了兩腳。

琳俐銀鈴般的笑出來。「據我所知最近妳有一場船運公司的尾牙吧。」

氣燄高張的兩人愣住，恍惚的點頭。

「那我就一起通知妳，演出沒了！因為在那裡妳也是擔任暖場的角色。」琳俐得意地看著他們的莫名其妙，從她那堪稱降妖神器的包包拿出一張名片，上面恰好是那船運集團董座的名字，她又恰好的說：「忘了介紹，她是我爸爸，當初就是我向他推薦妳的。」

喀答一聲脆響，不確定是經紀人下巴掉了，還是歌手牙齒碎了。

「還有園區那個科技廠的年會也不必了，雖然還沒確定，但我會跟我姑丈說一聲。」她的笑靨跟刺紅的玫瑰一樣鮮豔。

經紀人趕緊闔上門，雙腿發軟的說：「我們慢慢談，妳要不要喝點甚麼，我讓助理去買。」

琳俐冷冷哼了一氣。

「還不快簽，別讓李小姐等。」經紀人喝斥。

藝人捏起筆，惶恐的抓起地上的合約。

琳俐尖銳的細跟釘住揉爛的合約，從包包拿出一份新的，「這份剛列印出來的合約酬勞是地上的一半，妳想清楚了才能簽，千萬別覺得桐城高中糟蹋了妳。」

琳俐多想了，怎麼樣人家也只會覺得是被她糟蹋……

場面還是滿令人動容的，歌手止不住啜泣簽約的模樣，彷彿是獲得了李安的邀約。

琳俐以五折的價碼結案。而原先多餘的經費就嘩啦啦的倒進了她的包包。

星期五下午是高二的班際籃球競賽。

太陽把天空染成橘橙的一塊布。

籃球場擠滿了長長一排群眾。子都他們還在找十三班，就聽見整齊的女聲吶喊著：「子風！子風……」不只自己班上的女生在助陣，就連同屆和學弟妹都來朝聖了。

姿靜和甘棠的出現燃燒了男性觀眾，紛紛讓出視野最好的位置，還不知道哪生出陽傘遮在她們頭上。

比賽進入緊要關頭，還有一分半，對上體育班的他們落後四分。

嚴驍被敵方守得死緊，他的眼神像隨時會用那口白牙咬斷對方脖子，但腳下的步伐和運球節奏依然沉著。一個空隙他竄出包圍，但被人惡意猛撞，球差點被抄走，於是沒能等到最好的時機，他縱身一跳——擦板落入，兩分伴隨群眾尖叫而來。

子風的臉上沒有平日的輕浮，臉皮繃緊。

女生們盯著子風叫得像家裡出了喪事的鬼哭神嚎，場面上又是一頭頭油膩膩的青少年，看的人心浮氣躁，脾胃失調。

子風的汗珠從瀏海滴落，他抹了一把臉，瞥見白子都一群人。他對子都昂了下巴。子都不冷不熱用唇語說：「現在是要贏了嗎？不是的話我先走。」

比賽再度開始，還有四十秒。

體育班打著把時間耗盡的主意。嚴驍再度拿到球，只是無法進攻。

時間像是硬幣落水，沉重又珍貴的流逝，有人揣著胸口碎念：「十五……十四……」

嚴驍故作突圍，結果是虛晃一招，長傳把球擲給後方的子風。

子風身旁沒人，但這距離太過遙遠了。

結果幾乎大勢抵定，體育班甚至得意地擠眉弄眼。

全場屏息等待終結來臨。

子風胸膛劇烈的起伏著，倒數十、九、八……子都用手背擦了脖子，他的位置正好在子風的正右邊。

子都不耐煩說：「你幹嘛不把球投進去，你有甚麼問題，扔啊。」

甚麼鬼──！群眾不禁發出困惑的聲音。這說法完全沒錯，但這件事不是像把葡萄扔進嘴巴裡那樣容易啊。

六、五秒……巨大的關注從四面八方擠壓著子風。他頓時收回手，對著子都凶狠的說：「知道了啦。」

他墊腳身子仰後一投，像是一個玩笑。

尖銳的哨音響起。

激動的人群很快的淹沒球場上的勝利者。

子都料定晚上倪子風會不停唸叨自己關鍵的一球有多傳奇，他決定到時候要站在琳俐那邊，支持嚴驍才是致勝關鍵。

震霍是先擠過人潮找到他們。他直接找薄艾說話，以免遭受子都的無視。雖然他想問子都的那句話到底是策略性鼓勵還是真誠的問句。

「這是給我的水？」兩個人的手都有點軟，震霍不確定的接過去。

薄艾眼底含笑，「你怎麼老是助攻，不自己發揮一下。」

他咕嚕地喝著水，「有子風在當然他是主角了，你們是來晚了，沒看到上半場他灌了多少球，而且籃球講究的是團隊合作嘛。」

他們順著人潮走著。薄芠頓頭，「你對他那麼心悅誠服，你要女的，就是他的其中一個女朋友。」

「妳們還不是對白子都百依百順。」

前頭人群堵住，薄芠撞到前方的人肩頭，震霍本能地摟住她。這一摟住他的手也沒能放開，運動後的燥熱透過肌膚傳遞著。

薄芠覺得後脖子有觸電般的酥麻感。她深吸了一口氣，看著一臉靈魂飄走的震霍。

甘棠把一瓶礦泉水塞給和玉，怕多說了和玉害羞。她藉著天氣炎熱就帶子都先回桑華吹冷氣。

子風赤裸的上身掛著一堆毛巾，懷抱裡也一堆飲料，全都來自愛慕者。他看只剩和玉一個人杵在那，把滿手東西扔在地上跑過去。

和玉視線對著他胸膛，也不知道說甚麼，只覺得腦袋暈眩的很愉快。

他說：「怎麼只剩妳！」然後毫不懷疑的接過水瓶，意思的喝了一口又塞給她。

一個跟他們同班叫飾舒的女孩走過來。對和玉應付一笑，轉頭就雀躍的向子風說：「恭喜你，你剛剛在球場上超帥的。」

子風不以為意，「那妳是不是應該表達一下妳對我的崇拜。」說完彎腰指著臉頰，作勢要她親一下。

和玉低頭想還是先離開好了，結果下一秒飾舒就嘟嘴湊上去。子風還鎮定的拉住和玉，不讓她走。

飾舒雙手握住子風閒著的那隻手，自信的說：「晚上一起吃飯啊，或是看電影也可以。」現在誰的手先被鬆開，誰就丟臉了。

子風一把扣住和玉的肩膀，緊緊的勒在身邊。他這人就是霸道，就喜歡女孩子軟綿綿的依附著他。

「今天不行，我們有約了。」他低頭看著動彈不得的和玉，捏了她的臉頰悄聲說：「妳早就把我看光了，還會害羞啊。」然後瀟灑的帶著她離開。

這一切都像是一個恥辱甩在飾舒臉上。

被人羨慕是一種福氣，而被人嫉妒，則容易變成一場悲劇。

敷錦的院子前擺著兩排長桌子，上面用非常容易髒的白桌布蓋著。銀的發亮的盛器依序排列，水裡游的、陸上走的、天上飛的：如果那小小盅的冰糖燕窩算進去。琳俐請了今年她爺爺生日時負責籌備的中式外燴。

場面跟搞慈善晚宴一樣隆重，同樣浮誇。

琳俐又不知道怎麼拆了東苑那小小的門，運來一張超大的宴會長桌。

倪子風在子都質疑的眼光下認分的先去沖澡，而且浴室只有草莓口味的沐浴乳。震霍自然也要把自己染得芳香才能入桌，於是跟著擠進浴室。

當浴室裡傳出歡樂的笑聲時，大家的表情都顯得有些憂心忡忡……

如果你有幸路過，你會以為這是電影場景。這群面容精緻的娃娃已經美好到帶著些聊齋的妖異感，彷彿餐桌上擺著的美饌佳餚都是人心活腦。昇華一點的說，這種視覺上的震撼已經達到了藝術的高度。

果然話題還是聊到了球賽的表現。嚴驍稱不在意，只說今天打得很暢快，留給琳俐和子風慢慢爭論，不過琳俐那張刀子嘴快速的取得勝利。

子風拎了一個鼓鼓的紙袋，拿給白子都。

「今天學弟送的，送給你。」他看子都不接又說：「不是好的東西我敢給你嗎。」

「甚麼好東西我沒見過，既然是別人拿來巴結你的，給我幹嘛。」

姿靜看子風手晾著尷尬，眼色也不好，就叫和玉打開。笑說：「也讓我們也看看是甚麼。」原來是Kobe的簽名籃球，雖然不是人人迷他，但也能知道這球多少有收藏價值。比如眼珠子都要鑲進球裡的雷震霍。

子都晃了一眼：「我才不希罕。」

氣氛瞬間蕭瑟起來。

都說過獅子睡覺你拔牠毛就算了，但牠要是睜開眼看你，你就等著死吧。

子風啪地拍桌子，咬牙瞪了幾秒，按耐不住說：「你別那麼囂張，我他媽的又不欠你，我就不知道你看我哪裡不順眼，我是作惡多端沒你清高，但我真的沒惹你，你也別以為大家都喜歡你，我就不屑。」

大家一半緊盯著子風，擔心他出手，一半看著子都，擔心他逼他出手。只有嚴驍仍舊舀了一口蟹黃豆腐，安逸的用餐。

子都目光凝聚在他憤怒的臉龐上。聲音似霧的輕，「我從來就不屑大家的喜歡，只要我在乎的人心裡有我，這就夠了。倪子風，你的確不欠我，但我也沒有對不起你，聚散不過一個轉身，不開心你就走。」

有一堂公民課，投影幕上是馬斯洛五個需求的金字塔圖。

老師對子都他們說這是修正過的，原先還有一層叫「美的需求」。某些人才會真正具有這類需求，他們抗拒醜陋，追求內在及外顯的美感，醜陋甚至會使他們生病。而這被剔除的層次，卻在子都的生命需求裡著實生根。

他是個特別的生命體，就像一株本該遺世獨立，迎雪綻放的冷梅。有傲氣，有清靈，有不容於世的抽離。他可以親近女孩子如水般澄澈的性靈，卻對男人強烈的凡俗氣質過敏。

笑也好，哭也罷，這就是他生存的姿態。

花漾般的少年少女，還不知「相逢不用忙歸去，萬事到頭都是空，休休。」

他們一群人既然相逢，就注定痛並快樂著。

花漾03

琳俐拎著星巴克紙袋走進東苑。

昨晚的聚會在倪子風的離場後陷入一片陰沉，像暴風雨過後的海平面，沉靜無波但佈滿斷桅殘帆。

嚴驍用餐完畢後，從敷錦拿了兩支玫瑰香檳，語帶權威的邀請大家舉杯。

金黃色的液體是濁的，華美的水晶杯是濁的，但他們的眼神是清明的。天空降下黑幕後，他們年輕的臉龐彷彿是天地間最純粹的一脈光輝，一如蒼穹裡寂寥的白月光。

觥籌交錯，大家的笑聲又回來了。香檳陸續又補了幾支。

倪子風最後也跑了回來。

一群人直鬧到深夜。子都幽幽的說：「好想看煙火。」

倪子風把身上的紅色NIKE外套脫下，披在他肩膀，「那我陪你，跨年我們去101看煙火。」

子都瞟他一眼，「誰允許你進桑華，你打賭輸了。」

子風反駁，「我及格了七科！過關了」

「作弊不算！」子都翻了一個白眼。他原本心裡也不肯定，但看子風一臉笑得心虛，就知道自己猜中了。

子都又說了好多話刻薄他，子風做小伏低的應聲說是，也不回嘴。最後他說到沒勁了，一雙眼疲乏的眨著。喝了酒後身體微微發燙，冷風又撲上身子，一來一往，他縮著手就睡著了。

姿靜迷濛的視野中，看見倪子風抱著子都走進桑華，瞬間打了一個冷顫，酒意睡意全消。她想到《香水》的驚悚情節。

子風把子都擺在沙發床上，關了燈就要走。子都迷糊的說：「我還沒罵完你走甚麼啊……」

他一笑，爬上另一張床，手枕在後腦勺摸黑玩著手機。

姿靜看見薄艾抓著震霍摔到地上，扶起來，換個姿勢再摔一遍……琳俐沒看到人，一定是跟嚴驍藏起來享受兩人世界。姿靜只能告訴意識清楚的甘棠。

甘棠想，要是子都早上一睜眼看見的是倪子風，他一定會大爆炸。

琳俐並不知道子都最後是去了甘棠家。

她推開小臥室的門，「起床啦，給姊姊說兩句好聽話，看看我帶了甚麼聖誕禮物給你。」

她濃密的睫毛忽然發顫。

眼前浴衣半敞，露出一截小麥色胸肌的人，不可能是白子都。但是窩在他懷抱裡露出半張臉睡得香甜的女孩，是和玉啊。

琳俐覺得天靈蓋被澆了一桶冰水，涼颼颼的。

既然她不能毀屍滅跡，她只能踩著細跟喀喀地飆進敷錦。

姿靜的頭倚在沙發上，烏亮的黑髮傾瀉在肩頭，優美的像攀在岩石上的小美人魚。

琳俐推了她肩膀，「快走。」

姿靜朦朧的睜開眼，醉生夢死的說，「再給我睡半小時嘛。」

琳俐掀起她的眼皮，手機螢幕湊上去。照片裡的子風屈著長腿，赤裸的修長大腿竄出浴袍。

「你新看上的模特兒？要買給嚴驍的內褲？」姿靜又瞥了一眼，意識緩慢凝聚，膽怯的問：「你拍……倪子風裸照？」

琳俐悠悠的抓起一杯拿鐵，「他跟和玉現在正躺在桑華裡。」

姿靜啪地站起來。

以她對子都的認識，當前恐懼足以讓她的天靈蓋徹底翻開，再塞進一把冰。她像迴光返照的死人扯著琳俐逃出東苑。

倪子風的早晨帶著檸檬香，和地獄般的寒意。

子都打開紅茶蓋子，帶著冰塊咔啦咔啦的往子風頭倒下去。

倪子風抓著床沿掙扎坐起，腦袋還沒開機，看見子都尖針般的目光，手摸到一旁的和玉，清醒了三秒，就當機了。

和玉迷迷糊糊的撐起身體。

白子都臉上蒼白的失望，看的她很想去死。

和玉把臉埋進泛涼的枕頭裡。

一直到子風把枕頭拿開，她才從子風漆黑的瞳孔裡看見自己淚流滿面。

子風把她摟入懷裡，她心底沒有酸甜的怦然心動，沒有雀躍的小鹿亂撞。她只是像在冰冷的大海裡找到一塊浮木般的摟住他。

她的眼淚順著臉頰沾濕他的胸膛，她聽見子風混亂的心跳，幻想著自己的身體裡也有個地方在失落，在隱隱作痛。

關於愛情，子都他們偶爾也真切地討論過。她記得子都曾問她：「妳不會想談戀愛嗎？」

她搖搖頭，「我只想找一個人結婚，他要能照顧我，還有養我爸媽。」

薄艾不認可的搖頭，「當然要多談幾次戀愛，妳又不知道誰最適合妳，要是草率跟一個人到了三十歲才發現合不來，妳連後悔的機會都沒有。」

和玉很簡單，她知道自己不像薄艾勇敢，可以瀟灑放下一段用心經營過的感情，甩頭離開。她也不能接受看著別人離開。她只想賴一個可以託付終身，能讓自己毫無保留付出的人。她也不能像姿靜「不一定要戀愛，不一定要結婚，自己活得舒服就好。」因為像姿靜那樣的女孩，身後隨時有一群男人眼巴巴的追求她，只待她轉身。

那時候子都身邊的她們都還是未經人事的少女，不曾跟男人牽扯。事實上，在子都比進調查局還要嚴苛的標準下，很難有人可以讓他說：「他不錯，妳可以試試。」多半都是：「妳要是敢跟他在一起，我就把妳的視網膜刮下來扔到淡水河裡。」

她們想就算等到世界終結那天也不會有個對的人能讓他滿意，並且認為子都拿自己作為評審的合格線很不道德，除非世上再出落一個白子都。

和玉陷落在往日回憶裡不停啜泣的時候，她沒有發現子風捧起她的臉。一回過神，子風正目光溫柔地盯著她，接著低頭，柔軟的唇欺上她的。

子風貼著她燒燙的臉頰，說話的氣息拂過她耳根。她覺得整個人都要融化在他的懷抱裡。

「跟我在一起吧。」他的喉結滾動一下，「當我的女朋友。」

和玉跟子風沿著街角拐彎，一前一後的走進薄艾打工的咖啡館。

薄艾打起精神朝和玉揮手。

和玉的羽絨衣像是塞了兩捆炸彈，薄艾忍不住盯著她嘖嘖，刻薄的眼神像琳俐上身。薄艾評她的穿搭就是「洋蔥突然醒過來大喊我好冷」。台北這幾天確實來了一波冷氣團，但這並不能合理解釋和玉的打扮，除非她待會要搭船去北極破冰。

子風朝震霍擊掌，「你也在啊。」

他們四個面面相覷。

薄艾無奈的說：「早上我遇到陳萬隆，他攔住我，說晚上找我去跨年。」

如果把桐城高中看成生物圈，界門綱目科屬種的分類中，萬隆和倪子風都屬於歹人目，但子風是帥哥科的討喜種，萬隆則是下流科的雜種。上次後門鬥毆的始作俑者就是萬隆，他整個人就是由卑鄙、無恥、齷齪……這些字眼和進水泥塑成的。

他恣意妄為，常人少能管束，只因為他出身黑道世家。

和玉嫌惡的皺眉：「他還沒對妳打消念頭啊！」

上次康輔社慶，萬隆撂了很多兄弟到場，多情的把位置都佔滿。黑壓壓的一片看起來很像大哥要出殯的場面。

被不喜歡的人喜歡，就像犯了夢魘，被不喜歡並很反感的人喜歡，那就跟卡到陰一樣令人憂心忡忡。

「反正我拒絕他了。」薄艾視線的游移，「我跟他說我有男朋友了。」和玉「喔」了一聲。她沒有會意薄艾話裡的暗示，因為姿靜拒絕追求者時也會說：「我現在有對象了。」曾經有個成績頂尖但EQ是零的呆子聽完後，怒氣沖沖的跑去找子都，說：「你跟王姿靜關係那麼好實在讓我很困擾。」子都眼皮眨都沒眨的回：「這跟我的關係是……？」

子風在桌子底下握住和玉的手，宣布說：「我跟和玉在一起了。」

震霍噗的把飲料噴了出來。他嚴肅地問：「你是說穩定交往中並且不三心二意的那種模式？」

子風操了錢包砸過去。

薄艾彷彿接收到的是「米菲兔要跟音速小子」交往，如此荒謬，如此讓人想喊一聲「不可能」，再喊一聲「不可以」。她像是立法院的議員說：「就算倪子風拿消防栓打妳，或是抓著妳的頭撞捷運，妳也不能答應跟他在一起，妳一定是瘋了。」

「hello!」子風動動手指，表明自己還在。

「我不是那個意思。」薄艾致意。「除非妳已經做好跟子都絕交的準備。」

「看起來他已經跟她絕交了，這一周他們完全沒說話。」子風手握拳敲在桌上，皺起眉頭困惑的說：「那不然呢？妳們一輩子都不碰男人，然後自己一個人死在養老院的床上嗎。」

「我們會交男朋友，但不會是他徹底反感的那個人。」薄艾看向震霍，發現他難過的像是胃痛。

子都臨窗而坐。

他沒有去琳俐辦的派對，寂寞的歡場一向少有他的蹤跡。

他在準備期末考，翻到杜甫的段落時他突然想起一首詩。他一邊低聲唸，一邊寫了下來。

甘棠泡了一杯熱可可，端過去放在他手邊。她低頭看見素白的紙上有他清秀的字跡，拿起來唸了末兩句：「顛狂柳絮隨風去，輕薄桃花逐水流。」

她笑笑：「怎麼寫這個。」

子都嗅了一口可可，胸口像是浸滿蜂蜜水的甜。「隨手寫的。」

「桃花既然逐水流，那就看看早上千新學長給你送來的梅花。」客廳矮桌子上一尊瓷白的瓶子，裡面錯落有致的插著幾支紅梅。

子都定定地的望著。難怪陸游會有「插瓶直欲連全樹」的感嘆，他此刻也想到南投那去賞整片冷冽的梅花，帶上和玉，扔掉子風。

子都吸著鼻子，問：「怎麼有香味，妳噴香水了？」

甘棠抬起手腕嗅，「沒有啊，你甚麼時候看我抹那種東西。」

他調皮的說：「那就是國色自然生香囉。」

甘棠勾起俏笑：「就允許你開玩笑，換作是倪子風你就不愉快了。」

子都收斂嘻笑情神，揚起一個應付的笑臉。逕自走到客廳窩在沙發裡。最近琳俐弄來一張白羊毛毯鋪在上面，貼在肌膚上的柔順像躺在一頭羊咩咩身上。

「你心裡還耿耿於懷，讓一群人都坐立難安，甚麼時候才肯結束？」甘棠在他身邊問。

「那妳認為他是個可以的人嗎？」子都的臉被杯子掩著。

「只要互相匹配就沒有不可以。」甘棠淡淡地說：「子都，朋友再好，如果不給彼此自由的空間，那黏得再緊都會散的，何況少女情懷總是詩，和玉如果對倪子風真的有意思，你不如順其自然吧。」

子都以為，真正的愛就該把近於淫蕩的東西貶得遙遠。他的愛帶著哲學家的高尚，這是他的「平凡」，卻是常人難以企及的「高度」。縱情任性的子風更難有體會。所以子都不會欣賞他的愛情。

他的神情像孩子般頑強，卻又困惑的問：「那和玉愛他嗎？」

他的指尖觸及甘棠的手背。

甘棠怔了片刻，才把手輕輕覆在他手心上，「你心裡很清楚的。」

寒假的倒數計時，期末大考的前一天。

大家的處境相當水深火熱，特別是在萬聖節、聖誕節、跨年，一路玩到最酣暢淋漓的時候，化學老師突然宣布：「前兩次的段考範圍我們再考一下」大家聽了都想找老師去廁所談一下。

桑華的客廳瀰漫著二戰前的煙硝味。

子都坐在沙發上，眼角帶笑的跟和玉、薄艾他們說話。是的，子都終於結束了這場冷戰，跟和玉恢復通話，並且對於倪子風的事隻字未提。既然子都看似不計較，和玉也安分的作一隻失憶的金魚。

但詭異的是，坐在窗邊書桌的子風和震霍。

這種情況下，他們擔心子都會在「談笑間」，從桌上那堆零食中搜出一顆手榴彈，把他們炸成一個「強虜灰飛煙滅」的故事。

琳俐盪了進來，嚴驍穿著一件黑色軍裝外套也來了。

琳俐瞅著子都，手指在桌上翻來翻去，確定裡面沒有一顆手榴彈後……她咧著嘴宣布，她即將要跟嚴驍到印度洋上一個叫塞席爾共和國的地方渡度假，開心的像是要去度蜜月的新娘。

他們此刻的悠哉一點都不誇張，比起某次他們在香港轉機，遭遇颱風。飛機久久盤旋無法降落。有人嚎哭，有人轉著佛珠向老天求救。只見琳俐從包包掏出號稱在水裡多久也不暈染的睫毛膏，邊刷邊問嚴驍：「我們不會摔在海裡吧？」她座位後一個老奶奶暈了過去。嚴驍聳聳肩，接著按了服務鈴。即便空姐不能離開位置，但看在頭等艙的份上依然爬起，他冷冷地問：「我的咖啡呢？」

所以期末考真的不是甚麼難題……

子都的寒假就頭痛得多。

他母親旅居世界各地，估計這個年也不會回來過，而他的父親……他心跳煩躁的加速起來。他暫且不去想。

他對著倪子風喊了一聲。

每個人的關節瞬間凝結一層薄薄的霜，一動就發出僵硬的喀喀聲。大家全體裝作聾子。

子風轉頭，「嗯……」

「放假的時候我們約個時間吃飯。」

針對這種飯局，東西方都有精闢的註解，比如中國就叫「鴻門宴」，米蘭則稱為「最後的晚餐」。

子風不愧是有肩膀的男人，左手抓住發顫的右手，說：「好啊！看你要吃甚麼，我請客。」

子都窩在家裡，舒展的姿勢像是一隻安享晚年的狐狸。慵懶得很美。

他很開心終於有段時間不用混在人群裡。

雖然他幾乎不在十三班活動，但沈籌那張人神共憤的臉，還有洪郁、殷飾舒等等愛嚼舌根的女人，都讓他頭疼。

他忽然想起晚上和倪子風有約，逃避似的往沙發裡埋。

昨夜星辰昨夜風，最近發生的每件事，都在他的生命裡，和玉她們的生命中下了很大的作用。他想一切不能在偏離軌道的運行下去了，正所謂差之毫釐，謬以千里，倪子風斷不能是和玉乾淨人生裡的一吋誤差。

門鈴作響，像不安的貓叫。

他和父親都有鑰匙，一般不會按鈴。子都透過門上貓眼看見一個中年女人。

他鐵著臉打開門。

女人一身寬大的連身裙，年紀大約三十好幾，肌膚不像他母親永遠細膩。

「妳有甚麼事。」

她皮笑肉不笑的說：「你爸爸先讓我來和你聊聊，他停好車就來了。」

「小三阿姨，如果不是要我羞辱你，我想我們無話可說，請妳不要消耗我對妳的客氣，立刻離開『我家』。」子都開著門，甩頭回到客廳。
她四處張望，大搖大擺的進來，在飯廳繞了兩圈便在沙發坐下。
「妳是外籍人士嗎？我請妳離開我家妳沒聽懂。」
「我不怪你，通常小孩子都比較抗拒父母新的伴侶，只是我肚子裡的小寶寶出生後，你可就不能這個樣子了。」她摸了微微隆起的肚子。
子都把她從沙發上拽起來。他不能理解她怎麼敢光明正大的侵門踏戶。
她甩開子都的手，氣焰高張的罵：「你找空把書房整理出來，以後那裡就是嬰兒房。」
「妳把小孩放在我家，就不怕被我掐死嗎。」
她兩個眼睛使勁的凹陷，吼：「你敢。」
「妳放心，我不會弄死他，但我會讓他知道他有個無恥的母親。」
她揮手想打子都。子都死命地把她扯到門外，像拖著一頭獸，「髒東西，滾出我家。」
她抵抗著，一腳絆到門檻，背脊直直地朝門外摔出去。
子都把她腳踢出去，用力的關上門。

他坐在客廳裡氣到快喘不過氣。

不久門被劇烈的敲擊。
他父親扶著一臉蒼白暈厥過去的女人。惶恐的問：「怎麼回事！」

血絲從她的腿一路蔓延到地板，匯聚成一小灘的猩紅色，觸目驚心。噁心的氣味讓子都捧著胸口乾嘔幾聲。

他急匆匆的回到客廳叫救護車。

很多時候，人類會罩起黑色的袍，扮演著死神的角色。比如市場裡徒手把雞脖子扭斷的老闆，比如戰場上扣下扳機的士兵。比如此刻宣布「孩子沒了」戴著白色口罩的醫生。

子都父親滿臉脹紅的盯著他，彷彿孩子是被子都拿刀捅死的。

子都的表情漠然的很決絕。站在那裡的應該是他的父親，但若是父親，又怎麼會為了一個不知廉恥的女人，仇恨的看著自己。

「你為什麼這麼做。」

「我不是有意的。」

他爸爸聲音加重：「你為什麼這麼做。」

「是她硬要闖入屬於我的地方，也許，那個孩子是在為他的母親贖罪。」

啪的一記耳光甩在他臉上。

子都的眼淚拋在空中，消失匿跡。

他像是要把子都扯散，激動大罵：「你害死我的小孩，你怎麼這麼邪惡，你不是我的小孩，我不認你是我的小孩，枉費我照顧你這麼多年，你就是這樣回報我的。」

兩個護士費了好大力氣才分開他們。

子都離開病房前，幽幽的說：「孩子是無辜的，還好他沒能知道他毀人家庭的母親，和不明事理的爸爸。」

子都坐在醫院大廳。他嘆了一口氣，低喃：「質本潔來還潔去，以後投胎到一個好家庭去吧。」他本來沒想過那個孩子，但現在不禁幻想，也許他本來會有一雙跟自己一樣的眸子……

電話鈴聲響起，是子風打來的。

他沒有接，想等情緒平復後就回播。

倪子風連續打來三通後，不氣餒的改傳簡訊。他寫：「你慢慢來，我等你。」

子都喘了一口氣，肩膀抖動。

電話一接通，就聽見子風笑：「怎麼了？不會是放我鴿子吧！」

「我臨時出了一點事，改天再約好嗎，不好意思。」

子風聽他客氣得很異常，察覺不對的問：「出事！你現在人在哪？」

「我在醫院。」子都補了一句：「是陪別人過來的。」

「喔，那你先忙，再打給我。」

子都出了醫院，風撲上來才覺得冷。他想先回家，手一招計程車才想到剛剛出門太趕，除了手機，錢包悠遊卡鑰匙都不在身上。

電話又震動起來。

倪子風說：「我菜都點了，不然你在哪家醫院，我把菜打包過去找你，反正你還是要吃晚餐吧。」

子都清了一下喉嚨，聲音軟弱的像糯米：「我在八德路這裡。」

太陽像是房間搖曳的燭火突然熄滅，隱沒在地平線下，空間頓時陷入萬劫不復的黑。這就是呼嘯著北風的冬季。這就是瞬息萬變的人生。

子都捏著電話，漫無目的的走。

子風差點就要錯過子都，好在他的臉龐雜在路人裡很出挑。

他趕緊停了車，跑過去對面。他遠遠的提著手上的袋子晃，越走越近，臉上的笑容轉成疑惑。

「你怎麼了，是不是哪裡不舒服！」他朝子都看來看去，不得其解。

子風問了一百句，子都也沒答應他一個字。子風只能陪他在冷風裡罰站，彷彿兩人能一直耗下去，直到天崩地裂。

很久很久以後，子都重心不穩的抓住子風，乾澀的說：「找個地方把你帶的東西吃了吧。」

原來他們兩家距離很近，只是子風家離捷運站更近一點。三十幾坪大小的房子就他跟妹妹住。

子都沒想過有天會到他家，要是別人知道，鐵定以為他是被綁架來的。

子風讓子都先到客廳坐，自己去廚房把菜裝到盤子裡。

眼前的打擊，說大，非是哪個親人死了那樣慘烈；說小，卻也不是跟同學吵架那般舉無輕重。子都能冷靜思考後，只覺得賭胸的憤恨變成一股空虛，這種空虛可能來自於懼怕以後少了一個愛自己的人。

子風端了一盤子的菜出來，看見子都的背影杵在陽台。

子都不用看通訊錄也能壓出那組號碼，通話音都沒響完一遍，對方就接了起來。

寒流像一個冰塊罩子蓋住台北，冷得直冒白煙。大街上，臉龐盡是疲倦的行人腳步匆忙的趕回舒適的家。

這個世界是對立的，有善與惡，貧與富，美與醜。還有冷與熱。

冷心與熱腸子，冷面與熱語，溫度計上的藍色與紅色。

在豪華的塞席爾悅榕莊裡，穿著春裝短裙的女孩走過無邊際的泳池，顧盼生姿的在籐椅坐下。

泳池裡只有一個體格精壯穿著三角泳褲的男子，看的人發燙。當然了，如果你每天準時六點從被窩爬起，去健身房鍛鍊四十分鐘，你……也不可能會變成這樣。

最近幾天嚴驍被南緯五度的太陽曬黑了，全身染上性感的古銅色。此刻全身都在滴水的他看上去像一塊誘人的巧克力。

這個一晚上要價二十萬台幣的塞席爾悅榕莊，一年後將是威廉王子的蜜月地點，很顯然，嚴驍和琳俐這對情侶總能趕在最前端，在奢侈的金字塔插上一根勝利的旗幟。

琳俐把厚重的浴巾遞給他，「我們不回台北過年嗎，我爸想跟你吃頓飯，順便說說訂婚的事。」

婆娑的棕梠葉擺盪。嚴驍的聲音很挑釁，「這麼急著嫁給我。」

琳俐坐在他腿邊，貼著他的手，「反正你爸也不跟你過年，不如去我家，熱熱鬧鬧的才有大年的氣氛。」

嚴驍的藍色瞳孔像凝霜的玻璃珠。他喝了一大口雞尾酒。

琳俐訕訕的鬆開手，「你再想想吧，我預約了ｓｐａ，等會見了。」

嚴驍知道琳俐擔心自己說錯話，沒敢太快見他，所以傳了訊息叫她晚上去逛街，刷他的卡。

他們很懂得給彼此空間。

一通越洋電話，電波茲茲茲的讓嚴驍的手機震動起來。

嚴驍瞥了一眼。對眼前金髮碧眼的女子勾起笑容，用流利的法語說：「今天就算了。」他丟了五張一百元的美金在床上，把襯衫的鈕扣扣好。

他的電梯往上一樓，走到和琳俐的房門口他才回播，「你是哪位？」

「在幹嘛呢。」子都對和玉吐了這幾個字，眼淚就簌簌的落下來。

總會有那麼一個人，他的聲音就像溫泉水流淌在你心裡最柔軟的地方，你會卸下所有的防備、堅強，你也無須表達自己的思想，只要他關注著你，你就能勇敢的宣洩所有悲傷的委屈。

你可以像個孩子只是哭。

和玉說：「我不會掛電話，等你整理好了，隨時跟我說。」

好幾次子都都忍住了，但一張口眼淚又滾落下來。有人形容眼淚像關不住的水龍頭，這真是一種實際的說法。

當難過到了最濃烈的剎那，要嘛活，要嘛死。

子都覺得事情不能再更糟了，心裡也就澄澈了，坦然了。

反正現實，總是踐踏最純情的人。

子都顫顫的抽氣，「難過的事先不說了，聊點輕鬆的。」

和玉輕快的說好。

子都說：「你真的喜歡倪子風嗎？」

和玉錯愕的「啊」一聲，子都如奇似幻的情緒轉變讓她想哭。

她尷尬的說：「其實也還好。」

子都一出陽台，發現子風盯著自己的檸檬般酸澀眼睛看。哭了三十分鐘眼睛沒瞎就已經萬幸了。

「我想先洗個澡。」子都找了理由先緩口氣。

倪子風找乾淨的毛巾給他。

浴室有不少的盥洗用具，全部是男人用的標籤。難道他抹女人的沐浴乳會得癌症嗎，子都冷笑。他擠了薄荷味的沐浴乳塗上肩膀，沁涼的感覺像是有小鬼攀在肩頭，他哆嗦的沖掉。最後拿了架子上的兒童泡泡乳。

「有沒有換洗的衣服？」子都探出頭說。

子風捧了一套球衣來，子都的眼神顯示：我要揭了你的皮。

子都穿著一件白色襯衫，半臥在沙發上擦他濕漉漉的頭髮。子風拎了一個吹風機，呼呼打開後遞過去，沒想到子都像個小孩子傾頭，借勢吹著。子風伸手撥他頭髮，看他沒生氣，就幫他吹起來。

他瞄見一滴水珠從鬢角滑過他臉頰，用手一沾。

「誰說你可以碰我的臉啊。」

倪子風不以為意一笑。

整個人清爽之後，子都就餓了。

子都看著一桌的菜說：「倪子風，這不配飯怎麼吃。」

「那怎麼辦，煮飯又太久，我隨便煮個麵條可不可以？」

他認分的進廚房，子都看他低眉順眼的洗手作羹湯，勉強也是人模人樣。他就不懂為什麼這個人總是要勒脖子較輸贏。

如果他能收斂玩世不恭的心性，也許他是一個可以的大男生。

那如果他改了，會不會配上和玉也不差？

嗟一聲子風關上瓦斯，「幹嘛一直偷看我。」

「我是在想你行不行。」

「拜託，我下麵可好吃了。」子風勾著一嘴壞笑。

「倪妮呢？怎麼沒看到她。」
子風指了房間，「八點就讓她睡覺了，小孩子早點睡對腦袋好。」
子都像摸狗的順著獅子瀏海，「你小時候都在熬夜吧。」
兩個人把一桌菜都吃得精光。子風把碗收一收後就去洗澡。
子都躺在床上，覺得在腦海裡打轉的事情太多，比如他爸現在還沒來電話，可見是留在醫院陪那女人了。
倪子風身上帶著水氣，穿著一條海灘褲，赤裸著上身。他這身裝扮就應該直接去海灘打排球。
他坐上床，舒展著兩條長長的腿。「你是去跟我妹睡，還是跟我睡。」
「你去睡沙發。」
倪子風裝的很詫異，「通常我說這句話的時候，女孩子都會說『不然我們一起睡吧』，你怎麼那麼不客氣啊。」
「你曾經在這張床上……」子都的眼珠子差點掉下來。翻身就要下床。
子風拉住他，「我開玩笑的，你幹嘛。」子都依然不信，堅持要走。倪子風說：「我妹在家，我怎麼可能帶人回來幹嘛。」子都想這話真摯的有點道理，才躺回去。
子風默默的玩手機裡的小朋友上樓梯。
「倪子風，我們來商量一件事。」

手機光線打著他的臉，他點頭，「甚麼事。」
「你跟和玉的事。」
螢幕上的小人掉進針床裡，悲鳴一聲。

隔天子都醒來的時候，太陽正好日落正中。
子風坐在客廳看體育頻道。餐桌上有吐司和柳橙汁，子都拉椅子邊問：「為什麼不是麵包和優酪乳。」
子風眼睛沒有離開，「明天買給你。」
「我等一下就回家了。」
子風咻的在他對面坐下，開始提出了一百萬個這樣不好吧。
「你家沒人陪你說話，這樣不好吧。」、「你自己弄吃的要是切到手或食物中毒，這樣不好吧。」、「萬一地震了你被吊燈砸到又沒人救你，這樣不好吧。」最後讓子都覺得可以留下的理由是，他說：「我跟倪妮說今天你會陪她玩，你讓一個小女生童年就被男性欺騙，這樣不好吧。」
倪子風哼了抱怨，「留下你的竟然是我妹，跟你是朋友的是我！我看你也跟我差不多，有異性沒人性。」
「若無花月美人，不願生此世界」子都高傲的睥睨，「但我跟你不一樣，你根本是來糟蹋世界上的女孩子，簡直就是禍根。」

「你這句話怎麼那麼情色呢。」子風抿著嘴笑著離開。

幼稚園門外，子都看著倪子風蹲下身，張開雙手讓妹妹撲過來的模樣，子都彷彿不認識他了。

在傳聞中的倪子風，是囂張，是跋扈，是暴戾的。親眼見證的倪子風，會翻桌子離開教室，會把人從二樓丟到一樓花圃，會打到人滿臉是血。這樣一個瘋狂的人，卻會細心的提起妹妹的書包，走路時把他護在內側，告訴她不要東跳西跑要像個淑女。

回到子風家裡，子都愣愣對他說：「倪子風，你的故事我看不懂。」

「我可以慢慢講給你聽。」

「我未必有興趣。」

他故作可憐，像一隻搖尾巴的大狗狗，或者賣萌的獅子，「也許我有很悲慘的身世，可以順便安慰你。」

子都翻了一個白眼，「難道你爸也有一個小三。」

倪子風沉默。他苦澀一笑：「我媽是別人的小三。」

子都愣住了。他聽著子風像在說別人家的事。

子風的母親也是個標致的美人，年輕的時候玩過一陣，後來遇見他父親，他父親是泰國華僑，做造紙的，經濟能力足以供他母親過上想要的日子。但八十年的經濟蕭條，垮了好多的人，他爸也垮了。即便大家都說台灣撐過去了，那時期的報紙上也還是報導有人因一夕破產而跳樓。

他爸沒死，但他弟弟死了。他爸潦倒失意，酒醉後開車載著他弟弟兜風，結果逆向撞上一台休旅車。子都聽他說著，沒能打斷他，也沒能說一句安慰。

子風像栽進回憶的海，「我弟小我兩歲，他長得非常漂亮，長輩都誇他比我更英俊，就只有我爸說男人長得太漂亮不是好事，但也還是偏疼他。不過後來我釋懷了，因為去停屍間看他時，他一張臉都爛了。我那時候就想，漂亮真是脆弱又悲傷的天賦。」

他看子都眼底閃爍水光，故意戳了他的臉，聲音很乾澀：「如果我弟也長大了，你這個子都未必能好看過他。」

子都的心就像被淋了一盆醋，酸溜溜的。

「美化一點的說，就是我媽看不慣我爸窩囊的模樣，也無法承受失去我弟的打擊，於是開始把注意力放在外頭，說實際一點，就是又去勾搭有錢人，她的年紀無法做人太太了，於是就憑著僅存的姿色給人包養。」

倪子風抬起目光，灼熱的像冒泡的岩漿，「我身上所有的東西，都是用我媽給我的錢買的，你知道嗎，其實上次班上錢不是我偷的，但我認了，因為我覺得我身上的錢本來就是偷來的，既然做過小偷，多一次又怎樣。」

子都詫異，拉住他的手，「不是你？你幹嘛承認。」

「是沈籌偷的，古嫱威看他成績不差，不想他有壞紀錄，正好有我，於是說只要我頂了，不只這次她會表明不懲處，以前零零總總的大過小過也會找機會替我銷了。」

子都的手指發怒的用力，他瞪著倪子風，很想大聲嘆氣，卻輕輕的問：「你為什麼要作踐你自己。」

子風莫名其妙的回看他，哼哼的笑，「白子都，其實你是對的，你嫌我不入流，不夠乾淨，不夠資格接近你們，你都對，我就是骯髒，從我用我媽被包養的錢過日子的那刻起，我就注定活的很低級，我無法辯駁，所以我對你總是無可奈何。」他甩開子都，把繃緊的臉孔仰起。起身微微仰著頭。

到了很晚，冷月把大樹拉出一條孤寂的黑影。子都離開陽台，走進房間看一晚上都沒出來的子風。

子都坐在旁邊雙手支著床，「我給倪妮講了故事，她已經睡了。欸倪子風，為什麼現在的小朋友還是看巧虎啊。」

子風伸手淡淡的摟住他，「討厭一個人，是不是天生的，沒有辦法改變。」

過去無論子風怎麼討好他弟，他弟永遠都要欺負他。明明沒他壯沒他高，可是最後哀叫痛的都是子風。就好像現在他和子都，無論甚麼事情，到了最後一步低聲下氣的，還是倪子風。

「倪子風，就是你再難過，也不准對我動手動腳。」

難過？再難過也不是昨天的事了。他覺得子都這瞬間有點……呆。

子風看著他抬了眉毛，完美的下巴稜線抵著他肩頭，惡作劇的說：「你現在擔心的，就是我即將要對你做的。」

夜幕低垂，星辰的光芒碩大得虛幻。

嚴驍在二樓露天陽台，優雅的蹺著腳，目光盯著Mac螢幕上一個女孩子的照片，下面還有關於她種種資訊。嚴驍和琳俐都喜歡看條列式的資料，像是法律條文或者產品說明書，他們希望別人說話也能這樣條理分明。

嚴驍呢喃她的名字：「如雪……鄭如雪。」

他思索著震霍打電話來的請求。那是為了他表妹，他表妹最近因為一些事故來到台北，想在這裡找個學校。震霍的父母是小老百姓，當然沒有門路。他對子風透露後子都也知道了。子都說走後門的這種事就應該找琳俐。

嚴驍在電話對他說：「這不是一件小事。」

「我知道，我只是盡力一試而已，我聽說琳俐她媽媽是家長會的，能不能請她個幫忙？」

震霍顯然是不抱希望，最後說：「不然我先把她資料傳給你，你看完想想好嗎。」

琳俐沖掉面膜，拍著剝殼雞蛋般嫩的臉走向露台。嚴驍聽見門被拉開，俐落地把螢幕闔上。

琳俐從背後摟住他，手指輕挑的勾著他硬朗的下巴。

嚴驍反手摸上她的背，「你把我的襯衫當睡衣，你知道這多少錢嗎？」

「我買給你的我怎麼不知道，跟我昨天買的那雙Christian的鞋跟差不多。」琳俐靠著他的肩膀咯咯笑。

嚴驍把她抱到床上，深邃的雙眼盯著她，喘息的熱氣噴在她的鎖骨，「好大膽啊妳。」

百花鬥雪競放。少年風月情濃。

人都快到齊了。

她們提著裙襬，趕著登上繁華的大千舞台，成為汙穢世界裡最閃爍的焦點，像星子，像冰晶，像晨露。

快跟著他們，作一場風花雪月的夢。

花漾04

新的一學期在二月十四號展開。

在寒假作業尚未完成的學生眼中，這天是生命的大限、抄書的極限。在戀愛進行式的小情侶眼中，這天就是牛郎拉織女開房間……是轉圈圈。在傷春悲秋的子都眼中，這天代表過去又添了幾頁。

但不管哪種，法律明文規定：開學的第一天就是拿來閒話家常，絕不作正經事。

琳俐看到東苑一地的落葉，立刻踏著風火輪到衛生組抗議。

「為什麼沒有安排返校打掃的人清理。」

衛生組長一臉叛逆，獐頭鼠目的模樣難以說服人她專管整潔，「是妳之前說衛糾不可以進入東苑，老師勢力不可以侵犯學生的隱私和自由。」

「但我沒讓你把垃圾也留給我。」

「過幾天再叫愛校的人去掃吧。」

「過幾天？」琳俐的眼底轟地燃起火焰。她不是不能請清潔公司來打理，但她花錢一向花在刀口上，比如她最近為敷錦訂了一套巴洛克風格的家具……原本連桑華都要一併換新。她覺得桑華白得太徹底，看久有點靈堂的氛圍，但子都不肯麻煩才作罷。

「教育局衛生評鑑的時候我們走著瞧。」學務處的老師們裝作忙碌，但耳朵張得大大的。琳俐敲了下衛生組長的名牌，「也不怪妳，這種差事多半是倒楣鬼擔任，我們私立學校嘛，妳就吃苦耐勞一點，慢慢熬下去吧。」

不到兩個小時東苑煥然一新。

琳俐就該去競選台北市長。

東苑的植栽景觀一向由千新學長負責，他家裡是開花苑的。琳俐說：「你如果喜歡，這學期東苑還是包給他處理。」

子都沒有反對。

「只恐東風能作惡，亂紅如雨墜窗紗。」甘棠輕吟，拾起窗台上豐腴的一瓣桃花。「找空我把窗簾換個淺綠的，看起來更舒服。」

子都抬頭看，問：「和玉呢？是在教室，還是搬書？」

「大概還在選幹部。我們也過去吧，看看今天瘋傳的『神話』。」

子都點頭，「震霍他表妹來了啊！琳俐還真有本事。」

教室裡，一片沉寂。

所有人都盯著講台上一頭中長髮，皮膚像雪凝出來的少女。

沈籌看她看到忘了呼吸，被口水嗆到喉嚨。她的確美得讓人屏息、岔氣。

甘棠客氣的喊了一聲報告。

老師最討厭他們沒事窩在桑華。覺得他們類同於貴族的特權有礙於班級融合，常常沒事酸他們。不過甘棠處事圓融，從來不得罪人，就是古嬙威也不能不喜歡她。

「趕快入座。」她說完回頭面向大家，講：「大家有沒有問題想要問我們如雪呢。」一群賀爾蒙沸騰，翻滾綠色熱氣的男性，眼睛直勾勾的套在如雪身上。大家你看我我看你，抿著嘴嗯嗯啊啊的笑，腦子除了歪斜的幻想外，多半都有追求她的心思。顯然他們的字典裡從來就沒有「自知之明」。

「New girl !」子風站起來，襯衫一半塞進褲頭，一半在外，灑脫不羈的帥。「我是倪子風，就是想問問妳，有沒有男朋友啊。」揚起一口白牙的笑。

全班男性鼓譟的拍起桌子。激動的彷彿他們身上著火，而如雪是僅有的一潭清水。

如雪水靈的眼珠子在教室逡巡，她朝震霍定定的看。他聳聳肩，一臉無可奈何的笑。在學校他們的關係沒有曝光，連古嬙威都不知道。

如雪臉帶害羞，沒有回答。

子都正想開口譏諷倪子風，那秒，嚴驍開口了！他沉默寡言的程度都到了讓人以為他是啞巴，但他開口了，差點就是醫學界的奇蹟。

「先幫她找位置吧，要站到甚麼時候。」

老師才恍然想起自己是一個老師，不是一個八卦的婦人。「嗯……那如雪要安排在哪裡好呢。」

每個人都想把自己前後的人一把火燒了，好空出座位。

倪子風玩笑說：「坐嚴驍後面。」

嚴驍的後座一向是空的，因為他不喜歡椅子被人踩，或者被後桌撞……反正也沒人敢離太近，天天盯著老鷹的脖子，就是一種凌遲。你想想看，要是午休起來，迷濛之中遞考卷給你的是嚴驍，一雙陰寒的眼珠子瞪著你，你這輩子都不會再想睡午覺了

嚴驍說：「可以。」

子都回頭捎給甘棠一個「甚麼鬼」的表情。

如雪跟老師點了頭，走下講台。嚴驍昂起刮鬍後微青的下巴。如雪禮貌的說了聲：「謝謝你。」嚴驍似有若無的點頭。

另一個更稀少插手班上事務的人出聲了。

子都看向如雪，「坐我附近吧。」對子都來說，她不算個全然的陌生人，何況他也不認為嚴驍是個值得女孩子親近的人。

嚴驍沒有反應。手上摺一半的紐約時報換了一面。

大家都愣住，不曉得是要為突然的制止發愣，還是要為看似在跟嚴驍較勁的舉動發愣，

還是要為了說話的人是白子都發愣……

古嬙威從鼻子發出笑聲，「可是子都你周圍都是……人了。」

洪郁一臉傻傻的笑，「那和玉搬走好了。」

飾舒附和：「當然囉，要走也不會是甘棠吧。」

和玉頭低低的寫滿尷尬。

子都白了一眼洪郁，他最噁心這種裝作呆傻卻故意酸人的下流東西。

甘棠拍了子都肩膀，讓他不必擔心的說：「我跟如雪換座吧，我正好想要離黑板近一點。」

嚴驍回過頭，「妳要跟他換？」

甘棠側著頭像是沉思，「是呀。」

嚴驍盯著她，冷笑一聲，「換就換吧。」

全班又發出一種曖昧的吼聲。子都不冷不熱的說：「真無聊。」眼神傳遞出巨大的「幼稚、腦弱、智障……」批評。

他黑洞般的眼神掃蕩所有聲音。

自從如雪來了之後，無論上課、用餐、遊戲、聊天……走路坐臥全都跟著子都一起。因此子都被男性仇恨的熱度，在過去姿靜、甘棠的紀錄裡，達到全新的至高點。邪惡一點的，他們希望子都能得超級流感被隔離，或者死掉；善良一點的，他們希望子都來生能是女的，別再造孽了。

如雪實在是太美了，如果說王姚是今日的飛燕玉環，那如雪便是天地靈氣之所鍾，遠遠淩駕於二人的一縷香魂。倘若生在古代，她就是讓皇帝特別短命，國家特別崩壞，名字被喚成「禍水」的女孩。

細細凝視如雪，她的身型有些接近姿靜，但沒那麼瘦削，多了一分嫵媚，那分女孩的風流姿態，也恰是雍容閒雅的甘棠所不有。

一個周末下午，甘棠陪琳俐喝下午茶。

琳俐看著相當於五個社會新鮮人工資的戰利品，非常遺憾的說：「沒看到甚麼滿意的。」

琳俐把黑咖啡端到嘴邊，帶著笑意，「我都看到妳偷偷摸摸買甚麼了。」

甘棠只有一個Lanvin袋子，藍色盒子裡是一雙球鞋。她想說子都適合，就讓店員包了起來。

「甚麼偷偷摸摸，他三月生日也快到了，看到好的就先買而已。」

琳俐慎重的表情像是甘棠要送一頭鱷魚給子都，「妳千萬不能送鞋，特別是情人，這是要他走的意思。」

甘棠沒好氣的啜口花茶，「我跟他是朋友，沒有這種忌諱。」

「不要怪我沒提醒妳，他現在跟如雪走這麼近，兩個人看起來都快要有夫妻臉了，妳還在溫良恭儉讓，等到他們真的有譜，妳再跟我哭吧。」

「如雪背景比較辛苦，子都一向憐惜女孩子，難免對她比較照顧。」

「這就對啦。」琳俐一隻手臂擱在桌上，「男人的同情心就是一種病，他們的血液天生就會對楚楚可憐的女孩情不自禁，告訴你，白子都也不能例外。」

誠如她所言，子都的確對她百般憐愛。

如果要為如雪的故事下一個標題，那就是「紅顏薄命」。

如雪家裡就她一個女兒，家境只能貪求溫飽。她父親捱了一輩子也只是個工頭。其實貧窮並不稀奇，這世界上有的是餓死的人。只是她的父親卻對她有著沉重的期望，他知道她殊絕的美貌大有可為，於是在她國三那年，他父親帶著她到台中遠近馳名的酒家，想拿她賺錢。

他父親緊緊捏著她的手，喪盡天良的說：「只要一次，一次就能賺很多錢，妳想要甚麼爸爸都買給妳。」

那是比死亡還要黑暗的處境。

她哭著跑掉，悲痛的撕心裂肺。

從那刻起她就知道自己不能在待在台中了，她的父親只要看見她那張無瑕的臉蛋，就會心生歹念。她不願意下海就不給她錢生活。

她在飲料店、餐廳、ＫＴＶ……兼好幾份工，一個孤苦的弱女又免不了被人佔便宜。到了今年過年，她帶著十萬塊來到台北。她心裡清楚震霍他家和她父親並不熱絡，於是她將十萬塊全給了震霍母親，並承諾自己會找工作負擔所有開銷，只盼望在她完全獨立前他們能庇護她完成學業。

這樣悽慘的身世，送她進來桐城的琳俐自然知道。子都問甘棠能不能再請琳俐替她找一份待遇好又安全的工作。甘棠說不用麻煩別人，這個她自有辦法。

甘棠就沒跟琳俐多說這段後續了。

琳俐正忙著跟她「分析」利害，「原本以為和玉跟倪子風牽扯不清後，子都也算不可能跟她有結果了，誰知道又生了一個如雪，妳說我幫助她，是不是害了妳。」

「千萬不要這麼講。」甘棠面容真切，「像如雪這麼可憐的人，能幫助她就不該吝嗇，不要說男人心疼，我也心疼她。」

琳俐翻了一個禮貌性的白眼，哼哼的說：「隨妳吧，誰不知道我們家甘棠小姐心地最好，最討人喜歡。妳就拿大把的青春跟白子都耗吧。」

倪子風揹著暗紅色帆布包，合身素T，英俊的模樣讓路人頻頻回首。101裡的大陸觀光客拿相機朝他按快門，「看吶！台灣的明星，啥名字來著。」

子風打算正正經經的約一次會。對他來說，約會一般是不用穿衣服的活動……

他牽著和玉搭手扶梯上了四樓，走進PRADA旁邊一個不顯眼的入口，一間叫PAGE ONE的書局。這年頭智慧在奢華身邊都顯得畏畏縮縮的。

子風一進門就像子都被太陽照到一樣，頭發暈。

和玉興致盎然的逛起來，她最喜歡的是《哈利波特》、《波西傑克森》這類跟她語言風格一樣奇幻的小說。子都小時候也喜歡這款，只是長大後興趣降低。魔法和神話對童稚的心靈還是較具吸引力。

子風在童書區的木頭地板坐下，靠著牆就想睡。一個小女孩扯他的瀏海，像個鴿子咯咯在笑。

子風抬起一隻眼掃她。「妳媽媽呢？」

「去買東西了。」

他暗罵……該死的貴婦。他打開兩條長腿，讓小女孩坐在自己面前。他拿過女孩手上的書，封面是一隻滴著水晶眼淚的白狐狸，書名很乾脆，就叫《悲傷的小狐狸》。女孩小小的手拍著封面，「講故事。」

子風的聲音低低的，像是深夜的電台DJ。當然小女孩不會有「這男人的聲音好性感」、「老娘要吃了他」的念頭。她只是打哈欠。

童話書是在說一隻狐狸住在花園，白天牠撲蝴蝶，晚上牠對著水裡的月亮唱歌，日子很愜意。有一日，天空布滿鉛灰色的烏雲，狂風吹散粉嫩的桃花，落在洪水裡，暴雨打落一地大紅杏花，飄盪到牆外。小狐狸躲在桑椹樹下，著急的嗚咽，等到風雨過後，牠走了出來，對著落花滴眼淚。

子風的心漏了一拍，想這故事怎麼有種酸澀。圖上畫著一頭氣派的老鷹，張揚著翅膀從天下翔下，「小狐狸看見牠進了花園，叼折了一朵玫瑰，小狐狸氣得想咬他，但老鷹氣勢洶洶的反過來追趕牠……」

他懷裡的小女孩靠著他溫暖的胸膛睡著了。

子風放下書，抱著她去找和玉。

不愧作為台灣最代表性的地標，震霍和薄艾也來了101。

震霍笑說：「前幾天子風跟我聊台北哪裡好約會，我們查到這裡的書局，非常寬敞，不曉得在高級百貨約會的氣氛怎麼樣。」

薄艾勾著他，「很好，逛書店不用花錢。」

事實上，在這之前他們去看了一場電影，吃了一頓午餐，這對一個鐘頭賺一百元的薄艾來說，她只看到自己的錢像黃河一樣奔流不顧返的消失。

震霍攤開手掌，和她十指交扣。他眼神閃爍的問：「妳和子都說我們的事了沒。」

薄艾腳踝喀愣一下，「還沒，我會找時間跟他說。」

「妳直接跟他說也沒差吧。」

「我有戀愛自由的權利，誰都不能干涉。」薄艾慎重的說：「所以他知道或不知道都不影響我們的關係，好嗎？」

「那起碼妳有跟和玉分享吧。」這都是因為子風從前說「如果女孩子跟姊妹分享自己的戀情，代表她很享受這段關係」。

薄艾忍不住不耐煩，「沒有，因為她沒有事情瞞得住子都。」她反問：「那你跟倪子風說了嗎？」

「沒有！」他咕噥：「他感覺也瞞不住白子都。」

即便要公布，他們都不希望是從自己嘴裡說出，於是，他們心照不宣的有了共識：依舊暫時瞞著他。

在那個像逃生口的入口處，薄艾聽見尖銳的呼喊聲。

一個珠光寶氣的女人伸出乾枯的手指，對著子風罵：「你為什麼誘拐我的小孩。」

「神經病，我只是抱著她在門口等她不負責任的媽媽，但如果我真的綁架她，我猜妳也不會付贖金。」子風一隻手被和玉緊緊拽住。

薄艾看見那婦人牽著一個被嚇到啜泣的小女生。

他們跑了過去。婦人看見他們，得意的說：「看吧，你們還有同夥，我一定要報警抓你們。」

薄艾困惑的看了子風一眼。她蹲下來對小女孩問：「妳可以說剛剛發生甚麼事嗎？」

「剛剛……這個哥哥說故事給我聽……我睡著了。」

婦人像被熱油炸到，跳腳說：「我就知道，你一定是用了甚麼安眠藥對吧，好好的小孩怎麼會睡著。」

子風的呼吸變沉重，「妳趕快叫警察，我快要忍不住打妳了。」

無論薄艾怎麼說，那個婦人都能把事情編撰成好萊塢的綁架劇情，她真應該加入俗濫的本土劇奉獻心力與創意。

「怎麼回事。」嚴驍穿著一身黑西裝，手上捏著一個PRADA紙袋。

「你怎麼在這！」他們異口同聲地問。

嚴驍冷冷的巡了他們一眼，「應該是我問你們怎麼在這吧。」

那個婦人剛剛和嚴驍在同一間店，並且瞄了他好幾眼，好多眼。她搭著他的手臂劈頭就說：「這位先生，你認識他們嗎？他們是危險分子對吧，你不知道他剛剛——」

嚴驍甩開手，凌厲的瞥了她。

那婦人怯怯地把事情說了一遍。

嚴驍看了眼腕上的錶，「我知道了，叫警察吧。」

子風推了他肩頭，「你甚麼意思啊，我怎麼會誘拐小孩。」

「他們我認識，但還是讓警察來處理吧。」嚴驍對著婦人說：「但如果最後發現事情非妳所言，我會請律師替他們控訴妳汙衊，到時候妳可能要少買幾個包包，等著負賠償金。」

「少買幾個包包！」那婦人像是受了巨大打擊，她瞪著嚴驍說不出話，彷彿有人在她嘴裡塞了一顆透明饅頭。

她看起來很痛苦，最後終於說：「別再讓我看見你們。」

嚴驍的眼神像刀片一樣鋒利，「還好你還沒揍『那種人』一拳，要是那樣，我也救不了你。」

子風輕輕捶了下嚴驍，「對付你們那種人還是你有辦法。」

嚴驍的眼睛轉到和玉，語音上揚，「你們跟白子都一起來的。」

和玉搖頭，「沒有啊。」她在猶豫要不要提醒他不可以跟子都說今天的事。

但慶幸的是，嚴驍一向懶得說長道短。他根本懶得說話。

但不幸的是——

嚴驍昂了下巴，示意中央廣場上的咖啡廳。

子都和甘棠優雅的坐落在那。

嚴驍的勾起惡魔般的微笑，他心情很好的道：「我先走了。」

他們四個迅速的溜進書店。

子都看著他點的第四塊蛋糕，放下叉子，眼神像是盤子裡的檸檬派忽然變成油光閃爍的東坡肉。

離他們不到三十公尺的半小時前。

甘棠看見倪子風抱著一個小女孩，她的眼皮抽了一下，接著和玉走到他身邊時，她無力的闔上雙眼。

她很慶幸子都背對著他們。

然後右邊的扶手，薄艾牽著震霍的手一臉愉快的滑上來……

基本上這個動作已經解釋了薄艾和震霍的所有劇情。甘棠腦子飛快的想他們是甚麼時候開始的。是在聖誕節，薄艾醉倒在他肩膀上的那晚？還是夜自習，震霍和她合吃一碗泡麵的那天？同時間，她神色自若地看著致力於吃蛋糕的子都，祈禱他不要抬頭，就一直盯著那顆草莓，維持半小時。

當子風和那個婦人扯開喉嚨對罵的時候，子都的反應平淡得太詭異。就好像你背後有人拿著烏茲衝鋒槍答答答的掃射，你很難渾然不覺。除非你是和玉，因為她耳力像七十歲的老人般差勁。

子都神鬼莫測的叫店員把蛋糕包起來，對甘棠說：「我們去找如雪吧。」

如雪穿著一身PRADA時裝，臉上畫著乾淨的妝容，頭髮盤起後露出優美的頸子。

子都盯著玻璃櫥窗，問：「穿高跟鞋站這麼久，很累吧。」

「比起以前的工作，在這裡薪水好又體面，我都不知道怎麼謝謝你。」她的目光放到桌櫃裡的錢包，「你看有沒有喜歡的，等你生日我送你。」

「不要了。」子都真誠的笑，「學生用高級精品，我又不是琳俐等著被人搶劫。」

甘棠看子都乏乏的，就說如雪還要上班，不打擾了。

「讓司機送你回家。」甘棠說。

「時間還早。」子都看了一眼拐彎處，「逛一下書局吧。」

他們四個捧著書，仍舊窩在童書區的木質地板上。焦慮的他們看起來就像犯了酒癮的戒酒會成員。

和玉的臉從書頁探出來，「你們怎麼會在這？」

薄艾咿咿呀呀的說：「就是……昨天你不是跟我說妳要來嗎，然後我就想我也沒事，就來找妳好了。」

和玉側著頭，努力地想，「是嗎！可是我剛剛才知道他要帶我來書店耶。」

「嗯，對！所以我打電話問震霍，她說你們在這，就帶我來找你。」說完呵呵地敲了下震霍，他接說：「沒錯沒錯。」

甘棠看見他們，先鬆了一口氣，起碼是她先看到，然後用氣音說：「他在這裡。」

三個人不約而同摀住嘴巴，和玉則是摀住眼睛……

書店的分類擺放非常有趣，比如童書的前一排，竟然就是中國古典文學。然後站在那目光游移的，恰好就是白子都。

他們一群人像屍體一樣躺著地上。兩個小孩看到十分感興趣，問：「你們在幹嘛？」

和玉說：「我們在假裝自己死掉。」

小孩哇哇的喊起來，「有人死掉了。」

子風提起小孩的衣領，「你再吵鬧，我就讓你死掉。」

地上多了兩具小屍體。

店員聞聲前來，對眼前的景象咋舌，打著哆嗦離開。

震霍的手機響了起來，他在口袋裡掏半天，還沒拿出來。倪子風瞪他，操著手上的書砸下去。震霍眼神晴朗了，和萬化冥合了。子風打到的是他褲襠下的男性特徵。

子都把手上的書塞回格子裡，離開書局。

天地間最純粹，唯一達成不可能澄澈的，就是純潔的白色。那是一種無暇的色彩。所以天使是白的，雪花是白的，光輝是白的。

世俗來談，天下常有以白為美，一白遮三醜的說法。子都覺得「白」就該被供奉起來供萬人膜拜，可眼下卻有個以白為名的節日，讓很多人明目張膽地執行法律無法約束的下流行徑。

三月十四，萬惡的，白色情人節。

如雪的桌上滿滿的是情書。你會很訝異，在西元突破二零一零年以後，既然還會有人把情話寫在紙上，塞進信封，交到女孩手上。這本該是清朝末年保守派的作法，可取的是起碼這種行為散發著含蓄的美。可是如雪收到的信件，卻有著很直率的噁心。

情書裡有一半的字像中風過三次的猿人寫出來的。剩下的一半，語言風格十分前衛，比如「妳就像我黑暗世界裡的一把手電筒。」這麼說如雪就該投入救災行列；或者「看見妳之後我才發覺自己是個男人，想佔有，想保護妳……」這個男同學過去十幾年的生理特徵是有多委婉啊，估計他都不洗澡的吧。

讓子都青筋爆炸的是，「跟我在一起，讓我抵達妳靈魂的深處，跟我一起航向天堂……」子都讓這封情書航向教官室的檢舉信箱。

如果你覺得以上已經很極限的話，你將會發現一個真理：沒有最扯，只有更扯。

光是看到沈籌的名字出現在成推情書裡，就已經很令人髮指了。他從薄芠姿靜和玉，一路盯上如雪，他的口味根本就是「只要是美女我都好喜歡，只要是女的我都愛」。而且他還整天幻想自己跟倪子風一樣風流倜儻，但他的臉外加肥短的四肢就是藍色蜘蛛網裡的強暴犯，栩栩如生。

他的自信心就跟金字塔的成因一樣，神祕中帶著匪夷所思。

而他在洪郁的鼓勵下，寫了情書，還放了自己的一張照片！這就好像你收到一封情書，名字已經讓你很害怕了，結果信封竟然還掉出一張佛地魔的自拍！

子都一向對女生有比較客氣的態度，但他認為洪郁的惡作劇真的很下作，他能想到最惡毒的詛咒，就是祝她跟沈籌靈肉合一。

白子都把這堆卡片扔進垃圾桶，惡狠狠的看那些偷瞄他的男同學。

他拿起如雪桌上的糖果、巧克力，「如雪啊，這些東西還別吃好了，誰知道裡面有甚麼東西。」

子風伸腿一跨，反坐椅子，剝起一顆金莎的包裝，「他說的是真的，我就看過陳萬隆在巧克力摻FM2，妳這麼可口，小心一點。」說完把金莎扔進嘴裡。

他抬眉毛曖昧的朝薄芠問：「妳收到甚麼啊？」

早在很久以前，被子都掛牌的女孩子就少有人招惹。除了姿靜遠在一班，偶爾還有不受控制的男子會表白心意，往刀上抹脖子。

薄芠不以為意的說：「只有社團往來的同學送的，好無聊。」

震霍從包包裡拿出他請子風陪他挑的PANDORA手鍊，他不知道女孩子手上的繩子要這麼貴。但他不知道以後套牢女孩無名指的鎖鏈更貴啊。

「我要是看見有不要臉的傢伙敢纏著妳們，我就挑斷他腳筋。」子都這把刀讓好多人不禁摸了下自己的腳踝。

震霍的手抖了一下，禮盒墜回書包。

飾舒買了一件PLAY的T恤，她毫不畏縮的放在子風面前，「情人節快樂！」

子風浮誇的張大眼睛，「簡單明瞭，我喜歡這禮物。」

「那你絕對要穿喔，反正你也沒有女朋友，不怕惹人吃醋。」她眼尾悄悄的瞥和玉。這才是她的目的。

這只是開頭，戲還沒做足。

「我當然有女朋友啊！」子風賊賊的笑。那種痞子般的壞意專讓女孩腰間酥軟。

和玉如坐針氈。薄艾求救般的看著甘棠。

如雪冰雪聰明的理解她們的擔憂，盈盈的笑：「你少無聊了，你從出生就在把護士了吧。」

子風「喝」一聲握住如雪的手，看著驚嚇的她，哈哈笑：「妳們都是我女朋友啊。」

洪郁把T恤搶過來，拆開袋子。「換上啊！給大家看看好不好看。」

子風愣愣地接過。洪郁催促著他。「還好你沒有女朋友，不然她一定難過死了哦，眼睜睜看著自己的男朋友穿上別的女人送的衣服。」

子風的體育服翻到頭上，洪郁一把扯掉，「快點。」

子風笑著看她，「我喜歡扯我衣服，叫我快點的大膽女性。」

如雪眼神迴避正對她赤裸上身的子風。

倪子風本來就喜歡在別人面前展現他精心鍛鍊的身材，現在有一個舞台，他恨不得給你跳支舞。

和玉的眼眶潮濕，小小的咬著嘴唇。洪郁看到了，像不經意的說：「和玉，子風帥到妳哭啦。」

子都把子風套T恤的頭拍在桌上，咚一聲，子風沒心理準備，罵了髒話。

子都把衣服扯在手上，瞪著倪子風，「你真的很垃圾。」

子風大吐一口氣，攤著手，「我穿衣服哪裡得罪你了。」

和玉吸了鼻子。沒人注意還好，有時候當別人發現你的脆弱，才是讓你想哭的關鍵。她抹了下眼睛，跑出教室。

薄芠喊她，追出去。

「奇怪了，她哭甚麼啊？」洪郁和飾舒哼哼哈哈的笑。

子都拿起一把美工刀，像是要把她們倆去皮卸骨，「洪郁，我們哪裡得罪妳了，妳差不多該適可而止了吧。」

洪郁傻傻的臉轉瞬換了一個不輸他的凶狠，「得罪？你白子都哪會得罪人，你只是一向洪岱的人。」

不把人當人看而已。」

「我怎麼不把妳當人看，我只是覺得妳很讓我噁心，噁心的人。」她的每個字都在用力，「是啊！我姊姊也讓你噁心吧，不要告訴我你已經忘了一個叫洪岱的人。」

洪岱！子都像被回憶揍了一拳，落在他的胃上。他想到那肥肥黑黑，蛇蠍一般心腸的女人，就想吐。

倪子風光著上身握住子都拿刀的手，輕輕放低。「你們在說甚麼啊。」

子都現在就是一隻被激怒的狐，手上的刀就是泛白光的爪子。他拿起飾舒送的衣服就要劃下去。

「白子都，你囂張也太過了，別人送的禮物又不是送你，你憑甚麼動手，剛剛如雪的那堆情書，你也沒權力扔掉，你把自己想的太偉大了吧。」這番話成功引起男同學的奧援，紛紛投以譴責的眼神和噓聲。

倪子風握緊拳頭，胳膊上泛起清楚的青筋，「都給我閉嘴，再有廢話我就送他拳頭。」

子都把T恤扔在飾舒臉上，拿起倪子風的運動服，二話不說就割。飾舒瞬間看傻了。如雪拉著他的手要阻止，被一晃摔到旁邊。

子風扯過衣服，看胸前已經是一個大洞。氣血竄上腦袋，他努力想拉開距離，「你講不講道理，天天鬧，你不累嗎。」

子都眼裡蒙上水氣，但倔強的瞪著他。

子風把衣服塞給他，咆哮說：「你割你割，把衣服全都劃爛，誰攔你我就把他打死。」
子都眼睛死命睜著，呼吸聲像啜泣。
他把衣服丟到地上，踩了幾腳，腳步快速的離開教室。

子風氣呼呼的坐在位置上。全場沒人敢說話。

甘棠叫子風先把衣服穿好，不然等老師進來問了要怎麼說。
「衣服都被妳的白子都劃爛了，我穿個鬼啊。」
洪郁指著一團亂的T恤，「那好好的，穿它啊。」
子風生氣的摔開，抓著桌上一瓶水砸到布告欄，罵：「都是它。」他抬頭對飾舒說：
「你不要找我麻煩了，天天被他一個人鬧，我已經夠怒了。」
飾舒一臉委屈，「他無理取鬧，自以為了不起又不是第一天了，你幹嘛偏要理他。」
子風一口氣上來想要辯，又像洩氣的氣球垂下肩膀，擺擺手。

「把衣服脫掉。」他對震霍說。
「幹嘛。」震霍捉著衣襟，像被非禮的良家婦女。
他自己動手扒他衣服，「脫掉啦。」
他換上震霍的體育服，震霍只能撿眼色詭異的紅色愛心T恤去穿。

洪郁翻了一個惡毒的白眼，「你們都有病。」

子都像是上了一整天的體育課，全身精疲力盡。他甚至沒有到桑華，而是拐到了學校停車場附近的鳳園。這裡除了中午會有愛校來打掃的人，其他時間清幽的很，也寂寥的很。

他想起那個叫洪岱的人。

中國人取名字，有兩種手法。一種是順著本質命名，比如晶瑩剔透的女孩稱如雪，端正仁德的叫甘棠。另外一種是反訓，比如韓愈，字退之。

反訓在洪姓姊妹身上，就有著反諷的意味。一個岱、一個郁，為了這件事，林氏黛玉在太虛幻境吞安眠藥自殺，到地府後，又跑去奈何橋投湖……氣得她渾身發抖，生無可戀，只求死得透徹。

在子都還在念小學的時候，他就認識洪岱了。

為了尊重黛玉，也避免說她名字污人清聽，我們就用「那個人」代稱。那個人小時候心眼就特別多，還喜歡裝文藝扮聰慧，可能是她想要像林黛玉致敬。無奈臉的素質低落，才華又是空，只有算計同學、挑撥離間的能力特別出挑，是一等一的國手。這種心性的人子都自然是抱著「敬鬼而遠之」的心態。

到了國中，他們又同班了。念在舊識，子都也會多跟她說兩句，但就兩句，約莫十個字……她誤以為自己是子都身邊那群閉月羞花之一，或者沒有之一，但她實屬那種能讓自來水氣到沸騰的長相。

以她的低劣的個性和相貌，自然也很招人嫌。當別人開她玩笑，而子都視若無睹的時候，她就憤怒了。她就覺得少女的情誼被背叛了，假使她能用上少女兩個字。她廉價玻璃心就嘩啦啦的碎了。她無法對廣大排斥她的群眾一一算帳，畢竟人海茫茫。她只能找個明確目標，把怒意和羞辱寄託在子都身上。於是子都跟她結仇了。

你覺得，誤會可以解開？喔，這算是個誤會嗎，這就是個自卑青少女人格扭曲的心路歷程。或者我們思考一個問題，子都會在意一個路人怎麼想他嗎？你會在意隔壁鄰居養的小黑怎麼看你嗎？如果你會，你需要的是一個心理醫生，請立刻馬不停蹄的前往各大醫院洽詢門診。

所有人都在找他。

和玉也沒有頭緒，只是憑著本能，好像有人拉著她走。

她找到了子都，著急的跑過去。

子都的瀏海扎到眼睛，他沒有撥開，只是讓淚水沖刷刺痛。

和玉挽著他的手，聲音哽咽，「不要哭。」

子都靠近她一點，努著嘴巴，「對不起，我不應該讓妳受傷的。」

和玉咬緊牙根，晃晃頭。眼淚滴在手背上。

甘棠遠遠的落下目光。

直道相思了無益，未妨惆悵是清狂。

過了很久，琳俐打給子都。

「你再不出現，我就把你跟沈籌排在同一間房。」

子都打了哆嗦，「畢業旅行的分房跟妳有甚麼關係，妳跟我不同班耶。」

琳俐的聲音像從天上來，喔不！是從地下十八層來，她呵呵呵的說：「桐城高中有我不能插手的事嗎？」

花漾05

為期四天三夜的畢業旅行即將開始。

出發的前一晚上，琳俐把一干女孩子叫到敷錦。她們就像十七世紀歐洲聚在奢華宅邸舉辦沙龍的仕女們。

琳俐正經的頓頭，姿靜無奈的發給每個人一罐小瓶子。

和玉看著瓶子上的字念出來。「警用催淚噴霧？我們是要去幹嘛！」她吞了一口口水，「不是要去幹掉哪個得罪妳的人吧。」

「真沒見識。」琳俐翻了一個白眼，細細解釋：「我們是要到高雄去，那是甚麼地方啊！那是比新北縣還要落後的地方啊，很可怕的妳知道嗎，那裏的老鼠比狗還大，那裡的狗站起來比妳還高，牠高興起來還說不定能把妳拖進暗巷裡幹嘛呢！那裡的人更就不用說了。妳說我們到東南亞國家能不小心嗎。和玉，不是我要說妳，妳少太根筋了，妳全身上下大概只有一根筋吧……」

和玉半暈厥的倒在薄芠身上，薄芠輕輕拍著和玉的小心臟。

作為一個新北市居民，薄芠勇敢的說：「琳俐，沒有新北縣，只有新北市或台北縣。」

琳俐嚴肅的說：「是嗎？甚麼時候又改了，唉！這都是選舉的伎倆。」

「不是甚麼時候——」

「那妳家那現在叫甚麼。」琳俐一臉認真，「叫永和鎮，還是永和村？」

薄艾倒在沙發上，失去意識。

「總之，我們一群弱女子到了偏鄉地區，一定要好好保護自己。說到這個，妳們說我要不要帶幾箱礦泉水過去，以防沒水洗澡甚麼的。」

薄艾拚死最後一搏，「妳應該再多帶兩捆柴去燒。」

琳俐激動的握住她的手，輕蔑的瞥了和玉，「她比妳有智慧多了。」

她們倆徹底的休克過去。

正式出發的早晨。

高二全體學生興奮的亂吼亂叫，為行程暖身。

和玉要去找姿靜拿子都車上吃的梅子。

她鬼鬼祟祟的竄到敷錦門邊。她不想再聽一次琳俐的「諄諄教誨」。

她一顆短髮的頭先塞進門，然後身體再滑進客廳。她覺得自己就是駭客任務最新一集的女主角，俐落，矯健，伸縮自如。

她瞄一樓沒人，於是手腳並用的爬上鋪滿紅毯的階梯。

這是她第一次看見二樓房間的光影。紅金相綴的壁紙相當華麗，櫥櫃全部闔上後是一面碩大的鏡子，像一片粼粼的水面。

和玉跪著正要爬起，但她從鏡子裡看見嚴驍躺在床上，支著頭。光是這個場景，就足夠讓她立刻從二樓奮不顧身的跳下，不管會不會半殘。

嚴驍迷人的嗓音問：「這條領帶怎麼樣。」

好奇心殺死貓，像和玉這種更呆的寵物兔自然也要被宰。

她窩在門邊，看見嚴驍穿著制服褲，露出一截Calvin Klein的內褲，重點是性感到像在拍雜誌的上半身赤裸著，堅實的胸膛上有一條黑色領帶。

到底是誰會不穿上衣掛領帶，和玉緊貼著門思索。

嬌嬌的女聲說：「你少煩我，我趕著找琳俐那個玫瑰金的袖扣。」

嚴驍從背後摟住姿靜，臉埋在她頸間說：「妳好香。」嘴唇撫上去。

和玉沒敢看完後面的情節。她彷彿撞見布萊德彼特在調戲一個女人，而那個女人竟然不是安潔莉娜裘莉。

和玉覺得呼吸不過來。

她軟著兩條腿爬進桑華。門沒鎖，她推開門。

薄艾倚在震霍的肩膀閉目眼神。震霍一聽見門轉聲，立刻把她推出去。於是薄艾撞到扶手，暴怒的給他一記七傷拳。

震霍痛得咳嗽，奮力指著門口。

薄艾揉著腦門，尷尬地說：「是妳啊和玉。」

和玉一張臉白煞煞的，像目睹一輛車撞上人，然後再倒車，重新輾過去。

看得薄艾他們誠惶誠恐。

薄艾的聲音在飄，「妳不是看到甚麼了吧。」

和玉一驚，原來她也看到了，難怪會嚇得倒在震霍身邊。

「我都看到了，我快嚇死了，我完全不能想像。子都要是知道，一定會像核爆那樣大爆炸。」和玉已經看見子都轟出天上一朵蘑菇雲。

薄艾和震霍對視，剎那間一前一後的圍住她。

「妳千萬不能跟子都說，知道嗎，我們要找一個時機，用最緩和的方式告訴他。」

「怎麼可以啊，要不是我被嚇傻了，我一定立刻告訴他。」無論大事小事有事就告訴子都，和玉的課本是這樣寫的，「我現在就要去告訴他。」

震霍喀答的鎖上門。

薄艾耐著性子說：「妳跟他是朋友，妳跟我也是朋友，是不是？妳要是現在跟子都講，他還跟不跟我做朋友啊。」

「這跟妳有甚麼關係啊。」

「怎麼沒關係。其實我和震霍早就想公布，只不過前陣子妳和倪子風鬧了一次，我怎麼敢接著妳之後曝光，我又不是不要活了。」薄芠想起上次冷戰，她原本不覺得是大事，因為就是和玉被毀容了子都一定也還愛她。但是有天子都寡然地說：「一個女孩子要是被弄髒了，就注定萬劫不復。愛情往往是臣服於慾望，墜落在地獄的開始。」

子都那時候漠然的神情，看得薄芠生寒。

三雙眼睛六顆眼珠子沽溜的轉。

和玉的瞳仁逐漸放大。

薄芠嘴巴張大的說：「妳不知道！」

和玉嘴唇無法用力，氣若游絲的說：「天哪！妳們要逼死子都。」

學生們在地震博物館被放了下來。

導覽阿姨在入口處說：「請各位同學輕聲細語，隔壁有學校在上課。」過程中說了一句：「這些學生真可愛。」

琳俐正好和沈籌對上眼，他油膩膩的眼色差點讓琳俐把吸管吞下去。她憤憤的說：「睜著眼睛說瞎話。」

導覽阿姨眼珠子咯愣一下。

子都正好瞧見洪郁和飾舒盯著他們，滿臉就是一肚子壞水。他不屑的說：「一看就是下三濫的東西。」

阿姨的眼角有白花花的淚水。

但阿姨畢竟是歷練過的，提起精神後，對著琳俐說：「裡面禁止飲食，所以請把……」

琳俐把咖啡放進YSL提袋。杯上的綠髮女妖笑得詭異，笑得看破紅塵。琳俐踩著尖銳的細跟入門。

在測地震強度的實驗台前，老師請大家一起跳躍看能達到多少威力。和玉跳了一下然後跳跳跳，跳到了子都身旁。

「我跟你說——」

薄艾銳利的盯上她。

和玉心臟虛弱得倒在旁邊。仲手一搭碰上了抓著IPod的琳俐。她晃了兩步站穩，手上的提袋搖曳著。

琳俐鎮定地抬頭。如果不是看在子都的面子上，她現在就會把和玉綁上鉛球扔進台灣海峽。

杯子上的女妖染了一頭咖啡色。

剛才的阿姨意氣風發的衝過來，開口就要說：「就說了不能帶——」但她看見琳俐眼裡的血腥後，呵呵呵地路過了。

嚴驍發出幾聲難得的笑聲，「好了，到了義大妳再挑一個新的。」

琳俐顯然不太滿意。

「用我的卡。」

琳俐速迅被安慰，走去廁所清理。

嚴驍手插在口袋，瞇著一雙眼，逼近和玉。他問：「怎麼心不在焉的。」

和玉忍不住盯著他的黑色領帶看。

「今天是我在就算了，下次別再擅闖，換作是琳俐會生氣的。」

和玉的眉頭皺起來，目光移到他逐漸勾起的唇。

嚴驍的聲音很小，卻像是巨石落在和玉心裡，鏗鏘有力，「但我很好奇，如果妳把看見的一切告訴白子都，他會怎麼樣呢？你們無堅不摧的友情，好像每次碰見愛情，都顯得有那麼一點……虛弱。」

早晨，和玉透過鏡子看見他；他也從光亮的鏡子，看見躲在門角的和玉。

撲通一聲，和玉覺得心臟停了。

飯店大廳布滿瘋了一天，面容倦怠卻雀躍的學生。

大家領完房卡後，嚴驍走去櫃台，琳俐跟在他身後。

琳俐遞過訂房編號。前兩天的住房品質讓他們深受委屈……所以換了一間飯店入住後他們倆單獨開了一間花園套房。

櫃台小姐抬起頭，多情的盯著嚴驍深邃的臉孔，問：「pay by cash or credit card?」

嚴驍的父親是英國人，但他的混血面孔不是非常顯眼，除了一雙湛藍瞳色。

琳俐磨著牙齒，「他會說中文！」一邊拿出那張女性才能申辦的鈦金卡。她未滿二十卻能持有只代表兩種可能。一是她拿刀逼專員替她申請；二是她的財力與消費力足以匹敵絕大多貴婦，甚至超越。一她做得出來……二她也具備。

嚴驍拿出自己的御璽卡。

櫃台小姐再次抬起目光遞向嚴驍，視若無睹琳俐，「那我們提醒先生因為您有持卡，所以飯店的設施都可以免費使用喔。」

琳俐速迅把嚴驍帶上樓去。

嚴驍問：「怎麼最後白子都跟沈籌一間。」

琳俐呵呵地笑起來，「原本是你們兩個外加子風、震霍，但那時候他正在不理倪子風，所以把他劃掉。一般人誰敢跟你們兩個睡啊，後來古嬙威最後整理名單把沈籌排進去了。」

琳俐嫌惡的嘁嘴，「比起你們，那老女人倒是比較欣賞那個醜怪。」

「她要的不是一個優秀的學生，而是一隻聽話的狗。」

「你先洗澡，等一下我要用浴室。」

嚴驍的扣子敞開，雙手圈住琳俐，「那我們一起。」

琳俐推開他的胸，笑說：「我要找甘棠她們上來泡澡，你一起啊？」

嚴驍把襯衫扔在床上，留下一個寬闊的背影。他走進浴室，玩笑說：「那我先架個攝影機。」

熱氣蒸騰，香氣繾綣。

一群少女衣衫盡褪，圍著圓形的浴缸說話，像是希臘藝術畫裡那些在河川戲水的女神。當然，在池中一頭紅棕髮色的琳俐，比較像是美豔的女王。

和玉盯著身材飽滿、前凸後翹的甘棠，又把目光轉向姿態婀娜，手扶在磁磚上，肌膚蒸騰得粉嫩的如雪。太誇張了，她們是人嗎？如果她們是……那我是甚麼？她想找個人分享這份心情，轉身捏著姿靜的手，結果看見她美目半睜，全身盤旋著如蘭似麝的煙霧。

她甩開姿靜，抓著薄艾的肩膀說：「還是妳比較親切。」薄艾會意後，在水裡給她一個過肩摔。

琳俐起身，拿了一罐Q10乳液在肌膚在塗抹起來，像在幫吐司上奶油。

「I have a plan!」她說，她的臉上有跟金恩博士說「I have a dream.」時相同的光彩。但是，其他人在心裡齊說了一聲：「I have trouble.」

琳俐的「計畫」多半都帶著危險性。上次她看到電視裡一個叫「打鐵花」的煙火技術。在子都興致勃勃的鼓舞下，她大費周章從大陸聘請人員，器材，不吝財力，敲定時間在東苑執行。結果是，一排杏花都給炸酥了，千新學長看到後暈了過去。東苑差點燒了不說，薄艾還因為手臂燙傷送進急診。

「妳要我們陪妳溜出去逛義大？」姿靜拿了一片琳俐的面膜敷在臉上，「妳不能等回台北再逛嗎。」

「很接近，我們的確是要『脫離行程』，不過『更複雜』一點。」琳俐掃描了眾人一眼，「沒什麼大不了，被抓到也就是幾支過，然後遣返台北而已。」

她先發制人的說：「誰敢退出，我現在就送她去極樂世界。」

琳俐悠悠的盪到和玉身邊，搭起她的手，「在這個計畫裡妳要做的，」她露出後母般慈愛的笑，「就是不要搞砸這一切。」

凌晨三點半，夜色像濃墨深沉。

子風他們一群男生窩在房間裡喝啤酒，直到有人體力不支倒下去，一個兩個三個……子風才搖搖晃晃的走回房間。

他抓著震霍帶出來的房卡，一間一間的試。他連教官的房間都試了……嘀嘀兩聲，終於找到對的門。

他步伐交錯的走進去。

沉重的喘息聲，一個人站在床邊，傾著身體，好像在摸甚麼。

他走過去，發現是沈籌。子風看了一眼床上睡著的子都，眉目像個孩子一樣舒坦。

「你在幹嘛啊？」他一把勾住沈籌。沈籌上身精光，子風看他一臉困窘，低頭看，發覺他只穿一條內褲，而且卡在大腿處。

沈籌詭異的動作，慌張的神情，還有誠實的身體反應，這些畫面在子風的腦袋裡迅速拼湊出一個事實。

他不可置信的再看了一眼。

沈籌吶吶的說：「別說出去啊，我只是覺得好玩……」

子風像是被人澆了一桶冷水，即刻清醒。

子風顫抖的捏住他脖子，「到陽台說，把他吵起來就不好了。」

沈籌吐氣，笑了一下。伸手要拉內褲。

「不用不用，大家都是男人，不用害羞。」

子風把窗簾拉上，確定遮得密密實實，房間看不到陽台，又把落地窗闔上。

他雙手插在腰間，踱步苦惱。從來沒有一個瞬間，子風這麼熱切希望打爛眼前的人，希望滿地都是他的鮮血，希望可以踩爆他的眼珠子……

沈籌嗽了一聲，曖昧的說：「我能不能先去廁所啊。」

子風頓了頭，喉嚨乾澀的說：「唔！廁所，喔當然——」話還沒說完，拳頭直直的往他喉結上砸。

沈籌叫不出來，痛得縮在地上。

子風揪著他脖子，「你怎麼敢做這種事，嗯？」忽然咆哮：「你他媽怎麼敢對他做這種事。」

他的膝蓋撞上沈籌的肚子，拎著他後腦勺吭地撞鐵欄杆。

沈籌眼淚掉下來，那不是哭泣，僅是一種疼痛的生理反應。他伊伊呀呀的抽氣，使勁遠離青筋炸裂的倪子風。他努力在記憶裡回想倪子風有沒有殺過人的紀錄。

「拜託不要打我，我錯了，我太低級了……不然，你也去對他這樣！我絕對不說，絕對不說。」

倪子風愣住。

他抓著倪子風的腿站起來。

「這很有趣，對吧！或者你可以用一些特別的方式——」他的脖子又被倪子風捏住，「像有一次你在男廁對那個學妹那樣……我的意思是你可以……」

倪子風往他的臉頰揍上去。力道一定很猛，因為他的臉迅速變紅，然後呈現一種浮脹的青。

子風把他按在地上，膝蓋扣住他肩膀，左右揮拳。

沈籌的嘴邊吐出血絲。

子風朝他臉吐口水，站起來，腳往他兩腿之間踩下去。「今天的事你要是敢說出去一個字，你真的會死，真的會死掉。」

子風把陽台鎖了起來。

子風靠著落地窗很久。

他走到床邊坐在地上，目光如水的盪漾在子都身上。他花了很大的力氣才讓忍住不碰他的臉。

他趴在床邊，呢喃：「哥哥一定會保護你，像小時候那樣。」

畢旅的行程絕大部分都在遊樂園打轉。

琳俐看見竄來竄去的雲霄飛車，燃起了興趣，但她又覺得速度太過刺激。她對控制人員說：「能不能幫我調慢一點？」

那人額頭冒出一顆汗珠……

「我不跟你開玩笑，我只是跟你溝通，能不能慢點？」

「這個我們真的沒有辦法。」

琳俐從拉開皮夾，「說吧，多少錢可以辦到。」

子都他們創下了世界紀錄，史上最慢的一輛雲霄飛車。

一開始他們還能在高空稱讚琳俐有多麼的偉大，多麼的跳脫窠臼，可是當雲霄飛車倒過來讓他們的腦袋懸空，速度卻又奇慢的時候，子風飆了第一句髒話，接著大家七嘴八舌的抨擊琳俐到底在想甚麼……

下車後，琳俐擔心被大家毆打，腳步不穩的消失在大家眼前。

他們決定找家餐廳好好休息，直到器官都歸位，三魂七魄都回來。

如雪在櫃檯猶豫著，因為只發一百元餐券，可是沒有一百元的午餐。就在她猶疑的時候，路過的男同學紛紛上前攀談，甚至有幾個是其他學校的。於是她還沒注意，手上就像玩大富翁的多了七八張餐券。

子都看著如雪滿滿兩個托盤的食物，「如雪，妳在發育啊？」

她端了一碗焗烤飯給子都，「大家一起吃吧，我把餐券都花掉了。」

隨著太陽逐漸隱沒，天空披上淺紫色的紗。

他們暗中交換眼色。

倒數計畫。滴答滴答，像炸彈的計時聲。

晚上七點鐘。

子都和如雪走在露天的美食廣場。

「你來桐城這些日子，都還習慣嗎？」

如雪穿著一件白色雪紡短裙，撫過臉頰邊的一簇髮絲。「在這裡的日子，是我從來沒有想過的，非常快樂，你們又對我太好了。坦白說，好到我覺得生活像是假的，常常擔心以後和你們分開，自己會很難過。」

「妳這麼漂亮的女孩子，本來就該過上和甘棠她們一樣養尊處優的生活，是老天虧待了妳。」子都揚起笑容，「別多想，我們會一直在一起的。」

聊著聊著，子都問：「其他人去哪了？」

甘棠出現在GUCCI透亮的玻璃大門外，黑西裝男拉門的瞬間，琳俐立刻從貴賓室飛出來，「我剛剛看見兩件寫妳名字的衣服，妳一定要試試看。」一個行動衣架被推了出來。

俗話說，富不過三代，不知吃與穿。名牌主要是表達一種生活態度或習慣，有人錢的。如果你讓甘棠穿上年終特賣服裝，她也照樣優雅的像一隻白天鵝。

「妳怎麼這麼興奮，是子都生日又不是妳。」

琳俐像是籌謀了很久，「we can go double-dating this summer vacation.」

甘棠別過頭，「別亂說了，懶得理妳。」

琳俐衣服上的肩飾像是流動的黃金，襯得她閃閃發光。她看了下手錶，「他們差不多該到了，妳帶他們離開大門口沿著坡道往下走，不要引人注目，到時候車子會直接開到餐廳去。」

子都和如雪到大門口時，子風和甘棠已經到了。

甘棠說：「琳俐好像買了蛋糕還甚麼，我們走下去，半路跟她會合。」

購物廣場在空曠的郊外，和其他地點通常是接駁車往來，所以路上看不見一個人。

子風看見一輛中古灰色福特駛了過來，朝甘棠眨眼睛。

後門走下來一個彪形大漢，眉頭用力地盯著他們。他眼光瞄準甘棠，抓住她的肩膀，甘棠嚇得叫了一聲。

下一秒，壯漢毫不留情地把她拽進車裡。

和玉果不其然的透漏了生日會的驚喜，子都看甘棠被摔了進去，立刻跟上車看她有沒有怎麼樣。

門啪的關上，車子轟轟的加速離開。

「車子走了，我們怎麼出發啊？」子風把手插在口袋，前後張望。

一輛轎車從後面駛來，對他們閃頭燈。
琳俐走下來，看了一眼問：「子都呢？」
如雪伸手指了車子剛剛開走的方向，「已經上車啦！」
琳俐的眉毛擰起來，「走了！車子在這啊？」
兩個穿警察制服的人下車，目光搜索。片刻後，其中一個尷尬的問：「誰是白子都？」

甘棠的肩膀被摔得泛紅。前座的兩個男子透過後照鏡瞄她。
她才掏出手機，前方右座的就伸手搶了過去，丟出窗外。
子都詫異：「你們玩得太過分了吧！」
駕駛的人朝他瞥一眼，對隔壁說：「等一下找個地方先把他丟下去。」
子都皺眉，感覺不太對勁。
甘棠悄悄抓住他的手，在他的手背上寫了一個字：逃。
看著甘棠漆黑顫慄的瞳孔，他很快明白過來。
冷汗直流。

琳俐回過神來，指甲用力的坎進手心。
她把倪子風抓上車，對其他人說：「你們回到房間讓老師查房。姿靜，妳去找嚴驍，跟他說我們可能無法準時回來，讓他看著辦。」

和玉打開門，看著臉皮緊繃的琳俐，眼眶盛滿淚水問：「他被誰載走了？」
琳俐說：「不知道，等我回來再說。」
和玉擠了上去，「我跟你們一起去找。」
琳俐沒工夫浪費時間，她叫車子沿著路趕緊飆出去。
寬敞的後座氣氛壓抑的像是末日來臨。
琳俐看著窗外，甘棠和子都的電話全打不通後，額角滴下了一汗珠。「他們可能被搶劫了。」她補充：「只是可能。」她真正擔心的是這不像是搶劫。
和玉吸了一口氣，眼眶掉下來，「怎麼可能，這是妳計畫的一部分吧？」
琳俐瞪了她一眼，又不想看她情緒崩潰。她拋了眼色給倪子風。
子風將她摟入懷中，嘴唇貼著她的側髮，但一句安慰的話都說不出來。

長長的巷弄，有一塊破敗的家庭理髮招牌。車速慢了下來。
子都捏緊了甘棠的手，朝她頓頭。
子都屏氣，背撞上凹凸的柏油路，甘棠也跳了下來，兩個人在地上打滾，撞上牆。子都臉上黏著碎石，四肢又痛又麻。他聽見甘棠說「快跑！」
兩人被逼得腳步無法停下，氣幾乎要換不過來。後面的人像是野狗緊追，大聲朝他們咆哮。
甘棠拐了一下，向前撲倒。手臂擦出傷口。

掙扎間她的包包被搶走。

一個人翻出她的證件，「姚甘棠，就是她沒錯。」

甘棠的頭髮凌亂。對那個人說：「錢都在裡面，你可以放我們走了。」

他把包包扔在地上，張著汙黃的牙齒笑，「不急，錢我們已經拿了，現在就是要替人辦事而已。」

子都心裡涼了半截。他架著甘棠的肩膀扶她起身，腳步跟地面磨出清晰的沙沙聲響。

「一有機會就跑，知道嗎？」子都悄聲說。

他指著子都說：「你可以滾，這裡沒你的事。」

甘棠的手心流汗，她抓緊子都，「你先走，你先走才可以找人救命。」

他們逼近，一個男的勒緊甘棠的腰抱住她，甘棠的腳在空中狂踢，高跟鞋落了下來。子都要去拉扯，被另外一個人摔出去。

甘棠花容失色的尖叫，不忘朝子都叫喊：「快跑啊！」

子風看見尚未熄火的福特，敲著前座靠椅，激動地說：「就是那輛車！」

車子還沒停穩他就跳下去。

和玉的手被琳俐扯住，「不知道情況妳別去，太危險了。」

「可是子都在那裡。」

琳俐聽她聲音都啞了，撫了她的頭，「沒事，妳不要多想。」

突然電話來了。琳俐急躁的接起，只聽見嚴驍沒有情緒的說：「妳必須馬上回來，有狀況。」

琳俐手機還沒放下來，和玉就趁機跑了出去。

她衝著和玉的背影說：「妳要跟好倪子風啊。」

她按了下亂跳的心臟，對駕駛說：「先送我回剛剛那裡。」

子都在牆邊摸到一個啤酒空瓶，往抓著甘棠的人砸過去。他叫了一聲摸住脖子，甘棠摔下來。他怒吼：「看我先弄死你。」

甘棠的腳扭傷了，裙子又撕裂了一半，她踉蹌的扶著牆喘氣。

子都薄薄的T恤沾滿了污漬，那個人朝他撲過來，掐住他的喉嚨。他看見另一個人又把甘棠抓起來，朝更陰暗的角落走去。他望著甘棠，潮水般冰冷的恐懼淹沒了他，他害怕可能會發生的事，更害怕自己面對這一切卻無能為力。

兇惡的面孔抬起手，他感覺到尖銳的碎片掃了下他的臉，但他墜在地上，咚的一敲。他的眼前浮現一雙紅色勾勾，是倪子風招搖的甚麼夢幻鞋款。

「子都！」子風喊。

隔壁倒地的人撐手爬起，劈手要打。

倪子風抱著子都，像一棵樹罩著他。子風身上不停震動，一張臉猙獰，疼痛的呼氣撫在子都的臉上。

一個空隙，對方動作停下來。子風轉身朝他肋骨處重重踹了兩下，揪起他的前襟，連續灌兩拳，罵：「去你媽的。」他的手上滿滿的都是血。

他讓子都靠在自己身上，黏膩的血沾到他臉龐。子都看到血跡，又聞到濃厚的腥味，轉頭嘔了一口。

子都指著甘棠的方向。

甘棠用高跟鞋踹到兇徒的眼睛，他一時忙著摀眼皮叫。

子風猛力將他頭拍去撞牆。

甘棠驚呼：「不要打死人了！」

「這種人渣死了剛好。」

那人抓了一塊石頭，往子風打過去。

子風的眉毛上方被拉開一個血腥的傷口，他痛得徹骨吼叫，黏稠的血液蓋住他視線，右眼一片滏黏的黑暗。

和玉把子都扶了起來，子都踹了一腳臉上成爛泥的人。他扯住子都的腳，把他拉到身下，胡亂揮拳。

甘棠爬到包包旁，手指顫抖地找到催淚噴霧。死命叫和玉過來。

「打開蓋子，我使不上力。」甘棠對著一直哭泣的和玉說。

扭了好久終於開了。結果一開嘶嘶嘶的嗆鼻煙霧即刻噴了出來。甘棠不留神吸了一口，猛嗽，「拿去……噴他們。」

和玉還沒跑到那個人身邊，風就送到了。那人滾到一邊大咳。刺激性的煙霧沾到傷口就像有人在撕扯。

子都抓過瓶子，往正和子風抱在一起互毆的人丟過去。他們兩個撒開手，用力的喘氣起來。

他們幾個互相攙扶，踉蹌的跑出去。

嚴驍穿著短袖，袖口貼著結實的手臂。他從玻璃窗看見琳俐怒目走來。

他問：「其他人在哪？」

琳俐一時無語。

「一定是有人知道今天你們要慶祝，沈籌他們都在說這件事，差點連老師都知道。」嚴驍說。

世界上沒有不透風的牆，只是要敢透琳俐的風，她就會卸了那堵牆。

她坐在床邊捏緊被單，冷靜下來想，「會不會是子風還是震霍說溜嘴了。」

嚴驍伸出舌頭舔了下嘴唇，「今天妳先回自己房間吧，說不定妳們老師會找妳，預防萬一。」

嚴驍對著鏡子摸了摸下巴，帶著一個誘人的神情。

子風他們在眾人側目的情況下，衝進麥當勞。子風洗了臉後，總算比較不像剛剛挖了一顆心臟來吃的殺人犯。

他們在路人忍不住報警之前，匆忙離開。

和玉的嘴角下垂，「好累，我們要不要去醫院？」

子都和甘棠都猶豫了一下，雖然自己都是皮肉傷，但又擔心彼此，何況還有看起來可怕的倪子風。不過一旦去醫院，就有被學校發現的風險。

子風勾住和玉肩膀，「沒事，但我們也不能這樣回飯店，今天晚上先隨便找個旅館住好了，其他的事，明天醒來再說。」

大家早就癱軟無力。沒人反對。

和玉跟甘棠全身散發一股非常風騷的香水味。子風到了夜市買了一罐只有特種行業才會選的味道，還有拿來當懲罰的俗豔口紅。

這都是為了能合理的走進去旅館，否則一查證件就完了。所以她們要喬裝成酒店小姐……

子風對子都說：「你等一下把臉埋在甘棠身上，像喝酒醉那樣。」他讓子都穿上自己的皮夾克。

一走進去，子風伸出手指比了二，一邊對和玉的臉頰親了起來。「不枉費打了一架把妳帶出場，以後別做了，跟我吧。」

櫃台阿姨眼珠子上揚，見怪不怪的把鑰匙丟在台上，上面掛著印有號碼的壓克力板。兩間房間在對門。子風抬起兩隻手，笑問：「是我跟和玉一間，還是我跟甘棠一間？」

子都抽起一支鑰匙，沒好氣的說：「給我進來。」

子風一進門就躺在床上，嘴裡嘶嘶嘶的叫。子都本來想叫他滾下床，但是看見他眉頭上觸目驚心的傷，便不多說，先跑去洗澡了。

這頓澡子都洗得伊伊唉唉。手上和背上，甚至臉上都有輕微的刮傷，子都的皮本來就嫩，連撿樹葉都會被劃傷。

洗完澡，他把大浴巾披在身上就走出來。

子風挑逗的看著他。

「你有病吧你。」

子都滾進被窩裡，叫他把冷氣開強。「你洗好澡叫我，如果我睡著的話。」

「怕我趁你睡著幹嘛啊。」

子都抄了一個枕頭丟過去。

同一片漆黑的天空下，如雪也才剛洗好了澡。

他們一群人全都惶惶不安，直到琳俐接到了子都電話，說一切都好，大家繃緊的神經才鬆懈下來。

房間裡剩下的薄芡去了琳俐房間商量明天的事。

門鈴叮咚一下。

如雪隨便套了一件衣服，幫薄芡開門。

開門看見的，是抿著嘴唇笑的嚴驍。

嚴驍走進來，反手關了門。

他的指背在如雪細膩的臉頰滑動，勾起她的下巴，輕輕的咬了一口。

子風的手緩緩地拍子都，子都迷濛的睜開眼，「我睡了很久嗎？」

子風點頭，「十一年了。」

「白癡。」子都起身，棉被滑了下來。

他看見子風渾身上下光溜溜，只有一件緊身的PLAY BOY內褲，他指著他暗紅色的內褲，「你幹嘛不穿衣服。」

子風比了他，「你不也一樣。」

子都把棉被拉好。他看了倪子風的臉，眉角上不小的傷口，心想不曉得會不會留下疤痕。他手指輕輕的碰了周圍，「會不會痛啊。」

「你說呢。」倪子風嘲諷。然後捏著他的臉，像捏包子，說：「還好你臉沒受傷，不然回去琳俐他們還不知道怎麼念我。」
子都作勢咬他。
氣氛忽然靜了下來。
倪子風靠在床頭，無聊的打開電視。情色的喘息聲瀰漫在空間裡，兩具肉體激烈的纏綿著。子都瞥了一眼電視，轉頭瞪著子風。
子風笑笑說：「幹嘛，又不是IMAX大螢幕！」他聳聳肩，「我只是覺得要是能用IMAX看A片一定很爽。」
子都跟他爭搶遙控器，壓著他的手，最後茲的關掉。
子風的身體是燙的，跟子都微涼的體溫截然不同。他伸手勾住子都的肩，「這次我又救了你。」
子都躺回枕頭。嘆了一口氣，「謝謝你。」
「甚麼！」他側身支起，臉在他上方問。彷彿剛剛子都說的是「我懷了你的小孩」……
「好話不說第二遍。」子都用力捶枕頭，希望它能保持蓬鬆。
倪子風心滿意足地宣布自己聽到了。
他看子都一直在跟枕頭戰爭，拍了拍自己的胸膛，「要不然你躺這裡。」說完把他頭按上來。
子都真的極疲乏，他沒有想到結實的胸膛躺著卻很柔軟。他聽著子風撲通撲通的心跳，想起一個英國的研究說心跳聲能帶給人平靜，他眼皮很沉，推不開輕鬆摟住他的強壯臂膀，依稀想見還有個同樣來自英國的研究說擁抱是人類最舒適的姿勢……

子風哼起一首歌，沒有歌詞，也可能是子都太累了，只聽到音符旋律。

子都最後稀里糊塗的交代他，「你一定要遵守跟我的約定，好好對待和玉，然後一畢業就徹底遠離她，不要害了她，知道嗎。」

薄芠在琳俐房間裡待到快睡著了。

明天一早琳俐要溜出大廳，躲過隊輔的監視，送衣服給子都他們，順便搶先看個安心。薄芠只看見琳俐在房間裡來回踱步，不時用指甲戳自己。等她有意識時，她已經走在自己的房門外了。

她正要扣門，門就被打開了。

雞皮疙瘩起來，她像是被人甩了一巴掌清醒。她對萬隆說：「對不起，我走錯了。」她轉身要走，萬隆拉住她。他提了下褲子說：「是我走錯了，妳回房吧。」臉上掛著低級又開心的笑容離開。

白色的床單凌亂的像是被人打劫。薄芠手放在嘴邊，抽氣的看見躺在床上的如雪，雪白的臂膀從棉被露出，她濕漉漉的眼睫毛動也不動。

就是這副眸子，總是帶著悲傷，帶著黑暗，帶著紅消香斷的預感。子都常常盯著她發楞，為她空幻般的淒美感到寢食難安。

薄芠扶著她的背，抱住她。「怎……麼了，妳不要嚇我。」

她苦楚的笑了，眼淚卻像是斷線珍珠斗大的落下。她平靜的說：「他再也不會煩妳了。」

薄芠站起來，氣得發抖，「我去打死他。」

如雪阻止他，「就當作甚麼都沒有吧，反正，我本來就不像妳們乾淨，本來我……就很下賤。」

薄芠眼淚終於不可抑制的流下來。

如雪把頭倚在她肩上，雙眼酸澀。她說：「薄芠，我好羨慕妳跟和玉，妳們有健康的家庭，溫暖的人生，可以期望的未來，還有子都這個心裡總是記掛妳們的朋友，我真的好羨慕妳們啊。」

薄芠哭泣，嚎啕，她悲傷的心都碎了。

但是別哭泣，最寒冷的夜還沒到來，現在你能仰望的發光星子們，都會在一個寒風呼嘯的夜晚，一顆一顆的，重重摔落地面。

到了黎明，太陽照樣還會升起。

子都的絕塵，和玉的天真，如雪的夢幻……都會籠罩在金黃色的薄紗中，美好的令人難以置信。

繁華的極致，晶燦燦的青春盡頭，還要走一段路。

太陽就要出來了。

花漾06

一家餐廳正在承受跟米其林不相上下的嚴苛考評。

E・Lorenz說一隻蝴蝶在巴西拍拍翅膀會使美國德州會捲起龍捲風，而一臉肅靜的琳俐就正在詮釋所謂的蝴蝶效應。如果不是這家店的主廚在巴黎得到三星評價，琳俐就不會把子都的生日宴訂在她腳下松仁路上寸土寸金的餐廳，而她眼前西裝筆挺的男子也就不會在空調涼爽的十人包廂內滿頭大汗，神情像一幅輓聯。

「我相信你應該看的出來並且我也有說過這是一場年輕人的生日宴會。」

男子迅速的點頭。

「那我為什麼現在只看到一個慶祝你奶奶八十大壽的布置？」

「當初您說既要肅穆典雅，又要時尚大方，我們是根據您的想法作設計，如果您不滿意，我們很抱歉，畢竟我們最擅長的是給客人頂級的料理，不是室內設計。」他的高傲正在逐步瓦解。

琳俐點點頭，「我理解了。」

男經理晃動的眼神堅定起來，在其他侍者眼前找回了尊嚴，果然高級服務業都有兩把刷子。

「所以你們就把布置的工作委託葬儀社了？」琳俐呵呵地笑了，「也許你見過很多財大氣粗的客人，他們一踏進來就對你們充滿敬意，相信你們必定連空氣都殺菌過才提供客人呼吸，就算你端出胡椒蝦說這是澳洲龍蝦的新吃法他們也深信不疑，並且吃得津津有味，臨走前還給出相當你三天薪水的小費。但也你總該知道夜路走多了會碰見鬼，我看你也有四十歲了，對吧！我現在一走出去就不怕沒有花錢的地方，我不如去吃小籠包好了，你覺得呢？」

他語音發軟：「李小姐，我們很抱歉不能達到您的要求，可是現在離您預定的時間只剩兩個小時，恐怕我們沒有辦法替您更換布置。」

「所以我只能被迫接受了？」琳俐拿起手機拍了幾張，最後一張對著他的名牌喀擦一下，「好的，為了不讓其他顧客受害，你們好好跟消基會談談吧。」

「我們願意全額退還訂金！」

「我看起來會因為那筆錢傾家蕩產？」

「任何時間，我們招待您……以及您的朋友來這用餐，作為補償。」

「沒有這一餐我會餓死？謝謝你喔。」

經理幾乎是忍著眼眶的淚，只要有人在他腿上一踢，他便會長跪不起。「是否能告訴我們如何補償這個錯誤？」

琳俐先去打給姿靜，「妳去找如雪，她還在101上班，跟店長說一下，喔妳找甘棠一起去好了。」她掛掉電話。

「有一件事你說對了，剩下兩個小時我沒有辦法，只能當作吃虧了，我也不用你們補償，佔這一點便宜不是我會做的事，不過我要告訴你，下一次我不會再來了。」

「請務必讓我們提供您以及您的朋友有一個美好的夜晚。」

琳俐三天前打來預訂時就被告知一般桌位都已滿，更別說包廂。琳俐直接殺到櫃檯依然得到相同的答案，這很正常。所以琳俐不經心地把她爸爸的名片遞給經理，莞爾一笑：「如果原預定的客人出了意外，請一定通知我，我很需要這個包廂，我知道你們晚餐六點開始，但我五點半就要進來，先走了！」

結局她拿到了包廂，這很正常。

甘棠常常慶幸琳俐不是個男的，否則她可以製造出第三次世界大戰。

燭火搖曳，頭頂上的水晶燈綻放出更華麗的光芒。

全球七十億人口裡或許可以找到與他們相似的少男女孩，但通常這樣的人會各自搭起一齣戲，作為萬眾矚目的主角演繹自己璀璨奪目的人生。特別的是，他們這群人以子都為中心，從台中、紐約、倫敦、巴黎匯聚在台北，彷彿每個人身上都拉著一條線，掛著相遇的時間，這條線纏繞著他又綑綁著她，最後變成一團理不清的毛線球。遠遠看去像他們被層層包裹。快要不能呼吸。

「琳俐妳這是訂婚宴吧！」子都笑，「我生日都過了，也沒甚麼好慶祝。」

「原本是要在高雄辦的，可是沒想到發生意外。」琳俐放下刀叉，「我就不能理解要搶怎麼不搶我啊。」琳俐想就算自己家股票最近跌了不少，難道就不如姚家了。

「都過了就好了。」坐在他對面的甘棠說。她拿了禮物給子都。

嚴驍目光抬起，說：「如雪，我讓妳幫我挑的禮物呢。」

「你的喜好我不清楚，索性請別人代勞。」

子都接過袋子。那是一個PRADA的黑色長夾。最近很多年輕的企業家都用這款，一個搭訕如雪的男人在買的時候說：「錢放在長夾才舒服。」

飯局還是很開心。琳俐問起子都他們有沒有去拜拜，順便收個驚。事實上他們不只去了，一時興起子都還求了個籤，籤上有句話是「飄風不終朝，驟雨不終日」，子都看不出甚麼深奧，想著一切平安就好。

嚴驍拿了餐巾擦了嘴，「晚一點我還有事，你們慢慢吃。」

琳俐問：「去哪啊？」

「找王醫師。」

琳俐眨了下眼睛，幾秒後「喔」了一聲。

他站起來，拿起香檳，目光在每個人身上都停留一陣子，像是在欣賞別人無法領略的樂趣。「白子都，生日快樂。」他啜了一口香檳。

在子風和震霍起頭表達生日宴實在太讓人滿意，如雪和子都看到那群由經理帶頭誠惶誠恐的服務生時，也接著深刻讚美琳俐的眼光，最後在甘棠以她當了十幾年富家千金的見識，下了結論說：「這家餐廳服務真好，菜也精緻。」

琳俐嘴角輕輕上揚：「我也覺得還不錯。」

經理達到他事業的一個新巔峰。憑著琳俐這句「還不錯」，就證明他已經徹底具備搞定99.9%人類顧客的能力。

新光三越街道旁的街頭藝人彈奏著西洋老情歌，三三兩兩的情侶駐足，手勾手臉上洋溢甜蜜。升空五百米從高空處俯瞰，像是有人往漫天星河一砸，閃閃爍爍的碎片光芒撐起了這片紙醉金迷的商圈。

這是現實世界裡，用錢能打造的美好。

如雪穿著雪白色洋裝，在子都稱讚她很好看的時候，她的肩膀垂了下來，把腿微微踢向前，「這是琳俐說適合送我的，還有這個包包，是嚴驍送的。」

她嘆了口氣，「這就是我的人生。」

「我問過了，學校的宿舍不貴，如果妳有需要可以請琳俐幫忙。」

如雪搖搖頭，「待在表哥家讓我安心，起碼那裡我可以說是我的『家』，我進門時會有人對我打招呼，吃飯的時候有我的位置，讀書晚了會叫我別看了。」她咬住嘴唇，眼光閃爍著水光。

一個月繳給他們家兩萬塊，並且他們還真的收去。在這種前提下，子都很難認可她是幸福的。

子都抬頭看著天空。「如雪，你有喜歡的人嗎？」

她抬起頭，望向子都眼底的天空。

「雖然我們都是學生，都很年輕，但不表示每個人都跟我們一樣單純，有些人我們最好的應付辦法，就是離得遠遠的。」

「很多時候，我覺得自己沒有選擇。」

「每個人都有選擇，關鍵在自己。」子都長長的嘆氣。

他們並肩走向捷運站。

他們心底都有很多的話想要說，但正是因為想說的太多，又不知道用怎麼樣的語言才能恰如其分的表達。呼之欲出的情緒梗在喉頭，雙眼相視的瞬間，只能撐起一個苦澀的微笑給彼此。

有些時候你跟某個人離得很近，卻只能像遠遠凝望一般，甚麼也不能做。

欲說還休，欲說還休。

子都把如雪披在肩上的長外套拉正，輕說：「回家小心。」

嚴驍走進南京東路上的一棟大樓，電梯噹的一聲打開。櫃台即將要下班的小姐問：「有預約嗎？」

嚴驍走到櫃台，拉開黑色外套拉鍊，抿著嘴唇笑，「就當成你們老闆預約了我，麻煩通知她我到了。」

不久，一個穿著白色袍子的女性從房間走出來。

「好久不見了，你不會是突然想念我了吧。」她手上同時拿著筆在診療單上唰唰寫著。

櫃檯小姐愣愣地問：「請問他是ＶＩＰ客人嗎？」

嚴驍無視她，回說：「是有一陣子沒見，不過比起媽，我已經兩年沒和爸碰面了。」嚴驍瞥了掛鐘，「我有事情要跟妳說。」

她把單子放到櫃檯，小姐立刻走出櫃檯替她脫下袍子。

他的母親很美，但作為一名醫美醫師維持美貌大概不是難事。撇開容貌，你可以從她似笑非笑的眼神中，找到與嚴驍的相似。

「是為了琳俐那丫頭的事吧，李家這麼積極，看來我的兒子很討人喜歡。」

「這件事情還有很大的計算空間。」嚴驍雙手插在口袋，低頭揚嘴一笑，然後他猛的轉頭，看了一眼一直偷瞄他的小姐。

「我們換個地方說話。」

子都一個人站在公車站牌前等待。

他拿起嚴驍送的皮夾，想起了他上流的派頭，菁英般的語調。他移動腳步站在台北市路邊常有的銀色垃圾桶前面。一張沾著醬料的漢堡紙卡在洞口，子都用皮夾把紙往裡面塞，然後也把皮夾丟了進去。

或許最真實的嚴驍在大家的眼中仍是多金、英俊、迷人的。用商品的角度來說，子都是限量款，子風是大眾流行款，而嚴驍則掛著昂貴標籤的那款。限量款主要在稀有，因為罕見所以惹人欣羨；流行款大家都愛，但稍嫌通俗；而價值連城的商品，像是鑽石，以天價作為特色，迅速聚集他人羨慕或者忌妒的目光，這就是最高級的奢侈品，幾乎無人能抵抗他的誘惑。

子都坐上公車，目光對著窗外黃光色的街景發愣。

紅燈的時候，一輛機車停在公車旁，那是一個男孩載著女孩，他把玻璃罩掀起興致勃勃說話，看上去像是在逗後面的女孩開心，女孩也掀起面罩，呵呵地張嘴笑著。看上去就像一對小情侶。

不過下一秒，那個男生活像見到鬼一樣，脖子艱難的卡住，然後在紅燈轉綠的瞬間，催緊油門，轉瞬飆離。

窗外，漆黑的夜空浮動著，像是一塊被風吹起的黑色絲綢。

子都拿出手機。通訊錄上薄艾的名字亮著，直到螢幕暗掉。

他把手機放回口袋。

漆黑的天幕蔓延的無邊無際，子都仰著脖子望。即便這看上去是一片玄黑色的陰暗，彷彿空無一物，可是你深知裡頭有些甚麼，只是被掩蓋了，只是暫時看不見而已，那些美好的，汙穢的，燦爛的，不堪的……遲早都會被揭在日光下，一乾二淨，無所遁藏。

台北四月天的太陽已經稍微不溫和起來，但想想七月那種神似微波爐的台北城，你也就揮揮衣袖，勉強說出：「這真是春光燦爛的季節。」

子風從抽屜扯出數學講義，對震霍問：「作業寫到哪？」

震霍低頭看了放在膝蓋上抄的薄艾講義，「二零六，隨堂練習三那裡。」

他搶過去，翻了幾頁，罵了一聲，「超多。」

「我還沒寫完啦。」震霍抱怨。

洪郁從後走廊走出來，擦乾手上的水，「我幫你吧。」

子風翹著長長的腿，擺在桌上的手流暢的旋轉鉛筆，手指一彈，鉛筆飛到震霍白襯衫前，他說：「去打球啦。」

雷震霍解開扣子，赤裸著麥色肌膚。用聊齋的敘事法就是，年輕男孩身上有股青春的氣味，新鮮美味！他彎頭從椅子下拿出一件T恤。他們都有這個習慣，這樣打完球就能換回乾淨襯衫。這是在他們遇見子都一群人後才被養成的。

飾舒對著子風問：「青年社甚麼時候要採訪你，我可以去看嗎？」

他揚起濃密的眉毛，右側有淺淺的疤，但無損他的帥氣。他瞥著震霍，「妳問他吧。」

震霍把球朝他胸口射過去，咬牙說：「我們分手了！」

子都把球丟回去，惡作劇的說：「對喔，社長悟甯只是他的前女友。」兩個人跑了出去。

洪郁和飾舒開始替他們抄起作業。

子都他們剛從合作社回來。和玉看見她們坐在他們位置上。洪郁露出無奈的笑容，彷彿是誰女友的口吻說：「又跑去打球了，他總是精力充沛。」

和玉站在原地，像被按了靜止鍵，不知如何動作。

子都冷冷看著她笑，回到位置上對和玉問：「昨天跟倪子風出去了吧，是吃飯還是看電影？或是數星星看月亮？妳倒是悠哉，好像期中考都準備好了。」

和玉嘴角無力，「沒有，他只是載我去補習班。」

「是喔，原來！因為妳沒告訴我。」他回頭遞餅乾給薄艾，格外輕鬆的說：「以為我不知道？我有甚麼事情不知道。我只是要提醒妳，別糟蹋自己跟不對的人浪費時間。」

甘棠推開窗戶，把看到一半的英文雜誌闔上。對子都說：「何必這樣，飾舒臉都僵了，其實私底下大家也說子風對和玉比其他女孩子都要好。」

「她不是就欺負和玉老實，那種態度跟一隻狗在畫地盤有甚麼兩樣，我在她身邊洪郁都這樣說話了，我要是不幫她，我不在的時候她還不知道說甚麼欺負和玉呢。」他歪頭想了一下，「洪郁、飾舒都喜歡倪子風，她們倆這樣不尷尬啊？」

女廁洗手台前，薄艾緊張兮兮地盯著和玉，「妳告訴他了？」
「哪有，我甚麼都沒說。」和玉反抓著薄艾，深呼吸問：「妳真的和雷震霍在一起了？」
薄艾轉頭對著鏡子整理頭髮，支吾其詞，「他人真的很好……」

青年社的訪問是在西苑進行，他們也從未進入看過，因為西苑掌權的主人——悟甯學姊跟琳俐非常不對盤，水火不容。

這段名為「桐城最好看的風景II：三國鼎立」專題將會刊登在最新一期的校刊上。

悟甯在競爭活動長失敗後，就一直想方設法取得校園的關注力，而這個機會終於讓她盼來。她的母親是雜誌社的發行人，所以她借用了一支專業編輯團隊來處理一個小小的校刊……而她的幕僚告訴她引人注目的三件事：美貌、緋聞與辛辣獨家。

與其製造新話題，不如直接拿舊酒裝新瓶。她很快地想到曾經掀起一陣滔天巨浪，並且仍餘波盪漾的「江風白驍」，只是她也心知肚明這幾個男子都和琳俐關係非淺，而琳俐絕對不會不扯她後腿。

她不得不嘗試第二方案，從女生下手。當她想到姿靜和甘棠這兩個美人兒又和琳俐扯在一起時，她曾動過謀殺她的念頭……不過幸運的是，如雪出現了。從她裙底下那雙白皙的腿踏進大門開始，全校就飄起一陣如雪般的夢幻。她迅速的邀請她加入青年社。

原本是打算以如雪為核心作專題，但隨著她與東苑的契合，悟甯不經意的向她提起邀子都受訪的念頭，子都看在如雪分上沒有推辭，而子風也沒拒絕，最後悟甯大膽的讓她去試試嚴驍，他竟然也答應了。悟甯簡直不敢想像，她覺得如雪的美簡直就是一種不可思議之力。

然後琳俐就徹底的被惹毛了。

琳俐沒有責怪如雪，她只是為工作負責，也無法責怪對美色無力的子風，更不可能去責怪子都憐憫楚楚可憐的如雪，責怪她的男朋友嚴驍？別鬧了，對嚴驍發飆跟去找催狂魔打架是同一件事。惡人自有惡人磨，琳俐也認了。

果然〈最好看的風景II〉製作消息一發出去，立刻就掀起了熱烈討論。悟甯甚至以每年回收都有大量校刊被丟棄為由，將年度校刊改成販售制，學校也通過了。

西苑的砌玉樓前鋪滿綠色地衣，四張帆布椅圍繞一張木質高圓桌，攝影器材預備架設中。悟甯滿意的微笑。

她走進樓裡和剛梳化好的嚴驍握手致意。

「待會的流程表有任何疑問嗎？」

「學校對於妳把校刊變成一本八卦雜誌，沒有任何意見？」

她把手搭在他肩膀，呵呵說：「不是只有你家琳俐才有辦法搞定那些老董事。」她的手滑到他胸膛，替他順了領口，「做她男朋友，挺累人的吧。」

「希望等一下妳不會問這個問題，還有妳的大多問題我都不想回答。」嚴驍把流程表拎起來，「提醒妳，最麻煩絕對不是我，妳應該對白子都做過功課，他可不會跟妳客套的。」

穿著紅色運動帽T的子風跳進來。

他對嚴驍評論：「你隨時隨地都可以參加一場莊嚴的葬禮，你衣櫥裡有除了黑色以外的東西嗎？」

雜誌請他們以平時的裝扮出席，子都沒有特意換裝，穿著簡單白襯衫，接近深黑的暗藍制服褲，剛剛替他梳化的化妝師說他比電影明星還要好看。

他和如雪站著聊天，兩個人像從冰雪世界走出來。看上去就是所謂：梅須遜雪三分白，雪卻輸梅一段香。各具美感。

悟甯把如雪拉到一旁，悄悄說話。

「我沒有準備，怎麼代替妳採訪。」如雪慌張的接過手上一疊資料。

「校刊販賣的收入七成是青年社的，我把其中一成給妳當獎金。」她抓著如雪的肩膀，「你和他們都熟，就像聊天那樣就行了，多容易啊。好了，再十五分鐘開始，妳準備一下，隨機應變好嗎？就這樣。」說完就扔下滿頭大汗的如雪。

甘棠把頭上綁的鑲鑽細髮帶摘下，繫在如雪髮上。她握住如雪手臂，「別緊張，妳會順利完成訪問的。」

追求美感的攝影師自然不難放過這種畫面。不由自主的喀嚓喀嚓起來。

子都在中間位置坐下，給對面的如雪一個微笑。

開頭比預期的流暢，介紹自己、去年度校園記事回顧、喜愛的老師……除了子風在回答喜愛老師的時候猶豫，後來他說公民老師，因為她會讓他睡覺。

如雪說：「有人說『江風白驍』的說法就是你們的相貌排序，你們同意嗎？還是在你們心中有自己的排名。」單子上這段文字用黃色螢光筆用力塗著，顯然是個熱門話題。

子風雙手支在腦後，往子都看了一眼，「我的確長得滿帥的，不是嗎？只是我覺得子都也……很好，這個排名看人吧。」

如雪說：「可以確定的是，你們的長相絕對是出類拔萃。」

子都回應：「相由心生，氣質會逐漸改變一個人的容貌。所以比起外表，我覺得氣質更重要。」

「你的意思是你很善良？」嚴驍瞇起眼睛笑。

「沒這麼想，不過對照你，我簡直就是個慈善大亨。」

嚴驍拿起玻璃杯，冰塊撞擊發出叮噹聲。「照這個道理，我想我和倪子風都不能入你的眼，我突然好奇你遇到江南的反應。」

子風身子向前傾，「他長得跟他一樣……漂亮？」他抱著懷疑。

「一樣！」嚴驍的杯子放到桌上，「漂亮。」

物有相同，人有相似，帥哥或多或少都有同樣的眉眼。無奈江南尚未回到學校，所以今天的專題只能是「三國鼎立」。

不過他快回來了，就快了。

如雪提出下一個問題，「你們在學校最好的朋友，是誰？」

沉默一陣，嚴驍率先說：「我沒有朋友。」

子風接著說：「震霍吧，我們認識很久了，我們國中都是體育班，雖然到了高中都退出。」

「喔！」如雪馬上記下體育班這個新資訊。體育班的友情……太普通了，放學後的體育班……她猜想悟甯會怎麼下標題。

嚴驍昂首，「白子都你呢？」

子都對上如雪的眼光，「我跟身邊的人都滿好的，她們個性都不同，有的體貼，有的聰明，有的歡樂，我很難說出誰特別好。」

嚴驍哼哼的笑。

如雪準備結束這個話題，嚴驍伸手制止她。「似乎有一個問題被跳過了，不是有人問『林和玉到底跟誰在一起，她是倪子風的其中一個女朋友嗎？』，既然大家這麼感興趣，你何不解答一下。」

子都擰起眉頭，「這跟你有甚麼關係？」

嚴驍咄咄逼人，「答案就只有是或不是。」

事實上，同學提問環節幾乎圍繞在戀愛話題上。比如，喜歡的女孩條件，他們三個的感情史，甚至更辛辣的第一次都有，但這大概是編輯成員的個人私心。

子風清了嗓子，「我在追她。」

他們全體唰的看向他，巨大的問號。

子風攤開手，無奈的說：「我在追求林和玉，但顯然她不好對付。」

子都微微的頓了下頭，肯定這個讓他滿意的回答。

子都喝了口水，拿起流程單看，「你也可以說一下，你的女友是琳俐嗎？」

嚴驍把蹺起的腿放下，臉龐傾向子都，「我說過，我沒有朋友。」

悟甯在一旁激動的眼淚都要掉下來了，她不斷想像琳俐看到這段訪談會有多想撞牆，漂亮的臉會有多扭曲。她甚至高興到重新接回主持棒，滔滔不絕的詢問嚴驍的理想型，在他現在單身的前提下訪問。

如雪扶著額頭對甘棠說：「我會嘗試把那段從校刊拿掉。」

甘棠搖頭，「沒用的，她們那麼不對盤，悟甯不會錯過羞辱她的機會，她能用兩行帶過已經就很萬幸了。」

嚴驍站起來，「訪問夠了吧。」

悟甯收攏手上的紙本，開心的說，「在最後，你們有甚麼想要說的？或者要對彼此說的嗎？據我所知，私底下你們也滿熟的。」

子都把話直直拋給嚴驍，「我們談一談吧。」

嚴驍揚起眉頭，「你終於知道了啊。」他對悟甯說：「方便借一下砌玉嗎？」

子風要跟過去，嚴驍擋住，回頭瞥了子都。

「不用。」子都說。

陰影從嚴驍的義大利手工鞋延伸。門關了起來。

嚴驍脫下西裝外套，放在扶手。「我不是倪子風，不是你可以隨心所欲呼來喚去，你必須知道我不會像他一樣讓著你。」嚴驍停頓片刻，「讓我們把話一次說清楚吧。」

「你真是個驕傲透頂的人。」

「驕傲！」嚴驍和子都對眼，「我才覺得你對很多事情都有偏見。」

子都思索，「你就是個衣冠楚楚的衣冠禽獸，這是我的偏見嗎？嚴驍，你不會以為你的所作所為我都不知道吧，怎麼樣，你要解釋一下我對你的偏見嗎。」

嚴驍還在等待，等待他說出最有張力的事實。

「琳俐知道嗎？如果她知道你背著她幹的好事，她不會放過你的。」

嚴驍冷冷的射出眼光，「幼稚，看看你的嘴臉，充滿不屑與鄙視，你以為你很高貴，很乾淨？但是白子都，其實你跟我沒有不一樣，只是我很誠實，而你假裝自己活得很空靈而已。」

子都瞪著，「別把我想得跟你一樣噁心，我們不同。」

嚴驍雙手撐在子都椅子的兩側，手指輕輕捏著他的下巴，「可能不一樣的地方在於我是支配者，而你可能不是。就好像你知道事實後甚麼都不敢做，你害怕對面真相，只敢活在自己營造的假象中。」

「我不找姿靜是因為我相信這其中一定有誤會，她不是那樣的人，也不會像你背叛琳俐。」

嚴驍捏著他的手臂拉起他，「少來了，我們都是順從本能生活的人，沒有人能夠例外。」

子都掙扎的晃動，嚴驍的瞳孔發出冷冷的光芒，像是金屬的色澤。

「你的人格太扭曲了，你有良好的家世，富裕的生活，還有你這副身體，作為一個男人，你還有甚麼不滿足的？」

嚴驍把他摔回椅子上。饒富趣味的說：「讓我想想，你指的良好家世應該是我那個在英國的貴族父親吧，至於富裕，每個月二十萬英鎊的生活費的確讓我錦衣玉食，在健身俱樂部還有獨立的運動空間，真是太讓人羨慕了，對吧。」

他的家庭背景子都也是透過姿靜略知一二。

他的爺爺是具有藍色血液以及爵位的貴族，而他父親是他爺爺意外產生的混血兒。他們家族大概有產生意外的嗜好，他的父親與他赴英留學的母親製造出有四分之一皇家血脈的嚴驍，當然在那樣的脈絡底下，他是拿不上檯面的。

他父親在英國有自己的家庭。他的母親取得醫學博士回台後，用他父親給的資金開了醫美中心，生活不虞匱乏。然而，這也是他父親唯一能做，也唯一願意做的。

「打從我第一眼看到你，我就覺得我們是同一種人，對身旁的人毫不在乎，只張揚自己的與眾不同，不屑、輕視、嘲笑是我們看待他人的眼光。」嚴驍凶狠的擒住子都的眼神，「你用不著擺出自己很乾淨的姿態，白子都，你不就是靠著這張臉肆意輕賤別人嗎？你的臉跟我的錢沒有兩樣，都是一種武器。」

「真可笑，黃金白銀是你心靈扭曲的原因？」子都翻了一個白眼，「嚴驍，我不理解你，但我知道有很多跟你一樣的年輕人，他們被送出國，開跑車吸大麻天天酒池肉林，他們跟你一樣除了錢一無所有。」

「你瞧不起他們。」

「但你不在他們裡面。」子都瞪著眼神震盪的嚴驍，「不管你討不討喜，我都不懷疑以後你會成為一個擁有巨大財富的奸商，你的能力會證明你的價值，用你的語言來說就是你能帶來的利益遠超過你現在所有。」

「這是稱讚？」嚴驍有力的手掌貼著他的背，拉近他們，他幾乎能把白牙咬上子都的頸子，「你一直在利用倪子風來滿足你的虛榮心，光從這一點，你就不是大家所想的純潔。」

子都皺起眉頭，「我們很正常。」

「這點我比你清楚，我見過他的『正常』，我的意思是你很會玩弄人心，你把友情塑造成昂貴的奢侈品，你善於哄抬自己的情感價碼，特別是對他那種『女人如衣服、兄弟如手足』的人來說。」

他拿起外套，從暗袋拿出三張鈔票，又加了三張，「我讓你看看人性吧，給我一個擁抱，六千元就是你的了。」

他把錢塞到子都胸前繡著金黃色校徽的口袋，在他身後的椅子坐下。

「你就是這樣接近你的每個目標？你比倪子風還噁心。」

嚴驍摸著下巴，看上去胸有成竹，「為什麼？喔！因為那些人都是自願獻身給他？算了吧白子都，你以為她們難道就不想爬到我身上嗎，我告訴你，她們每個人都想躺在我身子底下呻吟。」

嚴驍舔了一下嘴唇，「你想要甚麼，只要你說的出來，我就給得起。」

子都的手指捏出鈔票，「嚴驍，你病了。」

他哈哈的笑，看著子都把錢拋在空中，說：「總有一天你會變得跟我一模一樣，只要你不甘沉淪，你就得踩著別人的屍體，繼續高高在上。」

藍色鈔票懸盪在空中，輕飄飄的像片羽毛落下來。

錢的確輕如鴻毛，但有時候也會重如泰山，沉甸甸的壓著人喘不過氣。

當如雪穿著修身制服，看著富人們幾萬幾十萬的消費時，她覺得手上接過的信用卡就是一把利刃，血淋淋的劃開兩個世界，活得有尊嚴，或者輕賤。

琳俐腳步輕盈但是雙手沉重的扔下那些印刷著大大品牌名的袋子。

如雪和同事點個頭，走過去招待。

琳俐對著彎腰的如雪說：「坐下吧，店裡沒甚麼人。」

「我們規定不行的。」

如雪知道拗不過她，只好坐下。

琳俐挑出幾袋放到她腳邊，「妳看看能不能穿。」

「你送我很多衣服了，還有甘棠，你們不如多送我幾套制服好了，我平常哪裡有場合穿。」如雪淡淡微笑。

琳俐眼皮一扯，她是那種眼睛能說話的人，比如當她要殺人、刻薄、玩笑、放鬆，都能從她眼角的弧度看出意思。而她現在眼神寡然，是疲憊，或者腦袋正在運轉別的大事。

「隨妳吧，不過這是為了四月底的春季舞會給妳買的。」

校刊果然在預購的前幾日就鬧得轟聲雷動，甚至連他校都搶著買，與外校互動頻繁的康輔社也變成了一個銷售窗口，薄芠說社團因此賺了不少手續費。

琳俐覺得這就像是自己養肥的雞被人宰來吃一樣，但她沒有抹淚捶胸，她擅長的是讓別人流淚捅心肝。

於是她趁著悟甯在操辦校刊的時候，成功攬下春季舞會的總召職務。

再一次的，倪子風和震霍又被徵招負責招兵買馬。

琳俐手底下每天都有九十七雙手腳聽她吩咐，她的高跟鞋都踏出了火花來，忙碌的程度像是一個刻意想弄死自己的失戀人士。但在無數個小聚餐中，子都他們看見琳俐依舊和嚴驍比肩而坐，一如既往。

她底下的人每天都累的像狗一樣。

在他們簽了報名書的下一秒，琳俐就拿起麥克風，心平氣和地宣布，「這次春季舞會將會是桐城高七十六年以來最盛大的一次，我醜話說在前頭，我知道有部分的人以前是悟甯的組員，但到了我這裡，就把以前的規矩都丟掉……」

結果有人沒把話聽進去，一天中午集合兩個小學妹慢悠悠地進到學生會。一房間滿滿的人。琳俐坐在主位上，眼皮瞧著她們。

她們可憐的說：「對不起，我們遲到了。」

「不要緊，遲到是人之常情。」琳俐把咖啡杯輕輕放下，「但要是人人都犯了常情，那我乾脆不要辦活動了，既然今天是第一次，我就略施小懲。」她拿了獎懲單寫了一支警告，「一直到妳們升上高三為止都不得加入校級組織，還有擔任社團幹部。」她揮了揮手，「妳們可以走了。」

之後的運轉非常順利……

活動中心舉行的春季舞會讓人咋舌。

青綠色的草皮鮮活到讓人以為它從地面直接生長，栩栩如生的代價就是——錢！

這裡跟國宴現場沒有差別。雖然視線所及從燈泡、絨毯、杯具、外匯、到整體景觀多少都有從家長會得到贊助，但其奢華程度還是讓人擔心舞會一結束，就會看見地下錢莊的人扛著開山刀向琳俐討錢。

琳俐腿上的紅色緊身筆管裙展現了她玲瓏的完美曲線，同時腳上那雙prada的高度讓她跟太陽馬戲團一樣令人生畏。她彷彿一朵的玫瑰旋轉在會場內，確認諸事跟她一樣沒有一絲缺點。

場面壯闊，是烈火烹油、鮮花著錦的盛大。連看慣大格局的甘棠都覺得繁華的太浮躁，令人不寧。

琳俐不會知道她一手籌謀的盛宴中，迎來了一位貴賓。

就像一副大勢底定的棋局，突然落下了一枚用金線寶石打造的棋子。

所有人的命運，哐啷就此逆轉。

花漾07

在drama這個路線上來講，琳俐絕對是佼佼者中的冠軍。

琳俐常常嫌棄亞洲的高中規劃總是像國小一樣，幼稚，與現實脫鉤。她嘲諷制定教育方針的人一定是一群童書作家。她認為校園就是真實的小社會，有鬥爭、有殘酷，有弱肉強食、有適者生存，沒必要大家佯裝一副校園很單純很乾淨，大家很良善。

事實上，她自己在美國校園的那段日子，比較能讓她的性格徹底發揮。琳賽蘿涵主演的辣妹過招，有忌妒，有構陷，那才是華麗的真實世界。所以當她把西方的那一套在桐城展演並贏得眾人驚嘆時，她總是得意又不屑的說：「不怪歐美主導世界，由小見大！」

姿靜飄到琳俐旁邊，她身穿一襲紫色的Versace，飄逸的裙擺像是一團淡紫煙霧籠罩著她。她附耳說：「悟甯來了。」

下一秒悟甯就抓住琳俐的手臂，讚嘆的說：「可愛的派對，妳總喜歡這麼浮誇。」

琳俐吸了一口氣，遺憾十足，「真抱歉我不能為妳安排一個包廂。」

「不要緊，反正就是用沙發圍起來而已，不過如果我有需要，我會去會長那裡坐一下。」

琳俐轉頭對姿靜說：「告訴子都他們第二輪上菜前要吃飽，因為後面是打折的，把菜單拿給他。」然後趁隙翻了一個白眼後轉身，張著一笑臉：「小提醒！嚴驍可能不會喜歡妳的打擾。」

悟甯肩膀跟著笑聲一起抖動，呵呵地說：「我想妳誤會了甚麼，我是說真正的學生會會長，不是暫代的嚴驍，喔？看來你不知道他會來。」

琳俐像是頭顱被人拿刀插了一下，「江南回來了？」

「下禮拜要開會，我猜他大概是想先禮後兵，親愛的琳俐，我知道妳擔心甚麼，我們私立學校骯髒事多了，本來也不要緊，不過討人厭的是江南作風特別乾淨，你和嚴驍把持學生會的這些日子就該要想到有這天。」她從服務生的托盤上拿起玻璃杯，愉快地喝一口，「我已經等不及了。」

琳俐看著第一波人潮從入口被放了進來，密密麻麻湧進的人變成無數的巨大礫石堵在她的胸口。

甘棠在子都的胸口別了一個冰藍色的水晶墜飾。她拉著他站起來，細心撫順他的白色長衣，「你看起來像個小王子。」

「妳應該知道妳就是公主。」

他們的手牽著，一股酥麻的電流迴盪在他們身上。

「我們遲到了？」和玉跑了進來。

子都咳嗽一聲，把手攤開，問和玉，「我看起來還好嗎？」

「不能再更好了。」

子都邊上樓梯邊囑咐她們，「跳舞的時候如果男的主動把手放在妳腰上，二話不說，馬上離開。」

薄艾笑問：「一定要這樣嗎？」

「或者給他一拳！」

除了最早訂票的人已經入場，其他人依舊在紅色封鎖線外等候。人龍排在體育館的階梯上，尾巴一直蔓延到圖書館前的至聖園。

震霍跑下來接他們。

「你穿西裝倒還是人模人樣。」子都說。

擠過人群才上到二樓，和玉發現入場卡忘記帶，眼神不詳的和薄艾對看。她回望了長長的隊伍，不確定子都會不會把她推下去。

幸好她看見門口的招待。

子風一身酒紅色西裝，把頭髮抓成飛機頭，英俊煥發的和幾個上半身布料失蹤的女生談笑風聲。他燦爛一笑，眼睛像是射出星星迷暈了她們。

一陣騷動傳到他耳朵。

子都一左一右是甘棠如雪，一路上有無數的男性忌妒或憤恨地看著他，但每個人都想成為他。

「Girls!」子風拉開紅色封鎖線，「and boy. Welcome!」

琳俐靈魂重置完畢，啟動後，她把攝影師叫來，「我要一張完美的照片，我們有三分鐘。」

正對舞台的前方一切布置的美輪美奐，華光婆娑。趁人群還沒占滿，琳俐拉著他們大家站定，說：「我會推出一本相冊，現在要拍出封面。」

子都確定甘棠跟和玉衣著和妝容完美。薄艾挽著和玉的手，頭歪在她肩上。一台風扇吹起姿靜緞帶般閃亮的長髮，她站在子都身後。如雪和甘棠搭著手，嫩粉和雪白衣著的兩個女孩帶著明媚笑容。

琳俐雙手比劃滿意點頭，指著站在子都後面，像雕像的子風說：「倪子風你自然一點，往姿靜靠近一點。」

子風「喔」了一聲。他決定脫下外套，把襯衫隨興地往上摺，拉到手肘，結實好看的手臂伸下來，搭在子都的肩膀上。

有那麼一秒世界暫停了。

子都回頭一看。子風笑嘻嘻的回看他，勾著震霍的肩。

琳俐站到嚴驍和姿靜中間，手摸上他的肩膀，一邊調整微笑一邊從塗著亮麗口紅的嘴唇說：「可以拍了，快。」

畫面中的他們朝氣蓬勃，面容上散發著星辰般的光彩。他們聚集在一起彷彿就是為了成就此刻最美的風景。一張張讓人心馳蕩漾的容顏，象徵著青春宛若薄玉般的纖細與脆弱。他們凝鍊出一個時代，最登峰造極的美。

捧懷歡笑的他們不會知道，這是分崩離析前的最後一瞬火花，轉眼即逝的光芒，只為拖拉出更濃稠的黑暗，照亮他們的無助，照亮被恐慌包圍的他們。

柔軟的臉龐將會哀傷皺起，然後落下一滴鹹澀的，悲傷的眼水。

當他們再次凝望這張照片的時候。

青春是一種伴隨著死亡的藥劑。

起初它是無害的，帶給人興奮，甚至讓人洋溢著美好的霞光，可是隨著時間過去，它的藥性越來越強烈，讓我們無法失去，深深依賴，但我們竟是注定失去它，我們只能看著青春從血肉裡逐步抽離。於是我們的心跳趨於緩慢，疼痛，像個毒癮患者，戒不了它，卻又此生不復求得。

他們都是幸運的，服藥人士。

嚴驍和琳俐對坐在會議室的長桌，分別是左右的首位。兩個人看上去輕鬆自在，悠哉地翻著自己手上的資料夾。不過幾分鐘之前，琳俐和他說明所有情況的時候，嚴驍的眉心死死緊鎖。他上一次眉心緊鎖，是他躺在保溫箱裡還沒滿一歲的時候。

悟甯從琳俐身邊站起來，起身拉門。

江南沒有立即坐下，帶著微笑緩慢地和滿室的人點頭。

他有一雙琥珀般溫潤的眼眸。說：「還有兩個月學期就會結束，我不能說自己和學生會的大家共同度了這麼多事情，希望你們不會覺得我太偷懶。這次回來，我發現幾乎重要幹部都換了一批新的，我有些陌生，不過好在有幾位舊朋友我還認識，從我得知的消息來看，你們的能力超乎預期。」

「這都要歸功活動長琳俐，她把學生會當自己家了。」悟甯算計過的笑臉看起來相當誠心，「我的意思是她做了很多。」

悟甯從拿出一個牛皮紙袋，稍微抽出裡面釘好的三疊資料，「這個是歌唱比賽、教師節活動和校刊編輯的細目，包含了金融申請等等明細，會長剛回來，從這些資料可以馬上看出你不在的這段時間學校發生了甚麼。」

江南接過紙袋，若有所思的說：「這部分財務長已經mail一份給我了，不過還是感謝妳這麼細心。」

「那不一樣，你看過之後才會發覺我的細心。」她無所畏懼的看了一眼琳俐，但沒敢接著瞅嚴驍，「這只是我負責的部分，至於琳俐處理的，以她的能力大概會長也無法看出甚麼。」

「妳甚麼意思？」琳俐彷彿在和姊妹淘喝下午茶，抬頭笑問。

悟寧垂下嘴角，「我只是希望妳能坐穩位置，好歹把這一學期撐完。」

上課到一半，琳俐出現在十三班門口。

古嬙威撐著一張笑臉，她一向厭惡破壞她統治班上秩序的人，尤其是絲毫不畏懼她的琳俐。每次她和琳俐對話就好像兩個人笑著拿刀互捅。

「有甚麼事情這麼重要？琳俐！期中考要到了，妳應該多花一點心思在課本上，妳看妳這麼漂亮，空有一張臉蛋，那沒用的。」

「喔，我當然知道要好好用功讀書，孔子不是說過『小時候不讀書，長大就得當老師』嗎！我爸送我來學費這麼貴的學校，就是希望我有出息，別一輩子庸庸碌碌的。」琳俐滿意的看了一眼她的觀眾，「學務處要找子都。」她暗自想古嬙威不放人倒好。

子都歪在沙發上，一隻手撐著頭，覺得自己一定是還沒睡醒，說：「四百萬！你們怎麼樣把這麼多錢藏到口袋的，而且我還在不知不覺中幫你們扛過幾十萬鈔票！」

校慶那次的帳務是由子都簽名沒錯。琳俐沒想過害他，而是她不覺得這件事情會有被發現的可能。

琳俐默默的說，「曾經有個董事掏空了學校四千萬。」

和玉用肯定句說：「被關了。」

「沒有。」琳俐為自己倒一杯茶，水紋浮動。「既然他有本事搞定四千萬的災難，我就有本事搞定四百萬的小麻煩。」

子都猛然坐起，近乎斥責，「一個富三代，一個貴族之後，結果去偷學校的錢，琳俐！我一直以為妳很聰明，妳怎麼會做這麼蠢的事。」

琳俐低頭盯著水杯，像是裡面有解套的辦法。說：「不用擔心，不會波及到你的。」

「我不是急著脫罪才說這些話，說實在，我不認為有妳不知道的事情，但最近我認為妳的判斷力的確存在巨大的問題，我一直想要跟妳說嚴驍——」

和玉往子都身旁縮瑟。

嚴驍走了進來，他臉部的肌肉線條毫無表情，眼睛用力的瞪著子都。

他說：「他們還在往下查。」

「江南找你了？」琳俐毫無生氣的臉覆蓋在嚴驍的陰影之下。

「沒有，只是跟妳一樣收到暫時卸職的學生會發函。」

他們像是突然收到了劇本，角色是學生，他們本來應該駕輕就熟的身分。之前金碧輝煌的熱鬧像是午夜十二點前的盛宴，當銅鐘沉痛地響起，魔法消失，燈光一盞盞熄滅，華服被人狠狠拽下，公車把他們集體運往教室門口，最後古嬙威刻薄地盯著他們說：「還不滾進來，你們遲到很久了。」

青春就是一場短暫的美夢，當你醒來時，它已消失的無影無蹤。

琳俐是最不習慣的人，她認為坐在教室的自己跟在監牢裡等死的犯人沒有兩樣，喔不！唯一的差別是她很漂亮。

她纖細的兩條腿疾走在走廊，這種速度是不可能穿著高跟鞋的。對！自從她被停職後，糾察隊也敢找她麻煩了。她如果不想在短時間內因為穿著高跟鞋被退學，她就得放棄時尚，包含耳環、指甲……一律素淨，她覺得自己就要被逼去出家了。

但她膝上搖曳的百褶裙依舊短的很性感，足夠讓那些兩眼發直的男性恨不得變成地板，被她踩過去。

學生會的人看見她掙扎了一會，還是在她血腥的注視下把門打開。

「神不知鬼不覺的運走四百多萬，不用說學校非常震驚，現在學生會已經被學校暫時協理了，我沒有寬容處理的餘地。」江南語調平和。骨瓷杯盤細微的響，他放下咖啡，「好在你不是政府官僚，不然就是國難了。」

嚴驍啜了一口，呼吸中的咖啡味帶著醇酒氣息。他毫不在意的說：「這是天然的麝香貓咖啡？」

「我覺得口感過於平淡了，你喜歡？」

嚴驍挺直腰桿。「被查清的四百多萬主要來源是活動的贊助款項，它可以是廠商額外提供的諮詢費，或者回饋獎金，我有一百種說法可以解釋。」

「你和李琳俐雖然把學生會大規模的換了一批人，可畢竟不是全部，他們要追究而你們要平息，到最後只會是家長會和董事會的角力，而琳俐也未必能擺平家長會，你應該很清楚她樹敵不少。」江南無奈的一笑，「她怎麼辦到的？」

琳俐進到會長辦公室後，安靜的坐在嚴驍身邊。

「說白了董事會就是私立學校的老闆，並且據我所知，江家在董事會具有不可小覷的力量。」嚴驍挪動上身，眼神直直地看著江南，「如果你願意幫忙，這真的不過就是一件小事。」

琳俐在腦中把資料彙整一下。難怪江南能穩穩地坐上會長位置，並且當時嚴驍毫不意外，甘願居於財務長，沒有一句不滿。因為他早就知道沒得爭，整個學校有一半是江家的，他在別人家裡要搶甚麼。

並且在琳俐拉下臉請她那刻薄的小媽奔走家長會說情時，嚴驍也總是一臉雲淡風輕，事不關己。他打的就是擒賊先擒王的主意，與其遊說二線人物，不如直接搞定最終魔王。

「我幫不上忙。」江南帶著同樣的微笑。他目光移向琳俐，「咖啡？」

琳俐吸了一口氣，點頭。她已經準備好對他展開三部曲，動之以情、曉之以理，最後真不行威脅利誘也是手段。

嚴驍拉住她的手臂。起身，「先走了。」

琳俐覺得自己在這場對話上像個反應遲鈍的白痴，她才想到地，他們倆的對話已經飛到天，她跟上天，他們倆又穿破了大氣層。她試圖爭取嚴驍的暗示，但是嚴驍不發一語的拉著她離開，反手關上那個曾經屬於他的房間。

嚴驍俯頭，剛毅的臉部線條和他的眸子一樣冷清。

琳俐悄聲說：「還不到最後，談判根本還沒開始！」。

她的手指從平整的襯衫滑到深藍色的繡字上，在嚴驍兩個字上摩娑，男性熾熱的溫度像一股暖流竄進她的指尖。她看著眼前的嚴驍，忽然才發覺他也是一個年輕的大男孩，活生生的，讓自己心跳總是失控的男孩。

她雙手環抱著他，他厚實的身體讓她放鬆。

嚴驍抱緊她，幾秒後又拉開她。

「妳說的對。」他打開門，留她在門外。

一個戴著眼鏡的老師手僵直懸空，尷尬的看著琳俐。

「學生會老師不可以進入！」琳俐翻了一個白眼。

「現在是非常時期！」老師回過神，她拉住琳俐時不小心扯到她的頭髮。琳俐回頭的表情像是下一秒就會徒手撕爆她。

「妳怎麼可以和男生摟摟抱抱？」她的聲音漸小。

如果不是在場還有其他人，她一定會像暮光之城裡美艷的吸血鬼「喀擦」一聲的扭斷她脖子。

「why not! Is he not hot enough?」琳俐皺眉接近她，那老師膽怯的抵著桌子。琳俐說：「我會很快和他訂婚的，而妳不會收到請帖。」

江南態度從容地等待嚴驍開口。

此刻嚴驍只是把猜測當作一個賭注。

「我只是想提醒你，去年校慶那份合約的落款是一個叫白子都的人簽的。」他們彼此緊緊鎖住對方目光，「如果最後有任何懲處，他一定會受到牽連。」

「他是你的朋友？你希望他沒事是嗎。」

「不。」嚴驍的手放在口袋，他勾起嘴不以為意的笑：「隨口一說。」

嚴驍離開後，江南靜靜坐著，他的面容像是透著水光，帶著柔和的朦朧美。

他的眉頭漸漸皺起來。

校園裡安靜了太久，寂靜的像是一座修道場。

天下本無事，庸人自擾之。庸人多了，煩擾就少不了了。

子都目光垂放在如雪細膩的臉蛋，陽光掠過窗戶灑在她身上，照得她像是個隨時會循著光線飛回雲端的天使。

洪郁嘴角的笑容讓人不禁想賞她兩巴掌或者朝她潑硫酸。她和飾舒經過窗邊，嘲弄的對子都擠眉弄眼。走進教室，她對子風說：「你們兩個要不要跟我們出去玩，今天段考結束，應該沒事吧。」

子都一點都不關心倪子風會不會答應邀約，更別說震霍了。他希望能看到她們倆因為搶奪子風搶到頭破血流，她想洪郁雖然愛得極不明顯，但飾舒卻愛到恨不得直接去跟子風登記結婚。

「世界上除了倪子風，妳們無法辨認其他男性吧。」子都垂下眼皮，「可惜他不會想看妳們一眼，妳千萬不要問我原因，因為我會叫妳去照鏡子。」

洪郁忿忿的別開他，對震霍說：「倪子風不去，那你來。」

子都嘖嘖，「我算是見過飢不擇食的道理了。」

震霍臉上憂鬱。

如雪捧著胸口，懨懨的。額頭上冒著冷汗。

子都趴在她桌子邊，細細地盯著她，「怎麼了，妳這幾天精神都不好，是不是被琳俐他們的事嚇到了。妳放心，妳已經入籍學校了，不管當初怎麼進來，都不會被趕走的。」

如雪虛弱的點頭，勉強微笑。

琳俐雙腿伸在沙發上，速度均勻地翻著靠枕上的《VOGUE》。

她小媽生的國三兒子把書包背帶貼在額頭上，橫衝直撞的跑進客廳。「姐，妳怎麼這麼早回家啊。」

通常琳俐一定立刻跳起，和他保持十公尺的距離。她曾跟子都他們形容：「那個小雜種每次看我的眼神就像是被點燃慾火的癩蝦蟆，噁心得讓我想請律師告他。」

「這個到底有甚麼好看的，妳和媽都這麼愛看。」他一把抽過雜誌。

琳俐腦中還在盤算東苑的帳款，之前有學校的配額尚且入不敷出，現在配額全取消，連帶之前還沒給人家的，再加學生會的缺額，根本是一個宇宙黑洞。

她的眼神聚焦在他身上。

雜誌咻地飛到後面的階梯上，傳來一聲尖叫。

超高音的吼叫：「妳幹甚麼，又欺負妳弟弟。」

「暫時姓李的，從你們兄弟和你媽闖進我家的那一刻起我就說過，我的東西哪怕是一張過期香巾你們都不可以碰，你的智商跟你的臉一樣都還沒發展好嗎？」琳俐回頭疾色看著她小媽，「你兒子聽不懂人話，妳也聽不懂嗎？誰准妳動我雜誌。」隨後她叫幫傭把雜誌拿去扔了。

「不准丟。」她搶過雜誌扔在玻璃桌上，「一家人妳就算計這幾塊錢，妳爸的錢就是這樣給妳糟蹋光的，敗家女。」

琳俐呵出一聲冷氣，「一家人？我有沒有聽錯，那請問前幾天是誰哭哭啼啼地要我爸過戶財產給他們兄弟倆，說甚麼反正我會嫁出去吃別人家的飯不用替我擔心，我還真是感激涕零，孟子他媽根本就是個屁，她要是知道了妳的偉大一定會從土裡爬出來給妳鼓掌。」

小媽臉色脹紅，兩眼趕緊飄向別處。「妳爸的公司早就撐不下去了，妳爺爺又不肯幫忙，我是在為我們全家打算，小孩手上有錢起碼到最慘的那天他們不用去路邊喝西北風。他們兄弟又不像妳，巴到嚴家那種好貨色，」她摟住滿臉青春痘的兒子，悄悄瞥著她，「我看妳那個叫甘棠的同學滿好的，妳幹嘛不幫妳大哥介紹一下，他也覺得她不差。」

她小媽看上甘棠長得好，家裡又是在美國經營飯店，幾次提起，甚至當著甘棠的面都曾暗示著。琳俐差點沒拿眼線筆插她喉嚨。

「妳看看妳兒子是甚麼東西，肖想人家，要不要臉啊。」

任何一個媽媽眼中的兒子都比金城武還要帥，小媽像是被踩到尾巴，破口大罵：「妳有本事，看著家裡垮了就只著急自己，我怎麼不知道妳想的，妳就是想看我們落魄的樣子不是嗎，好歹毒的女孩，我們妳不心疼就算了，妳爸辛苦養妳到大妳也不聞不問。」

「妳哪隻眼睛看到我不聞不問了，我倒是看見妳整天盤算掏空他，妳做夢吧妳。」

「妳要是關心就快點求妳爺爺幫忙，別等我們到最難堪的時候才肯說話。」

「要不是爸爸娶妳進門爺爺會和他鬧僵？妳患失憶症了吧！是誰當初說不是看上我爸的錢？求我幫忙可以，妳們母子立刻滾出李家，到時候不用我說，爺爺自然會幫爸爸一把。」

講到這裡，小媽閉嘴了。她小媽樂此不疲和琳俐對戰，但最後總是無言以對，只好開始歇斯底里的大哭，「反正妳爺爺寵妳，妳名下那些股票和基金就夠妳吃喝一輩子了。」

冷箭精準地射在琳俐身上。

原本她小媽說的沒錯，她名下的財產足夠讓她在任何情況吃穿無憂，但前些日子她都交給父親了，雖然她心知肚明一切是無力回天，但她不可能看著爸爸白髮益增自己卻置身事外。這些是她愛錢的小媽都不知道，她也不會說，因為這是她在小媽面前還能趾高氣昂的理由。

她更不會讓嚴驍知道。

隔天放學，琳俐沒有回家。一臉疲倦的窩在敷錦，姿靜進來拿課本才發覺琳俐靜靜坐在椅子上，桌面攤著一堆寫著數字的紙張。

琳俐打開了燈，拉開櫥櫃，「我幫妳泡一杯膠原蛋白。」

姿靜在櫃子裡翻來翻去，除了空盒之外甚麼都沒有。

琳俐抬起頭，「不用了。」

姿靜尷尬的倒了一杯水給她，「妳跟我到桑華吧，甘棠剛剛買了點心給大家吃，現在正在聊天呢。」

姿靜沒有痕跡的給琳俐台階下，不然現在桑華她是沒臉去了。

琳俐一進門，聽見一片沉默。

她吸了一口氣，聲音抖擻的笑：「大家在幹嘛，有好吃的也不找我。」

甘棠震驚的轉向她，彷彿她是一個不速之客。

子都的話已經落了下來，「如果琳俐是因為你的關係才犯錯，你就一肩扛起吧，別拖她一起下水了。」

琳俐看見站在子都面前的嚴驍，像一座高聳的黑塔。

「不是的。」琳俐聽起來很疲憊，能量耗盡。

「你犯不著出意見，因為這對事情沒幫助，到頭來你也不過是擔心自己會受到牽連，不是嗎。」

子都側頭一笑，「現在你還覺得自己能掌控全局？嚴驍，承認你失控吧！坦白說我不覺得難過，我反而很高興有人能處理你。」

甘棠和琳俐一人拉住一個。琳俐哀求似的說：「子都你別說了，我們會處理好的。」

「妳不用幫他，別傻了，他不知道用那些錢去玩了多少女人，妳知道嗎？他的心根本就不在妳身上，我就不明白妳怎麼會不清楚。」

琳俐無措的喊：「你閉嘴。」

甘棠拉著子都坐下，勸慰說：「琳俐妳別這樣說話，他也是為妳好。」

琳俐放空了一秒，回神說：「喔！我怎麼說話了，妳又是以甚麼身分替他說話啊，別自作多情了，他還沒說妳是他的誰呢。」

嚴驍看著子都，滿是嘲諷：「你比我厲害，玩女人還不用花錢，難怪你這麼囂張。」

子都抓了鐵盒扔過去，擦中了他的額頭，「你嘴巴乾淨一點，你根本沒好好珍惜過誰的感情，憑甚麼對我品頭論足，你骨子裡根本就是一個愛錢又好色的爛貨，我有說錯嗎？」

琳俐慌張地捧著嚴驍的臉，拿衛生紙擦拭冒出的血。

姿靜拍了一下倪子風，悄聲說：「你怎麼不攔啊。」

倪子風站到子都身旁，看起來比較像是在預防嚴驍打他。

姿靜到子都面前拉著他，「我們先走吧，出去再說。」

和玉眼眶濕紅的推了姿靜一把。姿靜她沒預料，膝蓋咚的敲在玻璃桌上。桌面零零落落的掉了一片東西。

子都吃驚地看著和玉，連忙扶起姿靜。

和玉吸了一口氣，誰都不敢看。說：「我看見她和嚴驍……接吻了。」

子都轉瞬和姿靜對看，她的髮絲蓋住她一半的眼神。子都還沒提出疑問，琳俐就把姿靜抓起來，她喘氣，手指幾乎要掐到姿靜肉裡。

如雪要阻止她，結果被琳俐甩到旁邊。姿靜狼狽的被琳俐扯著頭髮。

在場沒有人針對情況出聲。大家都嚇傻了。

琳俐哭出聲音，同時揮手，一個響亮的耳光打在姿靜的臉上。

子都看了就有氣，他走過去抓住嚴驍，卻被嚴驍一手掐著脖子。

子都張大嘴瞥見眼神空洞的姿靜，心裡又怒又酸，混雜著熊熊怒火，他踢了嚴驍一腳，隨後被嚴驍緊緊抱住，架住脖子。嚴驍沒在手軟，子都恍惚間覺得呼吸不到空氣。

子風右手勾出一拳揮在嚴驍臉上，尖叫聲四竄。他們兩個撞來撞去，把牆上掛的畫都打下來。兩個人互相揮拳，嚴驍的襯衫也被扯開，胸膛用力。他們每一下都像是要對方即刻斃命。

門被打開，震霍和薄芠目瞪口呆的看著室內。

震霍加入沒有勸架，反而幫著子風打人。嚴驍被狠狠撞了一拳，直接朝後躺地。

爭執、謾罵、哭泣、嘶吼……交織著絕望和憤怒。

子都哼了一聲笑，走到門邊抓住薄芠的肩膀，力道漸漸放大。不屑的問：「妳跟他在一起了？」

薄芠對著和玉不可置信的問：「你跟他說了！」

和玉張嘴晃頭。

子都環顧室內，看著他最熟悉的一群人，眼淚滑進他的嘴裡。他像是被浸泡在又鹹又苦的藍色大海，看著她們和自己越飄越遠，獨自一人載浮載沉。

「妳們為什麼都那麼賤。」說完，頭也不回地走出去。

沒有人知道要怎麼收尾，彷彿要吼盡嗓子，流乾眼淚，直到全身疲乏不能動彈，你死我活，才是結局。

子風拿自己的頭發狂的撞了下嚴驍的臉，嚴驍的眼神很黑暗，前一秒還直勾勾的瞪著他，下一秒磅的倒地，暈了過去。

姿靜靠在薄芠身上，垂著眼角看和玉。和玉拍開她的手，姿靜死死攢住她，說：「妳不可以這樣說，妳不可以亂猜測，我沒有。」

如雪忽然縮在沙發一角，低著頭，全身都在發抖。甘棠握住渾身發冷的她，著急的問：

「妳怎麼了，哪裡不舒服！別嚇我！」

如雪推開她，轉頭嘔吐起來。

一時間滿室無聲。琳俐從哭泣中恢復意識，她站起來擦了下眼淚，惶恐的靠近如雪，

「怎麼回事，如雪，妳怎麼了。」

如雪接過甘棠的手帕，艱難的喘了口氣。

「我沒事……」如雪的瀏海濕漉漉的貼在前額。她癱軟躺在沙發上，閉上眼睛說：「我只是懷孕了。」

花漾08

大爆炸之後，持續膨脹的宇宙洪荒繁衍出人類抬頭仰望的漫天星辰，散射的星團彼此吸引、拉扯、撕裂又結合，不斷碰撞的緻密星體會攏聚無法計算的能量製造出掏空一切的巨大黑洞，宇宙將達到平靜的絕對零度。

天地凍結。

化學老師在台上講得天花亂墜，他是一個可愛的老頑童，偶爾會透露出原本想當醫生的志向，但被她老婆阻止了。他老婆是個睿智的女人。

子都對著益智玩具結構般的元素嘆了口氣，把講義下的轉組申請單抽起。他已經反覆看了好久。

在這件事情上甘棠是支持的，「你的天賦和才華太清楚了，也許你會是一個大文豪，待在自然組對你來說不自然。」

只是談論到這個話題，和玉總是紅著一雙眼，哽咽地和甘棠持相反意見。最近她眼睛主功能是哭泣，她像一隻受傷的小白兔跟在子都身邊，她已經是風聲鶴唳了。子都倒是對這個改變很開心，一切回到原本的軌道，他們四個又緊密相連的在一起。

姿靜的立場和甘棠接近。她想子都不該再浪費一年，唯一有猶豫的就是他和和玉把分班看得像生離死別，簡直跟子都要飛去冥界深造一樣。

如果你想到不久前和玉對姿靜的指控。

「我看到他親她脖子，我又沒看清楚。」

「妳那時候說『接吻』！」子都翻了一個白眼。

他們都能理解和玉的講話風格就是浮誇。有一次他們去內灣玩，和玉緊張兮兮地說一個同學的枕頭上「都是血」。結果不過是那人臉上的痘痘破掉，在白色的枕頭下落了一小點，很模糊的紅。

子都能夠理解多半是嚴驍的霸道，也懶得追究了。

子都不厭其煩的，一遍又一遍問如雪，說：「你還是不肯跟我說那個人是誰嗎？」

如雪搖頭。

「如果沉默是妳對悲劇的回應，那麼剩下妳唯一能做的，就是哭泣。」

子都偶爾能在如雪臉上看見泛著喜悅的笑容，雖然轉瞬即逝，但確實浮現。子都傻了，他不能理解這整件事除了悲傷和憤怒，怎麼能有其他情緒。

如雪甚至偶爾會問，「你覺得他會是男孩還是女孩？」

只有琳俐會勇敢的說：「妳把孩子拿掉吧，妳還有大好的青春。」

這件事情子都的立場和琳俐相同。但是當琳俐這麼說，如雪會生氣的用她那雙悲傷的眸子瞪她，激動的說「絕不」。子都又被詫異了。她不再是從前那般空幻，柔美的像雪水一般的女孩，她變的有血有肉，換了一個人。

人間多少風月事，常得少年帶淚看。好多個夜晚，子都悄悄的為她落淚，他發誓只要讓他知道那個男人的身分，他會不顧一切的報復他。

絕對不會饒過他。絕對！

子都的神思靜悄悄的倚在如雪空蕩的座位上。

陽光把咖啡色桌面照成不能直視的閃白，子都的雙眼熱辣辣的，在眼眶變得濕潤之前他用手掌覆蓋眼皮，假裝自己再也看不見。如雪今天噁吐的厲害，又不能待在家，擔心被發現，只能躺在桑華休息。

尖膩的聲音聽的人頭皮發麻，巨大的摔書聲傳到子都耳裡。

大家都很習慣倪子風近日和古嬙威的針鋒相對，這天反而來晚了。儘管她總是掛著兼愛天下的嘴臉，但如果子風上課途中七孔流血，不用懷疑，這一定是古嬙威下的茅山邪術，同樣的，假使新聞報導古嬙威在放學路上被人蓋布袋切斷手腳，那也定是倪子風的傑作，頂多加上雷震霍的鼎力相助。

古嬙威像小孩般振奮，彷彿感謝他提醒了甚麼。

「學期末快到了，為了不讓同學的成績單上有不良紀錄，老師提供了愛校服務的機會，不然同學的暑假就不好過囉。」

多聰明的籠絡人心手段，羊毛出在羊身上，但總還是會有人發出歡呼表示感恩戴德。誰說出社會才能看到醜態，校園已經濃縮的很別緻了。

「和玉妳要申請嗎？這樣時間比較寬裕。」隨著古嫱威的貼心的問話，大家的目光轉到她身上。

嚴驍的嘴角輕蔑的勾起。古嫱威對於這種小把戲總是樂此不疲。

甘棠柔嫩的手指停在書頁上，抬起頭，不快不慢的說：「是不是弄錯了，和玉應該沒有被處分記錄吧。」

子都的血液開始加速，為他作好足夠反應的後援，他有種即將要被飛機撞上的預感。他看了一眼甘棠柔和的暗示，但沒有理會，他說：「她被記警告了？甚麼原因甚麼時候？妳給的小禮物嗎。」

「我想不是警告，包含子都同學在內的參與者最少都會有一支小過。」她走到甘棠面前，肌膚鬆弛的手覆在她手上，「我會向學校求情免除妳的懲罰，老師知道妳的為人。」

同學躁動起來。

這場百萬掏空案在學校早已風傳，多半老師不願提起，少數八卦或者試圖和學生表示親近的老師會當成消遣說說，但會夾槍帶棒的嘲諷這件事的老師還真只有她。

「大家不要隨意猜測，最重要的是懂得迷途知返，雖然偷竊或不光明的舉動是無恥的，但人非聖賢誰能無過呢！」她戲劇性的嘆口氣，結論：「你們總是太年輕了。」

流言蜚語就像悶熱夏日沾在皮膚上的小蟲，揮之不去，你會煩躁到有跟牠同歸於盡的衝動。

雷震霍把鉛筆盒錢包掃進書包的那一秒，倪子風拍桌站起來，揮手臂指著她，「妳煩不煩人，有本事妳就把我退學，我怕妳甚麼？」

「喔，恐怕也快了。」古嬙威吊起嘴角，「老師最近聽說一個可怕的傳聞，雖然我希望是假的，但是我要確認，似乎有同學……懷孕了？」

子都的呼吸停止了，他恐懼的想這不可能，是誰洩漏的？

子風愣在原地，震霍一臉慘白，拉著他坐下。

「老師勸你乖一點，下午你母親會到學校，為了你數不清的違規行為。」她滿意的賭住子風的嘴。

雷震霍掃了一眼班上，對幾個幸災樂禍的人舉了下拳頭。

「至於子都你的家長，老師打不通電話，是否請你自己聯絡一下呢？」

他依然如往昔，鎮靜地說：「不如妳報警會有效率一點妳看怎麼樣？」

甘棠的手還被老妖女壓在桌上，和她同坐在第一排的嚴驍站在來，抬起妖女的手，從口袋拿出手帕象徵性的擦了下甘棠的手背。

他遠比古嬙威高出許多，眼神從她蜷曲的頭髮上掠過，「事情沒有定論就不必動作，就連被槍決的犯人也多有事後被證明是清白的，何況是這種不值得一提的『聽說』。」他的目光像是一隻鷹掃視著班上，洪郁笑著看她，但飾舒臉上的心虛洩漏了祕密。

他的聲音像是冰塊碎裂，帶著寒颼颼的不可置否，「古老師，妳太激動了，還有一年呢，這麼快就和我們掏心掏肺的露出妳的真面目，剩下來的日子妳預備怎麼和我們相親相愛呢？」

不管子都對嚴驍有多少的怨恨和厭惡，他心裡都明白，因為有嚴驍的存在，他們面對古嬙威這種不平等的攻擊時才有倖存的空間。

黑暗可以威脅你的性命，也可以幫助你，隱身躲避兇猛的豺狼虎豹。

古嬙威嗽了喉嚨，「這件事牽連很大，和玉，妳跟我到辦公室。」

「干她甚麼事！」子都瞪著古嬙威。

「如果她肚子裡有小孩，就跟她有關係。」古嬙威抿著嘴唇，像準備要噴毒液的蛇，「當然還有你了，你們一向親密，過分親密。」

子都鬆了一口氣。她搞錯了，還好。

國文科辦公室有一個小小的房間，子都、子風跟和玉緊緊地坐在一起。他們和古嬙威彷彿一場諜對諜，沒有人先開口。

古嬙威在外面辦公桌晃了一圈，把這個流言風傳給其他老師後，才走進來。

她明顯佔了有利角度，「所以和玉肚子裡的小孩是子風的！」她沒有給和玉說話的空間，「你們這群小孩子男女關係複雜，我就知道會出狀況。」

「誰跟你說小孩是倪子風的，我覺得老師妳很荒謬。」

「是子都你的？」

其實古嬙威滿有勇氣的，因為如果子風要在這裡打爆她，子都一定會幫她把風。

她表情真摯的困惑極了，「那洪……我是說那我怎麼會這麼聽說呢？」

「對啊？聽說的一定很準，我還聽說老師是老處女，發霉的那種。」子風震驚的說。

子都因為低級玩笑瞪他一眼，但隨後摀住嘴，「我還『聽說』老師肚子裡有沈籌的小孩呢，這麼久了，這一胎是哪吒吧。」

古嬙威的臉抖動得快要掉下來。「我要找你們三個人的父母來，這件事太嚴重了。」

「跟我的關係是？」子都悶笑。

「這個小孩也有可能是你的，不是嗎？」

子都平靜地看著她，因為在他的腦中，古嬙威已經正反面死亡三遍了。

洪郁走到樓上，和她壞到流油的姊姊洪岱碰頭。

洪郁說：「姐，我不懂，為什麼不乾脆直接跟老師說是如雪懷孕？反正林和玉一定沒事，老師還會怪我亂說。」

洪岱晃手，手臂上的贅肉擺動，「能夠用流彈多打一個是一個，雖然林和玉沒懷孕，可是消息傳出去，對她也是傷害，而且搞不好她也懷孕了！那我們不就賺到。」

她讓洪郁按下電話號碼，「妳就跟她說，和玉現在因為她被誣陷，如果她不出來承認，和玉的父母就會到學校來，到時候，子都他們一群人都會很難堪。」

通話聲響起，洪郁質疑，「有用嗎？」

「放心吧！只要他們的友情夠真，那個如雪就會不惜犧牲自己來保護他的一切。哎呀呀！不得不說白子都的確對她們夠好，好到她們甘願死心蹋地……的為他去死。」洪岱的笑容像一頭發臭的黑豬，讓人作嘔。

子都正色地說：「妳汙衊我不要緊，可是妳拿女孩子的名譽開玩笑，妳是不是一個老師啊，妳知道我可以告妳嗎？或者說，妳信不信我會告妳。」琳俐平時教導他們，訴諸法律是一個成熟的行為。「八卦流言從來就不會少，可是妳作為一個老師，在事情還沒弄清楚之前就毀損學生清譽，並且妳還惡意散播，古老師，我不會輕輕帶過這件事的，我們都有個心理準備吧。」

白子都站起來，帶著和玉要離開，只是洪郁拎著一個書包走進來。

「這是在倪子風的包包裡找到的。」

古嬙威小心翼翼的拿起盒子，那種眼神也可以解讀成一種充滿渴求的期待。

子風盤起手，「Spinster!」

「這是甚麼？」

「保險套！」子風大聲的說，怕她聽不清楚。

「你拿它做甚麼！」

「打炮啊，不然吃手扒雞喔。」倪子風回答完後，哈哈的笑。

古嬙威鎮定下來，「所以說即便有了這個，還是會有意外的嘛。」

和玉在子都耳邊說：「不能讓我爸媽來學校，我會死掉的。」

「妳有沒有？」

和玉吸了一口氣，慎重地搖頭。

「現在的最重要的是我要思考如何處理老師侮辱學生的問題，至於這個。」子都指著古嬙威手上的東西，「事有輕重緩急，我以為這是常識。」

「等到家長都到了，就可以知道是怎麼一回事，我想醫院很容易可以證明整件事的真偽。」

子都像是一隻徹底被惹的狐狸，張揚著尾巴暴怒的對著她說：「驗甚麼驗，如果邪惡是一種癌症，妳已經是末期了。」

古嬙威把盒子扔到桌上，不小心打翻了水杯，和玉嚷嚷連帶子都也嚇到。子風的動作比眼神快了一步，猛的推了古嬙威的肩頭，她抓著洪郁一起往屏風倒下去。

子風背對倒地的老妖怪，抓著子都確認他沒事。回頭破口大罵，「妳少動手動腳，妳以為我不敢打妳啊。」

當子都以為自己已經夠慘了，反正只要人不死都不算大事，沒想到如雪嬌喘微微的跑來了。

老師們聚在小房間的門外，對和玉指指點點，細碎的字句中能聽見，「就是她啊，好像還搞不清楚孩子是誰的呢。」

甘棠扶著胸口，看著擠到前面去的如雪，焦急到快要瘋了，顧不得形象喊：「不可以說，如雪妳回來。」

如雪的美即便是到了墓園也能造成萬人朝拜的轟動，她的美也能讓世界大戰瞬間寂靜無聲。她的美就是烈日下的一朵雪花，美得岌岌可危。

「不是和玉，是我。」甘棠死拖著如雪，卻掩蓋不了鐵錚錚的聲音，「懷孕的人是我。」

她眼底像擺盪的湖水，但沒有落淚。反而是甘棠哭了，她抱著如雪止不住啜泣。

子都的眼睛霧濛濛的。他在如雪的眸子裡看見了初見她時的哀傷，他第一次見到她就是被這股哀傷感染。為什麼？她為什麼在這一刻竟然心痛了，先前無數次的對談，她是那樣的堅決，彷彿孩子是上帝的禮物，那為什麼此刻她眼底的水光是那麼的沉重。

子都氤氳的視線看不清子風愣住的神情。子都一直都覺得是他，於是他伸手重重的摑在子風俊俏的臉上，紅色的痕跡燒燙子風的面頰。

子都打得自己手都疼，可是最痛的，還是他柔軟的心房。他的心為如雪的摔墜，血肉模糊的碎了一地。

回不去了，最美好的時光。

子都隱約記得雨果說過「從夢幻中醒過來是一個巨大的幸福」，他覺得自己一定是記錯了，否則雨果怎麼會在醒來後，寫下了《悲慘世界》。

彷彿一季的玫瑰花盛開在馨黃色燈光的房間裡，精油淨氣機不斷地施放白色的馥郁香氣。琳俐身上穿著白色浴袍，甘棠和如雪躺在旁邊的床上，美容師在她們平坦的小腹抹上一種透明凝膠狀的物質，像要把她們包裹在透明的琥珀裡。

琳俐舒了一口氣，服務人員貼心的把她的包包遞過來。她在手機上確認要給和玉與薄艾穿的伴娘禮服，不過這是相較簡單的。今天一大早她在嚴驍的協助下取得中環一位倒楣經理的電話，她覺得那人的中文和自己有著時代的鴻溝。時間又很緊促，於是她夾著護照咻的飛去香港近距離解決問題。

其實那個經理的國語很標準，他不斷重複：「這品牌預定年底才進駐呢。」

幾個小時後琳俐拎著一件Carolina Herrera的婚紗回到台北……

嚴驍的母親罩著白袍走進來，「要是所有女孩子都跟你們一樣美，我的醫院就要關門了。」

甘棠的緊緻曲線療程告一段落，她坐起來，扶住一綹髮絲，甜甜地說：「王醫師好。」

「跟琳俐一樣叫我阿姨就可以了。」嚴驍他母親微笑。

她搭著琳俐的手，「前幾天我到日本買了一些新產品，有幾款特別適合年輕女孩。」她帶著琳俐離開房間。琳俐回頭對如雪的美容師說：「手部保養一起做，全身去角質做了沒有？」吩咐完才離開。

嚴驍母親在辦公桌前坐下，微笑的有點尷尬。

琳俐呵呵笑起來，「阿姨是要跟我說訂婚的事吧？」

「你父親對於婚事有沒有意見嗎？畢竟你們還那麼年輕。」

「前幾天爸爸還跟我說呢，說他和叔叔在我跟嚴驍出生前就約好了，他自己也有點訝異緣分，多年後我和嚴驍竟然真的走在一起。」商業下的約定，跟琳俐此刻羞赧的笑容一樣，都計算過了。「他說婚先訂，至於結婚可以不急，阿姨覺得呢？」

琳俐委屈說：「是不是阿姨對我沒那麼滿意。」

嚴驍母親拍著她的笑，「我是看著妳長大的，比起嚴驍我還比較喜歡妳。」她嘆了一口氣，「只是他的個性妳不是不知道，其實我也疑惑，他為什麼沒有跟妳相同的想法呢。」

幾秒之間，琳俐的尷尬盡露無遺。

「不過妳也不要擔心，雖然他很年輕，但絕對不是貪玩的人。不急啊。」

當然了，琳俐比誰都瞭解他。他現在推遲婚事不是因為不愛她，就好像這麼久以來他和她在一起，也不是因為他愛她。

當嚴驍他母親回到公寓時，發現客廳沒有開燈，彷彿浸泡在一片濃稠的墨水裡。嚴驍的手指摩娑著牛皮沙發，悄然無聲，他大概也是這片黑暗的一部分。

機械聲滴滴兩下，門房打開。

刺眼的白光瞬間照亮滿室。嚴驍瞇眼，適應了光線。

他母親走到客廳往後跳了一下，壓著胸口，喘息說：「嚇死我了，你幹嘛不開燈。」

「妳今天怎麼這麼早回來？」

她把手上印著city super的綠色紙袋擱在桌上，拿出一堆貴得離譜的食材，比如一盒三百塊只有兩片葉子的生菜，比如嚴驍此刻拿起的一盒五百看上去十五顆不到的草莓。

「我兒子就要回倫敦了，我想陪陪他不行？」她瞥了一眼嚴驍，說：「你小時候很喜歡吃草莓，有一陣子你甚至以為自己就是一顆草莓……」

嚴驍像是喉嚨發癢咳了幾聲。說真的，嚴驍張嘴吃草莓，被酸得嘟嘴的那種畫面，跟殺人魔剁人手腳有甚麼區別。

她聳聳肩，「你不愛吃就算了。」

她換了話題，「伊頓公學的事都處理好了嗎？有沒有甚麼需要我幫忙的。」她想了想，自嘲的揚起嘴角，「你爸應該讓人搞定了，我多慮了。」

嚴驍盯著他母親，像是花了極大的力氣才催動聲音，「如果妳想去倫敦走一走度假，可以跟我一起過去。」

她停止動作，手腕失力的叩在桌面。

分針嘀答聲無限放大，刻苦的轉動。

嚴驍的眼神像一杯溫熱的茶，迅速涼薄。

嚴驍與琳俐、甘棠都出生在資源豐沛的家族。

耳濡目染，詭譎的企業鬥爭讓琳俐意識到自己必須永遠占盡優勢，才能愉快的生存下去，所以她不服輸並且能力卓越。作為姚家唯一的掌上明珠，在馨香花房裡成長的甘棠，成為一個優雅大方的千金小姐是她的生存教條，也是她父親對她的呵護。

出類拔萃的能力和上流大家的風範，這些打從嚴驍懂事起就像是一頂鑲滿貴重寶石的王冠，無法逃脫的禁錮在他頭上，當他累了他肩膀不能垂下，倦了不能低頭掩飾脆弱，沉甸甸的王冠賦予他驕傲的資本，驕傲到忘了甚麼是愛。

所以他不知道此刻心中莫名的憤怒是源自於他對母親的愛。有了愛，才有了失落。他也不會明白母親正也是因為愛，因為深愛他寡情的父親，所以才不願意再踏進英國，重溫倫敦那失落的淒風苦雨。

生活不會放任你縱酒高歌，或者失意頹喪，它會在你得意的時候給你迎頭痛擊，在你無力的時候，狠狠的再給你一拳。

在子都家裡，一群人淚眼汪汪，泣不成聲。

薄艾捏著衛生紙，哽咽地說：「我不敢跟你說，我無法想像你知道了這件事之後會有甚麼反應。」

子都喉嚨像是被灌滿了酸澀的檸檬汁，「所以你就瞞著我，讓我只能無力地看著如雪走到這一步。」

他闔上眼皮，眼睫毛就像是浸了水的蝴蝶翅膀顫動著。

不可能，如雪不愛他。子都回憶起他們倆零星可數的接觸片段，她究竟為什麼堅持要生下孩子，為什麼要把自己送進墳墓，為什麼！

和玉哭到渾身發抖，像絕症病人。她蜷曲身子靠在子都身旁，「她的背會被刺青，那一定很痛。」她彷彿在承受她言語中的痛楚。

「妳電影看太多了。」薄艾站起來，拉了和玉的肩膀起身，「我們要走了，琳俐打電話催了。」她用衛生紙沾著和玉的眼睛，自己的眼淚卻不停地落。

和玉拉著子都的衣角，「你怎麼不走。」

子都一張嘴，就嘗到苦鹹的淚水，他的手扶在自己兩頰，「不去了。」春華競芳，五色凌素。子都長長的嘆氣，像要停了喘息。「老天實在對她太薄了。」

子都終於知道為什麼如雪的美總是讓他惴惴不安了，說穿了，那是一種叫做「香消玉殞」的美麗光影。

嚴驍一身黑色Armani西裝，走進離他們學校不遠，小巨蛋旁邊的飯店。門口停放著許多的黑頭車，那些同樣穿著西裝但氣質低俗的人，黑壓壓的把現場布置的跟一場告別式沒有不同。

對他們來說，這的確像是祭奠甚麼的逝去，也許是共同的記憶，也許是哀悼永遠不再的笑聲。

準備室沉默的手忙腳亂，像是一齣哀傷的默劇。

薄艾的母親是新娘秘書，負責如雪及伴娘們的妝容。她拿起化妝棉貼住和玉的眼睛，「拜託妳別再哭了。」不可抑制的傷痛像是病毒感染著每一個人。

琳俐指腹抹過眼角，她假裝查看天花板是否會突然掉下來，避過所有人的眼神。

甘棠一一打開Cartier珠寶盒，不斷的吸氣，虛弱的說著每個首飾的挑選過程，裝作饒富趣味。她和琳俐幫如雪一一穿戴。

整理完畢後。她們沒有直視她，而是透過鏡子看著如夢似幻的如雪，宛若一朵空靈的雪花。

甘棠摸著她婚紗長袖，斗大的眼淚落在綢緞上，滲透進去。

「子都說妳穿白色的好看，妳真的好美。」她捏痛自己的手指，從椅子上別過頭。

「子都怎麼還沒來，我想跟他說話。」如雪的眸子晃動著。

沒有人立刻答腔，琳俐搭著她的手，「晚一點吧，我怕他是甚麼耽誤到，已經叫子風去他家找他了，姿靜在大門口等。」

如雪愣住幾秒，然後抬頭對著鏡子，輕輕笑了出來。

「我知道，他不會來了。」

和玉哇哇的衝過去抱著她痛哭。如雪閉著眼睛，摸著和玉編織好的頭髮。

「妳不要嫁，如雪，我捨不得妳。」和玉又痛又氣的哭，她的放肆，讓一屋子的女孩終於都眼淚潰堤，嚎啕哭了起來。

甘棠和琳俐抓著彼此的手滾落眼淚，無法抑制。

看著一個乾淨美好的女孩活生生地走進地獄，可能被凌辱，被糟蹋，越是想到這，她們的心都痛的絞在一起。

門磅的打開。

所有人的眼睛從像是一盞燃起的燈火，然後再度熄滅。

萬隆靠著門大笑，身上四溢的酒臭氣宣告他已經茫了。

薄艾走上去，「你現在不可以出現，出去。」

萬隆猛然地抓住他的手，「真可惜，妳是不是很遺憾新娘不是妳啊。」說完自己暢快地笑起來，「妳們感情真好，她用自己救了妳，我也不算虧，是不是。」

琳俐抓著他的領結甩到門外，差一點連自己都跌下去，「陳萬隆，我真希望你消失在這地球上。」

琳俐關上門，把如雪拉起來，眼淚嘩啦啦的直落，「妳現在後悔還來得及，我們不要結了，走吧。」她抓著包包想往門外走。

甘棠拉住他們兩個，三個人默默對看。

如雪吸了鼻子，嘆氣的笑。她把和玉牽過來，五個女孩子圍成一個圈。潮濕的喘氣聲，嘆息聲。如雪的目光溫柔的流轉在她們臉上。

「我沒有想到自己有一天會到台北，遇見妳們這一群朋友，我們一起笑，一起哭，一起經歷了我這輩子最美好的時刻，好多人生命中沒有這樣一段美麗的時光，你們就像我的姊妹一樣，我真的好開心。」她的手指抹了薄芰的臉頰，「不要再為我哭泣了，我不後悔，我只是在疲憊的時候，願意安頓而已。」她的眼淚始終沒有落下來，「妳們都要記住，這輩子一定要好好珍惜自己。我在最美的年紀來到台北，離開家鄉，我在最美的年紀遇見你們，拋棄過去，我也在最美的年紀愛上一個不對的人，失去未來，可是我真的真的不曾後悔。」

在如雪離開她們溫暖的懷抱，步向猩紅色的地毯前，她拉住和玉，仔細說了幾句話，「妳要記住，世界上沒有東西是永恆的，除有一樣，友情。」然後她哭了，「無論妳能不能遇到那個對的人，妳都要知道，妳這輩子能遇見白子都，就是妳最大的幸福……」

從來沒有一場婚禮，讓人落下這麼多悲傷的淚水，足以讓台北城淹得流離失所。

在她們婆娑的淚眼中，如雪不再美麗，也不再夢幻，她只是一道劃過天際的流星，絢爛極限。

2B鉛筆填滿畫卡小小的方格，黑壓壓的塗滿高二的尾聲，最後一次期末考。警鈴般大作的下課鐘釋放了金燦燦的暑假。教室裡瀰漫的歡騰落在子都心裡像是一陣諷刺，他快步走出桐樹大道，把桐城拋在身後。太陽曬在他的臉龐，他瞇著眼，覺得頭暈得厲害，腳步急速。

剛開始的每一天，他都是在那個潮濕冰冷的夢境中驚醒。

那天晚上他撞出家門，看到靠在電梯旁坐下的倪子風。他們趕到飯店時，門口已是散盡的賓客，他目光慌張地搜索到一輛閃著紅燈的車子。他不顧雨勢漸大的追上去，也不顧自己會不會被撞死。他甚至不顧那輛車裡是不是有如雪。

因為他知道一旦錯過，他將會疼痛終身。

冷雨刺痛的打在他的後脖子，滑進他的衣服，不懷好意的冷感沿著背脊向下躥。他蹲了下來，看著朝地面拍擊的小水花，然後倒了下去，他漸漸被汙水弄髒了。

玄藍色的天空下，子風濕淋淋站在他面前，緊緊的握住他的手臂，他不知道自己是不是在哭，反正眼前一片模糊，他咒罵，他低吼，他柔軟的手敲打著地面陣陣刺痛，最後被子風抱住。子都彷彿聽見他在說話，還有和玉哭花的眼睛，薄艾和姿靜的叫喊……那個夜晚，他們彷彿要把人世間的悲傷都哭盡。

三天後，如果不是薄艾威脅他如果再不開門她就要破門而入，子都恐怕會一直躺在床上任由清淚爬滿臉龐，濕了又乾，乾了又濕。

「給我三十分鐘。」

「好，我跟和玉去樓下幫你買點吃的。」

他簡單的洗了熱水澡，找了一套少穿的白色運動棉T換上。

他從來不覺得自己顏色白皙，但鏡子裡他實在是個慘白少年，大而無神的眸子下是眼影般的黑眼圈，像是患了憂鬱症的吸血鬼。

薄艾拎著他的手，「你已經很妖『瘦』了，到底想逼死誰啊。」

他們有一搭沒一搭的說著話，任誰都不能假裝一切都好，於是最後索性正大光明的彼此分享的低靡。

和玉提到補習班快要開課了，說完後心又一沉，她想起子都轉組了。

子都看著和玉眼淚又掉下來，「我早就跟妳們說，妳們都不聽……偏偏要跟男人扯在一起……」和玉抱著他哭。

「如雪要我告訴你，她這輩子遇過你，是最美的事，她說你一定要幸福，要把她沒能享受的青春，好好的——」她泣不成聲，「她說她好想再看你一眼……」

大家都不說話，只是繼續分享淚水。

子都躺在沙發上，握著和玉的手語重心長地說：「如果你不能在別人的悲劇中有所成長，那你就只能藉由自己的傷口換取教訓了。」

琳俐把自己鮮血淋漓的精神傷口，都用昂貴的Chanel包紮起來。她穿著美麗的小黑裙，走到嚴驍面前坐下，勾起一個千嬌百媚的笑。

嚴驍他和琳俐對坐著，像是在進行角力的兩方代表，要對合約進行最後的確認。

「你什麼時候要走？」琳俐一臉愜意。

「三天後。」

「這麼趕！」

「台北沒有我的事了，待著幹嘛。」

琳俐笑容的弧度維持得太久，忽然繳械垂下嘴角。她的眼底有吊燈光影，還有被水氣逐漸籠罩的嚴驍。

嚴驍一支手跨在椅背，別過頭，「說吧，這不像妳。」

琳俐隨著他的目光，看見玻璃窗外是一對緊緊相依的情侶走過，琳俐笑了一聲。「嚴驍，你跟我在一起，跟我訂婚，跟我分手，跟我取消婚約的依據是不是都是同一個？」

「聰明人何必裝糊塗！給自己找傷害是不會有人同情的。」他身子前傾，大大的手握住琳俐的，「我可不會再替妳擦眼淚。」

嚴驍走過她身邊，彎腰，輕輕抹去她的淚痕。「想到有件事需要妳說句話，幫我約姿靜出來行嗎？」他不耽誤的說：「妳也知道白子都現在對我有多厭惡，他要是知道我約她鐵定沒完沒了。」

「你找她幹嘛？」

他花不到一秒說：「我走了。」

琳俐沒有煽情的拉住他，訴說著以前的美好。在行為上，她會讓自己保有尊嚴，像一個女權領袖一樣驕傲。但思想上，她輸的一蹋糊塗。

琳俐是那種你覺得她希望，並且最終會成為比爾蓋茲新老婆的女子，但她卻曾在酒後迷茫時掏心掏肺的說出：「愛情就是一個人，一個你知道他或許不是最高價的逸品，但你也知道如果不是那個人，便不是愛情。」幸運的是，她的那個人發散著暗藍色的冷金屬光澤，跟專櫃裡黑色絨布上刻意不標價的鑽石一樣，價值連城。在過去。

而和玉的愛情，就是眼前這個雙眼放光，渾身燥熱的男人。

子風換了位置，坐到和玉身旁，手指輕輕擱在她的手臂。

和玉側頭看著他。他的頭髮染成蜂蜜色，兩道濃密的眉毛也跟著染色，他順著她的目光撥了頭髮，莫名地笑起來。露出整齊的潔白牙齒。年輕結實的身體穿著superdry的運動背心，散發出迷人的誘惑力，像是會牽著黃金獵犬在公園引起女性騷動的陽光大男孩。

如雪少女時代的最後一番體悟，對和玉說的其中一句是，「做子都心目中乾乾淨淨的女孩，妳會幸福的。」這也是她最後的祝福。

和玉逃避他的眼神，說：「我們以後不要再私下聯絡了。」

子風一顆冰塊差點卡在氣管。

桃園機場裡川流不息的旅客拖著行李箱，他們攜帶寂寞或是滿足展開旅途或者返回，而手上拿著暗紅色護照的嚴驍難以界定是哪類，薄薄的本子幾乎是他唯一行囊，去南部三天兩夜的行程也沒他那麼簡潔。赤條條，來去無牽掛。

甘棠手放在著提包上，淺淺的說：「到了倫敦跟我們聯絡。」

「我會聯絡妳的。」嚴驍勾起嘴角，「妳也遲早會過來不是嗎。」

「那是我的事情。」

「不會為了白子都改變計畫吧，妳家裡不可能同意的。」

「台大不是太差的選擇，或者我會等到研究所再出去。」甘棠搖搖頭，對嚴驍多餘的問題覺得無奈，「嚴驍，你應該友善一點。」

嚴驍拉近距離，「我扛下所有責任，然後逼不得已遠赴國外還不友善？」

「我不知道你和琳俐怎麼了，你知道她有多在乎你，雖然她看起來很堅強，但你傷害了她。」

嚴驍擺擺手，表示不想再聽，「我只是想讓妳知道，其實攬下所有責任然後離開不是我唯一能選的解決方法，我之所以會願意這樣做保全白子都他們，理由只有一個。」他的視線擒住甘棠，「妳欠我一個人情，很大的一個。」

他的手指緩慢的扣緊她的手臂，「我們會再見面的，不過再見時我可能會是一個災難，妳的？或者白子都的。」

如果揭開死神寬大的黑色斗篷底下的那張神祕臉孔，一定就是嚴驍此刻的模樣。

他寬闊的肩膀緊貼著黑色襯衫，甘棠凝望他的背影，看著他舉起道別的右手像是一把鋒利的鐮刀，懸在她的心頭。

嚴驍聰明又危險的特質或許正是琳俐不可自拔深愛的原因，但甘棠直覺他那不容抵抗的侵略性，將會一個致命的存在。

她的第六感可怕得精準！女性的天賦。

心計09

有時候想想人生，其實就是一場活生生的大逃殺。

很多與你不相干的人，他闖進你的生活，你不看他不理他，他卻始終瞇著狹長的眼瞪著你，然後某天你終於受不了，對他說：「能不能離我遠點。」他二話不說拿出長刀朝你一砍，你摀著鮮血淋漓的傷口，問他：「為什麼傷害我？」

他用一種欠扁無比的語氣說：「哦！因為不這樣我會過不去。」那他怎麼不去死呢……其實原因是，你的存在本身就被視為威脅，你甚至甚麼都不用做，就可以讓他恨你恨得牙癢癢。所以他想除掉你。

你只能努力的活下來，活得比他們更好。

但這並不容易。

如同剛剛轉組的白子都。

子都有一張給小矮人坐的椅子，配著一張巨人用的桌子。

從他進入新班開始，暗潮般的惡意就不停地繞著他打轉，像一頭頭鯊魚盤旋在他周圍。

現實的他熱得發汗。他在採光良好的唯一位置，窗簾壞掉，陽光直射他的座位。當他把窗戶關上，隔壁雙眼滿布笑紋的男同學說：「保持通風好嗎。」他看起來像是滾在麵粉裡的肉豬。

子都隔著面紙戳太陽穴。

他瞄了眼肉豬的藍色繡名，姓曾的傢伙。子都刻意不記他的名字，因為所有被記下的名字，不是深愛，就是仇恨。

太陽毫不避諱的加溫他的頭疼。

幸運的是，有人對他投以抱歉的眼光。

不幸的是，卑鄙盯著他的人裡，有一個叫作洪岱。

講台上古嫱威一身嫩綠色的套裝讓人暈眩，像是一隻不甘寂寞的蛤蟆。

她喋喋不休的嘴忽然停下，眼睛在鏡框後瞇成了一條線。

倪子風把背帶繞了兩圈，拎在肩上走進後門。

一個同學提醒他黑板上新分配的位置，但他看也沒看。

洪郁換了一個舒服的坐姿，準備觀賞絕對會發生的衝突。「唯恐天下不亂」不是一句話，而是一種人格特質，洪郁跟她姊姊都具備的。

子風走到離門口最近的位置，那幾乎是他個人永遠的保留席。

他深深吸氣：「這是我的位置。」

「可是老師寫我在這裡！」沈籌立刻眼光向古嫱威求援，幼稚的像尚未斷奶。

子風把書包掛在椅子上，捏住沈籌後脖子，顯然在忍耐，「那就是她搞錯了。」

沈籌縮回指著黑板的手，猶豫的吞嚥，收拾桌面。

洪郁哼哼笑兩聲，「那我想坐和玉的位置，你可以幫忙嗎？反正你這麼了不起，全班你說了算，規矩算甚麼啊，老師說的又算甚麼啊。」

彷彿這是一個笑話，古嫱威巫婆似的笑起，她示意沈籌不要收拾。她低喚他，「子風，你不能隨心所欲，新位置是我依據大家學習狀況作的最好安排。」

「我以前都在這裡。」子風把沈籌摔到地板，像扔垃圾。他厭惡拐彎抹角的惡意。

她充滿嘲笑說：「所以你以前學習狀況非常優良？」。她在排頭遊走，雙手收攏在肚子，「現在跟『以前』不同了，我們班不能再像以前一樣疏於控制，頻頻惹事，慶幸的是現在狀況變得容易很多，我必須在你們離開校園前好好的雕塑你們的人格，因為一個老師應該教的不是讀書，而是做人。」她努嘴狀似哀傷，目光緩慢流過刻意空下的三個位置，最後停在和玉後方，「如雪和嚴驍都不太清楚自己的本分，誨淫誨盜，老師雖然極力替他們求情卻還是無法改變學校將他們趕走的決定——」

「他們都是自己離開的。」薄艾制止她扭曲的污辱，她無法忍受，「不要再提如雪，妳到底想說甚麼？」

「同學突然被退學我們總可以好奇吧！」洪郁慣用的傻笑，像一隻狸鼠。

甘棠順勢轉移焦點，輕柔回答：「嚴驍去了伊頓公學，那是一間誕生過十八位英國首相的學校，威廉王子也曾是伊頓的學生，說實話，那樣的學校真是讓人備感壓力。」

有同學不禁讚嘆，「果然是嚴驍啊。」

古嬙威嘴角抽蓄，她的嘴唇用力的像要出血，「對，不過如雪似乎比嚴驍更幸運，她還擁有一個孩子。」

教室裡窸窸窣窣掀起討論，古嬙威的話像是一把尖刀徹底劃爛如雪遺留在桐城裡的最後夢幻。

這本該是老師們共同保守的祕密。這本該是作為一個人不會有的惡毒。

「我知道是誰上了她。」沈籌一臉得意，享受眾人注目的眼光。

子風抓緊椅子往後摔，沈籌再次磅的墜地。子風希望他的腰椎能放棄支撐這樣的爛人，讓他半身不遂。

甘棠捕捉到子風的視線，柔柔的凝望他，像在平息抓狂的野獸。

她的心加速跳著，手臂上的HERMES手環微微顫抖，她勻速的說：「子風太高了，他坐前面會擋到後面的同學，不如照舊更好？」

曾幾何時，她成了最後一道守護。

子風拖回椅子，發出憤怒的摩擦聲，他坐下來怒目古嬙威。

古嬙威深沉的盯著甘棠。她跟子都這種不是被人深愛就是怨怒的人作對，會有人支持，但若跟甘棠不合，便會引起負評，因為甘棠向來圓融討喜。

「既然這樣，沈籌，那你就換到和玉後方，子都的位置。」她抱歉的加強提醒：「他現在不在了。」

她就是要讓大家知道如今的風向。開學短短的幾周，無數的舊規新令都直掃和玉他們而來。

在她坐鎮早自習的隔天，子風照樣愜意的遲到了。

她明知故問的對副班長說：「出缺席都送去教官室了嗎？」又說：「喔！子風你遲到了！一周如果遲到兩次就會被記警告，千萬要小心哦。」

樂觀理當是希望的明燈，它會指引人從險惡峽谷步向坦途，使生命重新燃起希望，進而使青春永不消殆。

如果這是真理，那子都大概快死了。

很多時候眼前的「真實」，比「虛構」的劇情更讓人陌生。

子都太遲鈍了。什麼時候桐城高中帶給他迪士尼城堡的錯覺，如果他還記得倪子風當初的面貌，他就要知道，真實世界是血腥的，暴力的。

「你怎麼還沒處理廚餘！」一個短髮女生走到他桌邊彈便當盒蓋，子都猛閉眼，後面有幾個人在位置上愉快觀賞。

他盯著那幾個譏笑的女生，一個黝黑肥胖的女生頓了一下身體，她渾身彷彿散發陣陣惡臭。子都揚起一個毫不在乎的眼色，他不知道就是這樣的無視，才會激起她的變態報復。

他沒有為不公平的清掃工作爭執，一星期內輪了三次，真詭異！龍困淺灘被蝦戲，千百年同樣上演著。

子都這陣子冷眼觀察，洪岱和她的惡毒小團體有效的荼毒著班級，溫良派只能明哲保身，若有任何女孩試圖說句公道話就會淪為箭靶，骯髒的言語污辱還是最善良的警告。

「難道我看起來很溫和嗎？」子都微笑，他知道自己的這種笑容總帶著不寒而慄的效果。果然那女生收束笑意，回頭求救。

洪岱發出矯揉造作的咳嗽，像是喉嚨裡卡了一袋的寄生蟲。「喔，我差點忘了，他會找他男朋友來恐嚇我們。」接著，她身邊的人就會戲劇性的摀著胸口，開始問她這幻想出來的八卦。每日上演，樂此不疲。

午休鈴一響，子都嘆了一口氣。

他走向後走廊準備清洗，只要是他打掃的日子，地面總是特別髒。油膩的麵條掛在桶子邊緣，地上一圈雞骨頭，飯汁橫流。子都用指背抵住鼻子，鎮定一股胸口的噁心。

午休中，一個叫小音的女孩子溜進來。她戴了一雙橡皮手套，也遞給子都一雙。

子都接過來的時候，覺得心裡泛酸。

「謝謝妳，可是妳不應該來。」子都探了一眼窗戶。

她搖頭，拿起拖把將水吸乾，跟著子都一起撿散發腐爛味的廚餘。

「他們是忌妒你，你可是『桑華的白子都』，他們又愛又恨，你們太張揚太讓人羨慕了，她無法變成你們那一種人，所以只好傷害你。」

「雖然他們用迂迴的手段打壓我，但比起受到他們肉體虐待的人，我好像幸運多了。」他按下小音的手，感激的說：「妳還是去休息吧，黑輪看到會霸凌妳的。」

她為「黑輪」困惑。

子都在脖子上比畫，表示洪岱脖子上黑色的横肉輪廓。

小音的眼底泛紅的笑，她打起精神，「她睡死了，聽見她打呼我才進來的。」她淚光閃閃的低下頭，繼續清理，「你應該讓倪子風來警告她，她害怕他。」

小音說的是開學那天的事。

那天領書，洪岱故意讓人漏掉子都的。要他一本一本的去設備組領。子都耗了好大的心力才找齊，他抱著書上樓，艱辛的把書架在轉彎的階梯喘息，曾肉豬從樓上咧嘴跑下，把那疊書從扶手揮到地上，然後急速下樓。忽然他像是撞到一面有彈力的牆壁，摔到後頭。

子都看曾肉豬抵著台階的臉浮現窩囊。

他的新書全體灑落，有些書角還有了醜陋的摺痕。

曾肉豬踉蹌起身，衝回樓上。

倪子風像是自己被羞辱，憤怒的問：「這是甚麼情況？」

子都蹲在地上把書本撿起，聽著他毫無道理的責怪，怪他隻字不提，怪他裝做自己過得很好遺忘了他們，怪他讓別人欺負毫不反擊。子風沒有想到這樣質詢也是一種赤裸的傷害，現在子都連蟬翼般的自尊也沒了。

子都不敢讓自己太激動，以免眼淚奪眶。

他蹲著，說：「你不是在幫我，你可以打他，罵他，恐嚇他，可是然後呢？他們只會因為不甘心而有更大的反彈，讓我提醒你，你自我感覺良好的拯救只會讓我的日子更加艱難，所以你不要自作多情了。」

子風靠近他，「為什麼不跟我說。」

子都不語。

子風狠狠拉起他，抓住他手腕，忿忿的問：「你為什麼不跟我說，你不跟我說，你可以跟和玉說，跟薄芠說，跟姿靜說。你有病嗎？還是自虐是你的新嗜好！」

子都瞪他，眼淚掉下來，「我有病，我就是喜歡不說，你能怎麼樣，我偏不跟你說。以前不說，現在不說，以後也不說。」

兩本書從他胸前摔落。

子風幾度張口卻無言，他咬牙一哼，轉過身又回過頭。逞強笑著，「至少讓我幫你把書拿回去。」

路上子都偷偷抹眼淚的舉動讓子風心寒。他不斷吞嚥，他不想把子都送回那個刑場，可是他無能為力，子都說的對，他的暴力一無是處。

倪子風面對那些垃圾，就是「鋼鐵人對黃鼠狼」，或者你喜歡Chris Evans，也可以用「美國隊長對上佝僂的啦啦隊隊長」來形容，嗯……或許不行。但重點是他現在開始有了畏懼。

他甚至還畏懼了古嫱威，擔心被她退學，古嫱威持續使用不平衡的權力欺負桑華這群人，一旦他離開，和玉她們的日子實在堪憂。

甘棠努力維持他們一如往昔的幻影，子都的悲慘證明了破窗理論的可怕。要是大家發覺他們變得虛弱不堪時，就會牆倒眾人推。

無知的，幼稚的，變態的人，總喜歡藉由踐踏他人來拉抬自己。

子風忽然懂子都的隱瞞，就像甘棠告誡不要把十三班的不快樂告訴他。子風難受的用嘴巴呼氣。

到了門口，子都想拿回書，卻被子風阻攔。

不過曾肉豬也已經在教室前方發表了，加油添醋。洪岱揚起笑容，為這則新編輯的八卦做摘要，然後轉向他們說：「這就是他的英雄嗎，不得不說看起來真的很可口，難怪白子都會喜歡他，我都有點心動了。」

書落在桌面發出沉悶的聲響。

班上的男生頓時都閉嘴了，他們很清楚倪子風是怎麼樣的人。

倪子風一步就要衝過去，子都拉住他。

子風顫抖，憤怒根本無法抑制，他沒辦法看白子都，因為這樣會讓他當場抓一些人來毆打洩氣。他快步走到門邊，最後一秒還是甩頭衝洪岱吼：「妳這個滯銷的賤貨給我安靜一點，否則我會直接銷毀妳。」

子都拋開回憶，對小音搖頭，「他能做的都已經做了，難道真的讓他揍人？黑輪不會放棄整我的。」

門被用力的踹開。子都被一把推倒，洪岱惋惜的看著他跌入廚餘，令人反胃的汁液沾滿他衣服。

隨後門碰的鎖上。

幾個做公服的學生一臉興高采烈，離開東苑時捧著FAUCHON的巧克力。琳俐指望這能換來「果然好的都還在東苑」這句流言。

姿靜換掉長桌上沒有熱度的咖啡，琳俐虛弱的說了謝謝。

她精算，確認東苑這學期的經費足夠訂一次豪華又奢侈的，麥當勞快樂分享餐後……她把幾張能請款的單子扔開。她毫不在乎姿靜是否會順手拿去碎紙機絞爛。

「千新學長來了。」姿靜困惑的到院子招呼他。照理他畢業了沒理由再出現。

他穿著格紋襯衫，像個親切的鄰家大哥哥。

他對穿著花苑制服的人指點，一些照舊的設計，一些即將要更新的布局。

東苑撩亂的風景跟幾個月的高級精巧前有明顯差異。姿靜順著他的目光，會意他造訪的理由。琳俐沒有把這筆款項算在必要支出裡。

琳俐僵硬的面對他該死的細心。

富麗堂皇的景觀不太適合有一個剛剛宣布破產父親的她。

「我保留了敷錦門前的玫瑰，室內窗台會設花架，放蘭花。」他側身對姿靜說：「我記得妳喜歡。」無庸置疑他是個貼心的紳士。他抿嘴，「桑華比較讓我頭痛，只有客廳那籃桃花我肯定能保留，此外，妳們覺得他喜歡甚麼顏色？」

姿靜看著桑華面前被淘空的地，「很難說，也許這樣素淨他也覺得不錯，不要太複雜。」她不曉得琳俐要怎麼解釋無力負擔的情況。

「跟我猜的一樣。」千新振奮的拉起衣袖，攤手那片整好的區塊，「梅花！會是一片帶著香氣的白色夢幻，我曾經在情人節動過這個念頭，但顯然梅花需要特殊的人相襯。」

她們只看到白花花的銀子會埋進這塊土裡。

琳俐興奮的鼓掌，「但這個季節一定難以布置這麼多的花，不如你就隨意用一些綠色植物，比如……綠色的葉子修剪一些可愛造型就好。」她腦子正在思考如何把「我沒錢我家破產」變成一句充滿自信又吸引人的句子。

千新收斂起笑容，「真抱歉我忘了這件事，晚了幾周才過來這裡，我很抱歉這裡『疏於照顧』。」他自信的說：「不過給我兩周時間，我會重新製造一片鮮花怒放。」他呵呵笑，「拜科技所賜。」

琳俐和姿靜扶著彼此，為了笑而笑。

琳俐決定等他開口提錢的問題。

他看起來都打點好了，最後說：「你們知道我念生技系可能偶爾要做作業，肥料測試甚麼的，介意我在東苑這裡嗎？我保證不會有雜亂的布置，為了表達感謝，這學期我不收造景的錢。」

琳俐恍神兩秒，馬上答應。

「我會常常過來的，確保一切都好。」

子都在至聖園遇見千新，招呼問：「學長？你怎麼在這。」

和玉她們進去後，他和子都到魚池旁邊坐下。

「高三生活如何？」

子都緩慢的點頭，「生活就是一條河，後浪推擠前浪，美麗的浪花不斷逝去，此刻推擠過去的美好，好跟不好都是如此。」他聳肩。

千新眉頭緊扣笑意，「如果生活是一條河，那表示美好也會不斷湧來。」

子都看著他質詢的眼光，「模擬考，段考，填充不斷的小考……高三真不好過。」

「合情合理的一段謊言，口是心非滿分，不意外你是作文高手。」千新溫暖的摟住他肩頭，「我妹妹千秋剛入學，她已經聽說你了。」

這表示子都可以自然，不必裝成他還是受人寵愛的白子都。

「如果有任何的需要，不管是課業或是其他，你都可以找我，或者江南，他是我很好的朋友。」

子都對他善良的關懷表示感謝，起碼他可以確定社會還有溫馨尚存，但他也知道，只要他不脫離泥淖，任何幫助都是徒勞。而現實是他已經確定不可能回到自然組，成為理工或醫技宅男了。

大家沒說幾分鐘，薄艾就急匆匆的要離開。

她的經濟壓力不會因為高三的到來而解除，從前她能五點去早餐店，然後八點一刻衝到學校來上第一節課，接著再利用周五下午的冗課去飲料店上班，但在古嬙威鎖喉般的一連串新鐵則之下，她只能把未滿的時數放到平日晚上填滿。

琳俐過去就常說：「她怎麼能獨力負擔自己的生活開銷，真的很厲害。」

子都會回：「如果妳把在LV打轉的一小時金額捐獻給她，她最少可以休三個月。」

「她一個月賺七萬塊啊！」琳俐驚呼。

大家靜默……

薄艾奔跑出校園時，發現一台機車騎士盯著她。她沿著圍牆走了一陣子，才和他說話。

「你以為教官是瞎子嗎。」

他把安全帽塞到她手中，拉開面罩，「他看不到我，只會以為我是某個小朋友的家長。」

多虧有機車運送，她準時抵達咖啡廳。

她從員工室出來時發現震霍沒走。

「你搞甚麼鬼。」

「溫馨接送接著長情守候，子風說這招必中。」他抽過本子，喬了一個舒適的姿勢，翹著腳。

薄芠在點餐筆記上寫了兩個字，附註一個鬼臉。店長正好走過去，對身為客人的震霍笑了笑，咬牙悄聲說：「妳不能寫客人是智障！」

薄芠可以說他其實是同學，店長肯定不會歡迎用七十塊咖啡霸佔一整晚位置的客人，但她沒有。她蹲下來和氣的詢問他的需求。

「妳的小孩們最近在練成發，晚上要去看看嗎？」康輔社習慣稱後進為「小孩」，最近她很忙碌，震霍就替她看著這群小孩，有種要做個成功女人背後男人的意味。

「我十一點才下班。」

震霍不以為意的聳肩，「只要妳別在兩個小時後準時把我趕走，我就是妳的司機，而且還可以送妳回永和。」

「吃飽撐著。」薄芠嘴角含笑。

每個人都懷念過去美好的時光，那彷彿是上個世紀的事了。

子都盤旋在記憶裡鵝黃色的燈光下，想起那些鮮明姣好的面容，他就像在漸涼的季節裡披上一件孤獨織成的袍子，蕭瑟無比。

他的眼底凝結著冰晶般的清冷，看上去跟嚴驍的漠然相似，都是一種疏離，都是一種武器。

他甚麼都不想思考，只是扮演一具會行走的殼。

他對身旁的善良男孩很抱歉，因為那男孩試圖要公平分配借球秩序，結果反倒被推入混亂之中。

古嫱威在辦公室走廊看見他，特地走過來，熱切地說：「子都。」

「我要去借球，體育課！」子都拿起學生證慶幸的說。

她短短的手指抽起學生證，壓在隔壁同學的胸上，「你能夠獨立完成體育課的任務吧！

告訴老師我找子都說說話。」

很好！現在善良男孩要獨力將一大框籃球推過半個校園運到籃球場。如果他因為該死的好心而受到如此懲罰，並且希望子都死在辦公室，子都一點都不介意。

子都一進用軟布沙發填充的小空間，像宗人府的會客室，就開始後悔上次他沒讓子風結束她的生命。

「新的班級還習慣嗎？老師人還好吧。」

「是個老實慈愛的老師。」

這話不是為了挖苦古嫱威。新老師聽聞過洪岱的瘋言冷語，但她認為學生不會有太多心機陷害，畢竟大家如此年輕。老師真的很老實，忠良。子都沒有抱怨，事實上在遇過古嫱威後，你遇到誰都會心存感激的。

「老師耽誤自己的上課時間不會只是關心我好不好吧。」也是有可能她只是想告訴白子都：我知道你過得不好，我也就放心了。

古嫱威打開盒子，「吃餅乾嗎？」她聳肩，「其實是老師這兩天聽到一個不幸的消息，覺得很難過，老師不知道你知不知道，但如果你知道，一定也會跟老師一樣傷心萬分。」她拿起衛生紙擦了眼角佯裝成眼淚的老人油。

「所以這不是個好消息，哦！我已經開始難過了。」

古嫱威在子都開始展開不帶髒字的攻擊前打斷他，她很清楚子都在文學上的天賦，還包含他那「精緻的刻薄」。

「關於如雪的。」她看著子都凍結的神情，滿意說：「可以想像她的婚姻生活一定很不美滿，不然她不會流產的。」

子都惡狠狠地瞪著她發愣。

不美滿似乎是可預知的，只是流產讓人錯愕！當初萬隆的父親是多麼開心自己有了孫子，一刻也不能等的把如雪拉進家門。怎麼會呢，發生了甚麼意外。

他想到如雪楚楚可憐的雙眼，她虛弱的身體。

子都的難過大多是為了一定傷心的如雪，而非她沒有的小孩。

子都立刻怪罪自己對如雪的斷聯，也許她是心鬱難解才導致身體虛弱，她一定需要朋友陪伴的。

「你應該找空去看她，你太年輕，不能想像失去孩子對於一個女人是多大的折磨。。」

子都無法隱藏自己的悲傷，眼皮苦澀的無法抬起。

「不曉得是哪家精神病院，我沒有更多訊息了。」古嫱威也終於掩蓋不了雀躍，她像個小女孩跳起來。

「妳說甚麼？」

「聽說她瘋了，顯然是失去孩子的打擊太大，或者她就是因為瘋了才失去孩子的？我不知道，萬隆顯然不像你那麼呵護女孩，也或許是因為他？」她裝出驚嚇自己的猜測，然後抽了一張衛生紙給子都。

子都才發現自己臉頰上有淚。

子都像是全身的氧氣都被抽乾，張著嘴不能動作。他看著古嫱威用衛生紙沾了他的眼淚，再放到手裡折成方形，滿意的看著水痕。

她惡毒的話從齒縫蹦出：「不聽話的孩子總是會不幸！你看如雪是多漂亮的一個女孩子，老師從來沒有見過像她那樣美的，可惜她最後那麼淒慘，你說是不是活該呢？白白讓人心疼。」她碰了他的臉蛋，「子都你也是個漂亮的孩子，不過你應該比她聽話多了吧，嗯？」

血紅的夕陽把桑華浸泡在末日般的沉默中。

和玉的哭泣聲是在消息說完後，唯一的聲音。她倚在姿靜肩上，不能停止。

琳俐灑了咖啡，黑色的液體迅速的竄進白色絨毯，像是中毒的傷口。她摘下濕潤滑動的隱形眼鏡，嘆息，「這樣也好，倒是沒有負擔了。」

子都抬頭，對上她目光，「我本來也是這樣想，想她如果沒有孩子或許可以逃出萬隆的手掌心，可是……她瘋了。」子都不愉快的問震霍，「這到底是怎麼回事，把一個正常人逼瘋，萬隆到底做了甚麼？」

震霍尷尬的說：「我也不知道，只是聽舅舅說的。」

「你也不知道，請問你作為他表哥，從以前到現在你知道甚麼，你甚麼都不知道，你除了知道要死死纏著薄艾，你還知道甚麼！」

「這不是他的錯！」薄艾出聲，又抽噎的說：「他也很難過。」

子都瞪了他一眼，「是嗎？那他掩飾的真明顯，我一點也看不出來。」他不想跟薄艾吵架，為了一個男人，於是轉移目標，「她爸又上來拿錢了是嗎，簡直就是賣女兒的垃圾。」

他看見薄艾安慰的凝望震霍，子都胸口一怒，渾身作痛。如雪的悲慘竟然沒能給薄艾一點警惕，他兩眼一閉，暫時甚麼都不想管了。

子都覺得有人在擠壓他的頭，沉悶的不能呼吸。

也許是該來一場大病讓他甚麼都不想，最好是一場能夠讓他暈厥，像是被火車輾過去那樣的意外也行。

他一邊想像火車鳴笛的聲響，然後一邊真的暈了過去。

子都躺在白色細膩的絲綢上，馥郁的薰衣草香氣從芳香機徐徐噴出，燈泡散發著乳黃色的光暈。一切有關於安眠紓壓的用品都被塞到了倪子風的房間。這裡像是小寶寶的嬰兒房，謹慎，貴重。

當然，是在琳俐他們來訪後。

當時子都立刻被送去醫院。

醫生告訴他們子都的情況在上班族、大考學生中並不少見，因為當人的神經系統持續受到壓力刺激，大腦就可能會產生失調，以及一連串他們聽不懂的可怕影響。簡言之，子都因為心緒太重所以暈倒了。

在一連串的打擊和傷害，他們知道子都已經是千瘡百孔。所以他們想讓子都好好的放鬆，起碼暫時的離開險惡校園。「險惡的校園」，真諷刺！

要找一個人能照看他不難，寸步不離的就有點難，寸步不離不難，要克服家庭因素就難，於是只有倪子風雀屏中選。

和玉和姿靜列了長長一串關於子都的「愛與不愛」，飲食與電視節目等等。甘棠拉著琳俐去買子都的生活用品。

除了和玉，她們都很訝異子都現在是一個人生活，更訝異的是，這竟是倪子風透漏。

你問薄艾在哪？哦，她跟震霍一起消失了……

和玉在整理子風房間的時候，看見抽屜裡一盒盒像是糖果的東西，有很多口味，比如薄荷、巧克力，還有草莓。她興奮的說：「這個子都會不會喜歡吃。」

姿靜一看，差點沒暈了過去。她把和玉拖出房間，對琳俐說：「只能交給妳了姐姐。」

琳俐被一抽屜的保險套震撼了！她回魂第一句話是，「這要多少錢啊。」

整個過程堪比越南挖地雷。

她翻出幾本雜誌，上面赤裸的金髮妞噘著唇，眼神迷離。她像教官二話不說的扔進紙箱。

倪子風抗議，「那是我的收藏！」

「過期的雜誌就是得丟。」

她又扔了幾片以誘惑為名的ＤＶＤ。

「那一片很貴的！」

「都甚麼時代了，你上網吧，別再留下犯罪證據了。」

接著還有一些奇形怪狀的玩具，琳俐臉紅的快滴出血，她悶臉往箱子塞。她晾著手指頭抖，忽然擔心倪子風有染上奇怪的病。

她嫌棄的看他，「這些我先沒收了。」

他一臉理直氣壯：「我可是一個健康的青少年，很正常好嗎，妳去嚴驍他家搜一搜，說不定也有。」

當琳俐把箱子扔到社區垃圾桶的時候，倪子風就知道自己提錯人了……

甘棠是最後一個離開的。她再三囑咐，「如果他想走，你跟他說可以來我家住幾天，還有他要是還有頭暈甚麼的，一定要馬上去醫院——」

「放心吧！我連幼稚園小孩都會照顧，一個大男孩我還搞不定嗎。」子風送她出門。

甘棠臉上有深深的憂慮，皺著嘴。

子都睡睡醒醒，直到身體再也睡不著，他才爬起來。

早晨六點，倪子風睡在沙發，長長的腿掛在沙發上。他真的很英俊，是每個少女的美夢裡一定樂見的男人。在他的周圍，有無數的人幻想被他牽著，靜靜的注視他爽朗說話的側顏，看他細碎的髮絲，看他眼底的溫柔，最後吻上他柔軟的唇……不怪和玉無法抵抗。

子都他走過去，看見桌子上那些關於他的叮囑。他輕輕的笑了。

子風沒有熟睡，他把手搭在子都後頸上。「還有不舒服嗎？」

「我又不是腦死病患。」子都擠在他的腿邊，

子風揉了他頭髮，笑說：「我去洗把臉，等一下弄早餐給你吃，今天我們不上課，好不

好。」他像哄一個小孩，極其熟練。

子都在他準備早餐的時候，去看了倪妮。

「都都哥哥！」她跑過來撒嬌要他抱。但子都沒辦法像子風愜意抱起她，只能牽她到床邊坐下。

「都都哥哥，今天我們要過萬聖節，你猜我要扮甚麼？」

「公主嗎？」

她爬上衣櫥拿了一套全黑的連身服，甜甜地說：「Batman，是不是很酷。」

子都心裡暗殺了倪子風五百次。

「我們改扮長髮公主好不好啊？」子都盤算，能在兩個小時內搞到迪士尼正版禮服的，世界上只有一個人——琳俐。她曾經替和玉訂過除夕夜去花蓮玩的火車票，並且是在和玉要出發的一個小時前她才收到消息。

但倪妮沉浸在蝙蝠俠的世界中。

她拉著子都打開一個成熟的珠寶盒，必然是她母親的。絨布上只端放一枚胸針。胸針周圍綴著細碎寶石，襯托出中間鑲著的黑玉顯目，華貴精巧。子都記得歐洲皇室的曾有過喜愛黑玉的熱潮，因為它典雅沉靜，在格外肅穆的場合佩戴黑玉，顯得高貴又有分寸。

倪妮比在自己胸口。

「這個很貴重，我們不要戴出門了。」

倪妮理解的點頭，「這是媽媽在哥哥死掉的時候戴的，我只要想哥哥，就會拿出來看。」倪妮的眸子聚攏似霧的哀愁，子都害怕這種目光。

「你哥哥叫甚麼呢？有沒有照片能給我看看。」

倪妮興奮地拉開底下櫃子，邊拿相簿邊說：「都都哥哥長得很好看，我以前決定以後要嫁給他。」

小孩子多好，能把死亡看做是淡淡離別，哀傷，但不哀痛。

子都接過照片，「你說你哥哥叫甚麼？」

「他叫倪子都。」

子都腦袋瞬間空白了一下。

五味雜陳，暫時不知是甚麼感受。他的目光鎖在照片裡青澀的臉龐，他緩緩地問：「倪妮，你知道我叫甚麼嗎？」

她點頭，「都都哥哥不是叫白都都嗎？」

子都哼的笑了。他怎麼會沒想到呢？這樣的命名手法在無數的兄弟姊妹中屢見不顯。生了一個英俊的倪子風後，要為一個必定漂亮的孩子命名，天下莫不知其姣也的子都，無疑是最好選擇。

子都一派自然的吃完他做的三明治。

「等一下琳俐會讓人送衣服去幼稚園給她，記得跟老師說一聲。」

倪子風哈哈的笑，「蝙蝠俠很帥啊。」

子都坐在客廳唰唰翻著相簿，直到倪子風回來，他闔上。

倪子風把鑰匙往桌上一丟，打開冰箱拿了一瓶可樂，問：「在幹嘛呢？」

子都精緻的臉龐轉向他，「你願不願意，把你的故事說清楚一點。」

他咕嚕灌完，「甚麼故事啊？你不是要問我情史吧。」

「本來我是想問的，比如……你為什麼這麼喜歡我？」子都呵呵笑出來：「我開玩笑的，就只是你對我太好啦，好到有點讓人匪夷所思。」

子風尷尬的走到廚房，「幹嘛！你對我動心啦。」

「你的弟弟，好像有一點像我。」

倪子風衝了出來。他掃了一眼桌上的相簿，立刻拿過，「你從哪裡拿的。」

「倪妮給我看的。」

子風沒多說，把相本收回自己房間。他出來時眼神略為柔和，像在解釋：「他走了，我就是怕她沒好好珍惜那些東西。」

子都揚起手上的相片，不以為意的說：「我拿了一張，因為我覺得他的這個角度，他的眉毛，嘴巴，還有看鏡頭的眼色，都特別像我。」

「給我。」子風靠近他。

他沒料到子風會撲上來，幾乎是瞪著自己，「白子都別鬧了，把東西還我。」

「一張舊照片，有必要這麼激動嗎？」

子都扔給他。他攢住倪子風的手，「你是不是也覺得，我跟你的子都，有那麼一點像。」

子風身子一震，眼底恍惚的直視他，他伸出手指摸他的臉，動作輕盈的像怕碰壞一件藝術品。

「像，很像！本來不覺得，但每看你一次，就更像一點，特別是他也很討厭我，雖然允許我出現在他視線裡，但總不肯好好跟我說話，我媽說上輩子他一定是我女朋友，然後我負了他，所以這輩子他來討債。我不是開玩笑，他是真的不太喜歡我，他看我的眼神充滿鄙視，啊！就像你從前看我那樣。」

「從前！從我們第一次遇見開始嗎。」

「對。相似的長相，相似的脾氣，我原本以為是我多想，但我看到倪妮親近你的模樣，我就確定了，她叫你都都哥哥，好像他又回來了！」

「難怪那次你從醫院回來鬱鬱寡歡，我還以為是我惡作劇過頭了。」子都哈哈笑，插管喝蘋果汁，「你幹嘛不跟我說呢，說你把我當成你弟弟，當成一個你很想念的人。」

子風看了一眼照片，猶疑地說：「感覺你會生氣。」

「為什麼生氣啊？」子都坐近他，嬉鬧的拍拍他的臉，又拿起蘋果汁喝，「為了你對其他人拳打腳踢，卻對我畢恭畢敬，為了你每次的低聲下氣，都只是因為把我當成了一個死人，還是為了你把我白子都當成一個替代品，一個補償你心裡空虛的替代品？」子都皺眉，

「為了甚麼啊？」

子風語帶哽咽，「我就知道你會不高興。」

子都像是在解釋一個很簡單但子風卻不能理解的問題，「我沒這麼無聊，你想錯我了，你不就喜歡我虐待你嗎，因為這才像你弟嘛。」

白子都站了起來，諷刺夠了，他嘆了一氣。

他重重放下玻璃杯，蘋果汁濺了出來。

「倪子風！你是瘋了吧，你竟然把我當作一具屍體的替代品，一個可有可無的影子。」他面容冷的可怕，說：「你噁不噁心，你根本腦子有病。」

倪子風想摟住他，卻又害怕被刺傷。

「對不起，我不是故意的。」

「對不起？好，我接受。」子都眼眶濕潤，他咬牙切齒的說：「其實也不用，你應該知道我也沒有把你當一回事，就是跟你弟一樣，我很瞧不起你。」

子風張口要說話，子都奮力甩開他的手，不經意打了他的臉。

倪子風震驚，揪住子都的手臂。他的眼底也有水光，「你夠了，我不是無限度的忍你，你再傷害我的自尊一次，我不會放過你。」

「自尊？」他大笑，「你跟我談自尊，那我的自尊呢？請問一下，你眼中的我現在是白子都還是倪子都，是白子都吧？因為你一臉要殺我的表情。」

子風猛然放手，狼狽的跌坐在沙發。

子都走到他面前，和他對看。他打了一巴掌，又打了一巴掌，他揪著子風的衣領，「倪子風，快點維護你的尊嚴，不要再忍了，我姓白，是跟你沒有關係的那個白子都。」

倪子風抱住他，大吼：「你到底氣甚麼，我沒有傷害你，你每次嘲笑我，不把我當一回事，我有說過甚麼？我是把你當替代品，是，在我心中你是倪子都，那又怎麼樣，我對你好，對你百依百順，你叫我往東我不敢往西，為了你我連死都敢。」倪子風猛烈的捏他手，「白子都，到了這一刻，我照樣他媽的不欠你。」

他沒有放手，喘息的熱氣噴在子都臉上，再近一點，子都的眼睫毛都快要碰上他的臉頰。

子都甩開他。換上外出服，一語未留的甩門離去。

天空下起了一場大雨。

就像是他們相遇的一開始，那樣冰冷沁骨的大雨。

子風坐在為子都布置的房裡，拿起一本子都攤開的《飲水詞》，仿舊的紙皮上寫：「人生若只如初見，何事秋風悲畫扇……」

子風的臉埋進手掌，痛恨一切，痛恨自己。

心計10

棠梨葉落胭脂色，整個桐城颯颯的包裹在秋盡的氛圍當中。

去年這個時候，校園正為了聖誕舞會忙著張燈結綵，學生會川流不息。不像今年學生會死氣沉沉，活動全被社聯會搶去主持，雖然他們的關係一向不是東風壓倒西風，就是西風壓垮東風。

西苑也熱鬧起來，一如以往的東苑。

當初嚴驍一肩扛下一切問題，讓其他人都獲得了清白，自然也包括琳俐，所以她又回到學生會。但琳俐這次重返，勢力不比往昔。從前她囂張跋扈，除了她的本事，別人也看在嚴驍的面子上更忌憚一些，畢竟得罪她等於惹了兩個人。而現在琳俐背後的靠山——那一座大冰山轟然消融。至於她家，原本她小媽加入家長會就是要替她小兒子占名額，但這次他的名字並未出現在新生名單，李家算是昭告天下的垮台了。

冬季的第一波寒流就要來了。

十三班的人正從外堂課回來。

飾舒翻著包包喊叫：「我的錢包不見了。」

古嬙威在洪郁的提議下，決定要搜查每個人的書包。

甘棠阻止，「也許是有人一時想錯了，不如給他機會悄悄的把東西給老師。直接搜查造成同學互相猜忌，又不給人留餘地，真的不好。」

洪郁傻傻的呵，「不是每個人都跟妳一樣善良，做錯事就要受到懲罰，這很公平。」

搜查持續進行著。

突然有人喊找到了，大家都好奇，結果是在蒸飯箱上面發現飾舒的錢包。她吐了舌頭，說：「一定是我早上放便當忘記了。」

下一秒和玉尖叫起來。

排長在她的書包內找到一片色情光碟，煽情的封面上夾著一張紙條，和玉糊里糊塗的被古嬙威帶到了辦公室。

紙條上的字跡她看清楚了，工整流暢的字體，在教室布告欄貼著的好幾篇範例作文都有那樣好看的字，都是好看的子都寫的。

古嬙威板起面孔，「這一次不能再縱容你們了。」

薄芰焦急的播著子都的電話，但只聽到機械的女聲說：「您所撥的電話暫時無法接聽……」

天上的雲像沾滿眼淚的棉花糖，厚重的，瀰漫天際。

「沒事的，一定是搞錯了。」震霍把薄芰摟入懷中，炙熱的掌心貼著她的頸子，「不然我去找子風，看他有沒有辦法。」

甘棠端了一杯熱呼呼的柑橘茶給子都，問：「你跟倪子風怎麼了？這陣子連一個招呼也不打。」

子都貼著天鵝絨的黑色窗簾，面容清淡。

甘棠坐在他身邊，柔嫩的手指拿著棒針織起圍巾。她前幾天織了一頂毛帽給子都。他毛茸茸的腦袋戴上冰藍色毛線帽，看起來像是在雪地裡玩耍的孩子，長睫毛下的眼睛蕩漾著光彩，甘棠母愛氾濫的盯著他笑。子都說：「我這樣看起來像不像癌症末期的病人。」

「把亂說話的習慣改了，又不是小孩子。」她依舊含笑。

在蜂團蝶陣亂紛紛的時期，甘棠寧靜的像一汪碧色的湖。他們自四面八方匯聚而來，纏繞不休，到了現在被拆得四分五裂，在萬縷千絲的糾葛之中，始終不改優雅的只有她，任誰隨聚隨分，都與她無干。

這些日子裡，琳俐努力的保有她的身價，而甘棠努力堅持自己的身段，這就是她們同作為千金小姐的差別。然而甘棠的矜高與美貌，卻遠遠比不上她內在的體貼讓人心動。

你或許會問，究竟怎樣的女孩才會是子都的真命天女。其實，只要是如水一般澄澈，並且始終清淨的女孩，都可以是那個她。白子都能給予的愛情，就是他自己，他的心臟他的靈魂，都是最終的獎賞。

男人的愛情在眼睛裡。

她的髮尾蓬鬆的收攏在鎖骨上，連身的紅粉衣裙在兩肩挖了洞，雙頰淺淺的撲粉讓整張臉閃閃發光，右耳掛了一個垂墜粉金流蘇耳環，落落大方。她很少妝飾，但一向很美。鵝黃色的綁帶在她腰上繞了兩圈，像是剛剛從時尚派對跑出來的雜誌女孩。

琳俐闖了進門，「嗨！白子都，我跟你說……哇，妳真美，我的老天，今天是中山站那家飯店的開幕日對吧，我竟然沒有收到邀請。」

甘棠目光瞥了她，繼續打毛線，說：「告訴妳一個好消息，今天只是我姑姑生日，如果妳願意，我現在邀請妳等會跟我一起參加。」

「當然！我不會錯過妳那個有一堆男模特兒的姑姑。」

甘棠姑姑的副業是模特經紀，旗下全是從外國來的健美男人。「妳把我姑姑說的很像是姥姥之類的人物，提醒妳，現在不是夏天，他們不會穿著背心短褲出現給你看。」

琳俐開心的翻了一個白眼，「今年九月的那場派對依然是最棒的。」

甘棠放下毛線，「我有事情要和子都說。」

琳俐目光和疑惑的子都交換，「嗯……我也有事情要說，有那麼一點緊急，不過當然妳的會比較重要。」她起身，對子都說：「等你們聊完，麻煩看一下手機好嗎。」

甘棠從包包裡拿出一個小盒子，放在桌上。她示意子都不要動。

「其實我一直很想說，我覺得倪子風怪怪的。」

子都抬起眉頭，愁上心尖，「毫無疑問，他有病啊。」

「不是！我的意思是，起初我只是覺得他對你很好，不過你總是讓人例外對待，可是他在酒吧救你，到了畢旅那次意外。」甘棠皺起臉，「我看見他保護你的眼神，我不覺得他會這樣看雷震霍，他對你特別過頭了，就好像……」

「喜歡我？」子都喝了一口涼掉的茶，「某種程度來說，他的確喜歡我。」

甘棠抽了一口氣，「這不是一件好消息。」她把小盒子遞給子都，「他要我給你的。」

子都露出困惑表情，甘棠聳肩。

盒子裡面有一張紙條，字條寫：

「都都哥哥，哥哥說你再也不會來找我了，我知道你們一定是吵架了，你可以原諒我哥哥嗎？他不是壞人，他人很好，如果他欺負你我會罵他的。我把我最珍貴的東西送你，你一定要再來找我玩。」

後面還有一行同樣的字跡附註：

「你好！我是他幼稚園老師，倪妮為了你和他哥哥鬧吵架很難過，午睡都在哭，雖然我不認識你，但希望你能好好安慰倪妮，她只是一個小孩子。」

子都拿起那枚黑玉胸針，擺在掌心。

他對甘棠說：「他把我當作他死去的弟弟，所以才對我好。」子都覺得他大概是史上第一個被當成替身，氣到想死掉的人。一個人拼命對他好，只因為他是某個死人的替身……他都不知道要怎麼想了！

倪子風衝到辦公室，一腳踹開那用來逼供的小房間外的屏風。上課時間，辦公室裡只有一個女老師，她揣著銀色水壺溜了。

古嬙威很不喜歡被震懾的感覺。

她抓了下鏡框，「你是來提供甚麼資訊的嗎？」

子風握緊拳頭說：「不可能是白子都，妳心知肚明他不是那樣的人！」

「每次有人犯錯，都一定會有鄰居說『他看起來很正常』，或是他父母會說『他是被人帶壞的』。」古嬙威像雞咕咕的笑，「難道是你帶壞他的？」

子風惡狠狠地看她，喉嚨無奈地的叫，「說吧，你要怎麼解決，羞辱他，雪上加霜，還是記過？」他拉起和玉，冷冷的說：「我知道了，光碟是我放在她書包的，跟白子都沒有關係，可以嗎，我需不需要寫自述表？」

古嬙威同情的點頭，「是你啊，好吧。」她把原本要給和玉的自述表拿給子風，「你差點就陷害了同學，看在你及時悔悟的份上，我就不報告教官室了，一個小過。」她揮了手趕他們，「結束了！」

子都和薄艾連絡後，跑到頂樓來。他看到牽著手的薄艾震霍，薄艾一驚，拉著震霍走掉。

子都沒有穿外套，冷風吹得他發顫。他看見倪子風的背影，筆直又充滿力量。他抱著和玉。

廢墟一般的沉默之中，他們三個人對視。

子都沒有看和玉，他臉頰紅通的轉身，離開。

如果有一天他徹底失去她們，那麼他柔軟的心房將會慢慢僵硬、冷去，他的生氣會一點一點流失。

他的心會猶如無水灌溉的土地，逐漸荒蕪。

星子大規模的墜落後，眾星離散，不再拱月。

洪岱悠哉地聽洪郁說著那些陷害，心情舒暢的笑。

「不夠，還不夠，白子都失去如雪是一次打擊，現在嘛，不過都是一些不痛不癢的傷口，我們或許不行再扯掉他左右的女孩，那我們就給他直接的，無法迴避的羞辱。」

洪郁呵呵地笑，「姊，你真的那麼討厭他啊。」

「是，我討厭他高高在上的模樣，我忽然能理解所謂的仇富心態，因為我也好厭惡他渾身的青春，甚麼漂亮的外表，真摯的友誼，閃閃發光的高中歲月，這些他自以為是的夢幻我要全部踩碎，我沒有的，他憑甚麼有。」洪岱雙手貼著烏黑的臉皮，「我需要找一個朋友。」

「誰啊？」

她勾起算計的笑容，「敵人的敵人，就會是我的朋友。」

墨綠色的黑板，囂鬧的教室，記憶中的年代。

子都一個人在位置上，青澀的臉龐張著兩顆水靈眼珠，手裡捧著一本《紅樓夢》。即便到了很久以後，他需要靠呼吸器維持生命的那刻，他的目光都依然清澈如洗。

他的位置後面坐了一個跟他同樣沉默的女孩，但是她張望著教室，看著一群拉拉扯扯的嬉鬧小孩，眼光閃爍著退卻。她覺得自己被世界拋棄了。

那群打鬧的死小孩，不小心咚咚的撞歪她桌子。她的鉛筆盒墜落，五顏六色的圓珠筆灑滿一地。一群男生沒說對不起，甚至看都不看和玉，繼續滾到教室後方。

「你們是智障嗎？」就在子都主動替尚不認識的女孩端正桌子時，一個瘦高的女孩指著那群男生罵。

「怎樣啦！」他們渾然不知道薄艾為了甚麼咆哮。

薄艾拉著一個倔強男生，找到和玉面前，她敲了和玉桌子，「妳叫甚麼。」

她諾諾的說：「我叫林和玉。」

薄艾氣勢逼人，壓著男生的頭：「跟和玉道歉。」

男生歪著頭，咬嘴巴說：「我不要，我又沒幹嘛。」

子都撿起散地上的筆，那時候很流行這種帶著香味，有好多顏色的筆。他一支一支在紙上寫，把斷水的都挑了出來。

和玉看著一排斷水的筆，眼眶盛滿淚水。

子都很無奈，「這種筆不能摔，非常脆弱。」

薄艾沒有放開他，回頭對著膽怯和玉說：「不准哭，叫他道歉。」但她哪有這個膽子，哇的哭起來。

男生掙扎想跑，無奈那時女生通常比男生高，她使勁架他肩膀，兩個人竟然打了起來，男生的袖子被扯了一半。

後來班導師來了，她叫薄艾和那男生罰站。男生哭泣的像被羞辱。

「她欺負我。」

薄艾手抱在胸，氣呼呼的，甚麼都沒說。

一個用紫色緞帶綁頭髮的女孩，站起來對老師說：「是他欺負角落那個女孩子，她沒有欺負人。」

那個男生哭得更大聲了，因為他喜歡她。那時候班上的男孩子都喜歡找這個叫姿靜的女孩說話，分組要跟她一起，排隊要跟她一起，座位也要跟她一起。

當然，從那天以後，子都的隔壁就坐著一個叫姿靜的女孩。他的前面坐著一個叫林和玉的女孩，這樣他就可以確保她不會被欺負。

那時候的他們，有清澈的眸子，光滑的肌膚，柔軟的心臟，潔淨的靈魂……

那是他們最樸素的歲月，廣袤的地球，峰迴路轉的交錯，偏偏他遇見她們，偏偏她們遇見了他。那是她們最幸運的際遇，也是她們最深沉的悸慟。

那是所有悲傷的第一頁，那是她們不該往的方向。

無奈人生往往是一步錯，滿盤皆落索，再回首，只見寂寞梧桐，鎖清秋。

和玉眼中的子都，是一個超越眾人的存在。

當他每次回家洗澡，即便他明明比浸過漂白水的綢緞還要乾淨……再悠哉出現，從教室前門走進的那瞬間，和玉覺得他是意氣風發的。她看見有好多女生偷偷瞥他，男生露出不屑但覺得他很崇高遙遠的眼色，噘起嘴。他會帶一杯校門口的鮮百香ＱＱ放在她桌上，眾人彷彿看見他放下一杯鑽石。子都只會這樣寵她，薄芠和姿靜都沒有。

從來沒有人能讓他難堪，因為他總是說：「我可以被人打死，但他絕對聽不見我向他求饒，他會抱著畏懼我的心，像摧毀一件精美文物的，將我毀滅。」

沒錯，和玉聽過私底下有人說他壞話，但只要子都亮出一個可以被解讀為和善的眼神，他們就會像接受恩典般的折服於他。他很容易被討厭，也容易被人喜歡。

他的氣質風格很容易流行，卻很難被模仿。

和玉前一秒看見的是子都的笑臉，下一秒忽然看到倪子風的一口燦笑。她叫了一聲，坐了起來，她嗅到空氣中的薰衣草香，她回頭看了倪子風。

倪子風淺淺的小麥色胸膛赤裸，手臂的線條讓人想在上面打滾。他笑著看和玉，像是一個躺在床上的希臘男神，更像的是他其實全身沒有衣著。

他睜著好奇的眼，手指玩弄和玉的背心。

「妳竟然跟我說話說到睡著！是我太久沒跟女孩相處，魅力消散了嗎？」

雖然和玉有穿衣服，她還是拉緊了棉被，然後她才看到子風光溜溜的腿，她把棉被蓋到他肩膀，掩埋他。

「不！你依然是子都說的『玩世不恭』、『吊兒郎當』、『放蕩不羈』、『俊俏風流』的那個男人……」子風繞過她脖子摀住嘴，讓她躺著：「他有說過我帥？」

「zac efron放開我。」和玉笑：「他跟我們評價過很多人，但你，他說過一次好看……或者兩次。」

「他如果知道妳我在床上，而我全身發燙卻沒有把妳幹嘛，他會不會說我是個謙謙君子。」他捲著她頭髮，在她臉頰上親了一下：「他有說過妳很可愛嗎。」

「你最近看了不少《搶救國文大作戰》吧。」和玉看了下手機，才八點，這代表她在這裡哭睡了兩個小時而已。

「妳不喜歡我？」子風俯在她在身上，「我們是高三的學生，如果你到了大學跟人說妳一次戀愛都沒有，別人會笑妳的。」

「我沒有呆成這樣，子都說女孩子保有最初的自己，才是最有價值的。」

子風的呼吸變得沉重，他親了和玉的下巴，「他太食古不化，別再說『子都說』，聽我說，我會讓你徹底愛……上我的。」他親她肩頭。

他的手扣住和玉下巴，魔力般的停擺住和玉的動作，他確信和玉的視線裡滿是他後，緩緩把臉貼近。

幾乎就要碰到了，像是閃電差一公厘擊中地面。

和玉抵住他的胸，「薄芠，是不是真的和震霍交往中？」

「是！但霍仔大概不會像我一樣有耐心。」他輕笑。

和玉用力推開他，腦子裡自動合成亂七八糟的畫面，「你們真是……」她推他的臉，「渾蛋！」

子風抬起手神情複雜，他躺到左邊，隔開距離。

他呢喃：「妳拒絕我，酷。」

他聽見和玉氣到在喘氣，「妳可以跟人說妳把我甩了。」他隨即笑說：「不過我想白子都會希望妳的『紀錄』乾淨，就當我沒說。」

很長的時間他們都不說話，包含他穿上衣服，再回到床邊坐下，把和玉摟在懷裡。

最後道別他問：「他還好嗎？」

子都坐在小小的圓椅子，和醫師對看著。

慘白的燈光像是為了隆重映照他的狼狽。

「我不是跟你說要帶你爸爸或媽媽來嗎？」醫師盯著電腦那些像是駭客號碼螢幕的畫面。

「醫生，我不是生病了吧！我聽了護士打給我的語氣，差點就要跟保險公司聯絡了。」子都是開玩笑的，因為他前兩個月就收到一堆帳單，其中有未繳的保費通知書。

「你有沒有親人罹患過癌症，或者是你爸媽有癌症疾病？」

子都努力看著醫生無力的眼睛，告訴自己：醫生很累的，醫生很偉大，醫生不會說話不要跟他計較。

「沒有！」子都嘆口氣，「我應該不是得癌症吧。」雖然他覺得很芭樂，但他還是說了，「我這麼年輕，又不熬夜不菸不酒，不可能！」

「喔，你還沒罹癌。」醫生肯定說。

子都想拿聽診器在他的脖子上打蝴蝶結，「當然了，凡事都有機率我懂，就像醫師你們常常過勞，但您也還沒過勞死是一樣的。」他站起來，說：「所以我現在這一秒身體很康健是嗎？」

「對，但從你的報告，我們發覺有幾項指數的異常可能來自於家族——」

「——那我是不是要到各門診作詳細檢查。」

「對的，我建議還是先帶你爸——」

「我媽自己就是醫生，她告訴我她的身體非常好，我來之前和她確認過了，至於我爸，他是體育教練，從我有記憶開始他就沒感冒過，所以，我們一家都尚未罹癌，到入土那刻也不會離癌。」子都堅定地看著他，「謝謝您，醫生。」

子都到走廊喘了口氣，坦白說他失望了。

他忍受一頓冷嘲熱諷的去請假。副班長說：「哎呀幹嘛請假，叫琳俐給你公假單啊，又要去玩了吧，還是覺得來班上很痛苦，我跟你說，洪岱叫我告訴你……」電話被接走了，洪岱用令人作嘔的聲音說：「白子都，你逃吧你，我就是要把你逼到休學。」掛斷。

他就是想也許自己身體真的有問題，沒想到，醫師只是告訴他現代人生活糜爛，甚麼病都要擔心患上。門診各個檢查？詐騙集團。

他覺得老天跟他開玩笑呢。

一個護士拿著上次子都住院的電腦斷層掃描資料，拐進來。

「動作那麼慢，要是是手術，病人都死啦。」

年輕護士怯怯的點頭，輕輕關了上門。那個動作，就跟老天輕輕的關上一扇門，一模一樣。

自卑的人，往往會有補償作用，藉由踐踏他人來奠基自我的存在價值，別人跌倒他大笑，讓別人痛苦就是他的驕傲。洪岱就是這樣一個人格扭曲的變態。

而白子都的座位前，就站著變態的她。

洪岱把垃圾桶搬到他座位旁，然後叫人輪流來丟垃圾。最後，她舉起垃圾桶，沒有錯，她就是個力大無窮的女金剛。她把垃圾倒在他桌上。

子都臉皮沒有動一下。他不會流露脆弱讓他們得意，他的反擊，就是一臉雲淡風輕，擺出一副「你是在試圖惹我嗎？努力些」的反應。

曾肉豬就是個智商是七的白癡，他笑容轉怒意，一把將子都的書包扔走。

你知道嗎？有時候人本來是不會死的，就是在你戳一刀，我砍一道的安心情況下，就不經意把人弄死了。

洪岱哈哈的笑，伸手要揪子都。

子都猛然瞪向她，「妳敢！」

她縮了一下，她本是不敢，但眾目睽睽她就是不敢也騎虎難下，「我為什麼不敢，每個革命都有一個開頭的英雄，今天我就是英雄，要來推翻你們這種虛假的娃娃，那是怎麼說的，『校園裡的貴族』！我現在就讓你知道，沒毛的鳳凰不如一隻雞。」她的手在子都肩上晃了一下。

她成功了！她成功的惹毛捕獲這一舉一動的倪子風。

子風擰住她的手，她回頭，驚恐的尖叫。

和玉趕緊把子都拉到教室角落，子都警告她不准哭。因為和玉一哭，他也會跟著想掉淚。

倪子風用膝蓋踹了下洪岱，「給我閉嘴。」

「去找老師啊！快點啊，我要死掉了。」洪岱手被折著，哭喊的像一頭要被宰的黑豬。

洪岱歇斯底里地喊：「倪子風你是花了多少錢包養他，怎麼樣，覺得自己的貨物被人糟蹋很氣啊，怕甚麼，不管我怎麼羞辱他，回家你愛把他怎麼樣就怎麼樣，我又管不著。」

「我考慮把妳齷齪的嘴撕爛，少以為人人跟妳一樣，高一的時候妳是怎麼跪在地上求我上妳的，那時候我是怎麼說，『我對人畜交配沒有興趣』，我印象特別深，因為像妳這麼騷又這麼醜的女人舉世無雙啊！」

她晃著塗著紫色指甲油的粗黑手指，「放你媽的屁，是你勾搭我，我潔身自好才沒跟你牽扯，你……你少汙衊。」

子風難掩笑意，「妳就是那個婊子還要立牌坊的婊子！聽萬隆說妳交了一個軍人男友，不就是妳求著人家幫妳破處嗎？爛貨，妳媽要是知道生妳這樣的賠錢貨，當初就該拿臍帶把妳勒死。」

洪岱沒有動彈。從她躬著背的僵硬姿勢看來，她應該是嚇昏了。

子風看著子都，這是他們久違的對視。子風的表情像是在找答案的孩子，但是他只看到一臉冰冷的白子都。

子風哈哈的笑起來，自言自語的說：「我第一次看見白子都，好久了，那時候我在打架，我也忘記對方被我打的多慘，既然忘記了，我只能溫習。」他把洪岱摔在地上，腳踩著她的背。她嘴裡呼喊：「對不起啊，不要打我，我是個下賤的女人，放過我……好痛啊。」

倪子風指著子都，扯開自己的領子扣，滿臉英姿颯爽，「白子都，今天我就再打一次，我要打得比當初更痛快，更永生難忘，更鮮血淋漓，你也記著，我今天又他媽的再救了你一次，揍完人後，從此我不要再跟你當朋友了，我們兩個就一輩子不相干，但我會等著，等有一天你後悔，你會發覺這世上只有一個倪子風會像個弱智對你這麼好，今天我幫的是一個姓白的人，記清楚了。」

沒有誰離不開誰，只有誰先放開誰。放手以後，就可以心安理得的坦承自己對一個人有多在乎，不求回報不怕受傷，因為已經離開了。

他犯了忌，他打了洪岱一拳。因為猛一看實在看不出來她是女的。後來他抓了那些狼狽為奸的朋黨們，打得眼紅，打得他自己都痛。

但是沒人記得那天他是多麼殘痛的毆打他們。

所有的女孩子都只記得那段讓人心痛的謾罵。她們在無名上發，在即時通附註寫，流著眼淚，齊說要是有一個人對自己說這番話，她這輩子就非君不嫁。於是無數的男生把「世界上只有一個×××會像個弱智對你這麼好」當成一句情話，然後無數女生聽到哭得死去活來。那陣子哪怕是老師無意罵了一聲「弱智」，都會觸動女孩的情腸紅了眼眶。以至於有老師說話開始特別小心，覺得學生的心靈特別脆弱。

在無數少女偷偷傳遞的紙條中，話題從倪子風跟哪個女孩緋聞，變成了雙子配。校園裡最肝膽相照的男子模範，在血氣方剛的男生心裡，就是倪子風剽悍無懼的英姿。

但讓子都落下淚的，是倪子風被三個男老師架起來，他掙脫，半眯著眼跑到他面前，笑說：「白同學，你的友情我要不起，但我希望，以後我們真的互不相欠。三件事，通常是對那些死纏爛打的女人說的，但你也聽好了，以後對面不要招呼，想到不要心痛，懷念不要通知，忘了我，因為我會這麼做，就好像我們當初從未相遇，只是天涯某個路人。」倪子風視線模糊，「好嗎？」

子都背後的手緊緊握住和玉。和玉扶著牆哭到崩潰。

「聽到沒有？」子風加大了音量。

三個老師又撲過來抓他。

「我能自己走下去，把教官室的門給我打開。」子風狠狠瞪著他，「回答我。」

子都閉上眼。

「不負所託。」

教室裡除了哀嚎，還有啜泣。

原來打架，也是一個風花雪月的戰場。

原來兄弟情誼，比姊妹情深還要真摯柔美。

原來有一種友情，叫做倪子風與白子都。

這些都是這段時間ＭＳＮ上女孩們紛紛換上的名稱。

子風的血性，換來了桐城無數人對子都夢幻的建構。因為曾有人為了他，不顧一切的拚搏，若是爭取愛情還不稀奇，可偏偏是尋常的友情。於是白子都的友情熠熠生輝，是可嘆而不可得的夢幻逸品。

倪子風的所作所為，讓子都重新變成，眾所渴望。

原來白子都，是那麼的遙遠不可及。

琳俐的敷錦很久沒有那麼多人了。

她興奮地打電話叫司機去她家拎一罐高級可可粉拿過來，結果司機用很低沉的聲音說：

「大小姐，我現在已經在替別人開車了，難道是老闆又要請司機了？」

琳俐瞬間冒了冷汗，「哦！呵呵呵……我就是關心你怎麼樣，那罐可可粉是我從日本訂來的，想說送你女兒，不過既然你在忙就算了，再連絡。」

「謝謝大小姐，可是我沒有女——」斷線。

姿靜從庫存裡翻出用鐵盒裝著的乾燥花果，慶幸的鬆一口氣。那是半年前江南託人敬贈東苑兩處的禮品，那時候琳俐自己的都喝不完，自然不會看上別人送的。

琳俐嗽了一聲，「和玉，妳要是再哭，我就把妳綁在浴室倒掛起來，凹出奧運的圖騰。」

甘棠拿走琳俐腿上蓋的HERMES毯子，披在和玉肩上，「沒事的，其實很多事都可大可小，全看當事人和裁決者怎麼處理，這件事，未必不能轉圜。」

「轉圜甚麼啊！我告訴妳，別給她不存在的幻想，他竟然連古嬙威都打下去了，除非古嬙威說一句『沒關係』，可能嗎？我們就是拿槍都沒用，她一個老師尊嚴都沒了，估計也不想活了。」

「桐城裡沒有人有辦法嗎？」薄艾端著茶，湊近鼻尖。

姿靜彎頭，心煩的用手指滑過頭髮，她下意識地說：「有，三個人，一個是嚴驍，就是今天子風把古嬙威打到殘疾，他也能讓子風安然無事。第二個人也算是第一個人，就是我們琳俐小姐，她和嚴驍加起來，就是古嬙威被他弄死了，他們也能讓她從土裡爬出來給子風磕頭道歉。」她分析的太認真，以至於沒看到琳俐瞪她，等到琳俐在她纖細的腰上用力一擰，她才嬌弱的喊痛。

可是如今一個走了，一個垮了，不復當日那般榮景。

子都從頭到尾沒說一句話，這才悠悠的說：「第三不會是我吧。」

琳俐翻了一眼，「你除了好看……一無是處。」她解釋：「第三個連甘棠也不會是。」

震霍著急的說：「是誰是誰，我去求他。」

琳俐哈哈的笑，「你是甚麼東西啊，你去求？你連他一面都見不到。」

甘棠和姿靜同時說：「江南！」

琳俐擺擺手，發覺自己手上沒有任何飾品很空虛，抽回來，「但是別想了，當初我們出事那會，嚴驍客氣地請他幫忙，他也是四兩撥千金的一概不應，當日我和嚴驍不行，今天我們就可以了？你要是能見到他，就該去簽樂透，要是你能捕捉到野生的江南，那就一定會有個富翁把大批遺產繼承給你。」極盡嘲諷。

琳俐把自己縮在沙發，看起來很嫵媚，她搖搖頭，「子都，現在你應該要擔心的是洪岱她還會做甚麼，她也是被狠狠羞辱的人，連帶著古嬙威，你又沒了倪子風替你保駕護航，剩下的時間你熬不熬得過？」

和玉抓著子都，彷彿求他有用：「這次他沒有錯，你不能讓他被退學。」

子都掙扎了三十秒後，決定放棄補習班，迅速竄回家。

這一連串煩心的事讓他頭痛到想吐，他現在只想洗個熱水澡，乾淨自己疲憊的心靈。

他抽離靈魂，嘗試自己是一個路人說：應該感到痛快的，起碼洪岱得到了一次教訓，而這是你永遠做不出來的。又比上失去如雪的傷心，就算倪子風為此走出校園，徹底消失在你生活圈裡，那又怎樣呢？何況洪岱這個奧斯卡毒心肝影后在教官室哭的排山倒海，博取巨大的同情，甚至還尿了褲子。子都不確定這部分是演的，還是當時嚇到發生。

洪岱的失禁讓所有人都會相信倪子風有殺她的念頭，或者稱為屠宰。

但子都很快放棄了。他覺得此刻叫他要無視子風的人，都該被扔到沙漠去曬太陽。

心裡的路人又說：他說你們是天涯路人了。

子都：但天涯不是若比鄰？

路人：你跟他又不是海內知己。

子都：你給我閉嘴。

警衛伯伯看著子都搖頭晃腦，「回來啦！」他示意牆壁有個人在那。

子都愣住，他想我現在是要去簽樂透，還是要慷慨的接受天降富翁遺產。

江南抬頭，一雙溫潤的眼睛對著他，無害的笑容，緩緩伸出的手，似乎很希望在第一秒讓子都感受到他的客氣。

第一印象通常很重要。

子都手上的書袋啪嚓斷了一邊，他匆忙的回過神揪住。江南立刻幫忙托住底部，另一隻手捏著袋子，想要接過去。

「謝謝。」子都沒有放手。

江南很細心地盯著他，彷彿不肯錯過任何一秒反應。

「累了一天，你想要吃個飯嗎？我帶你去吃好吃的。」他的腳步朝向門口，候在勞斯萊斯門前的西裝男子準備開門。

子都跑向電梯，「我不認識你。」連琳俐都搞不定的人，他還要玩嗎？

「別走，我只是想好好認識你。」他離子都不太遠，也不太近。

子都踏進電梯，艱難的按下按鈕，「我知道你，整個桐城沒人不知道你，你跟傳聞一樣……俊秀，我也跟傳聞一樣難以親近！」他宣布。

他們看向彼此的眼光被金屬門逐漸壓縮。

江南扳開門。

「我看到你對我翻白眼，你不可以對我這麼做。」江南手扣在他的手臂，引他出來。

「你為了對我訓話不讓我回家？」子都想到早該得手的熱水和沐浴香氣，很不愉快。嗯？我是不是要冒個險，提倪子風的狀況，我應該嗎？我要以甚麼身分？他可是當大家面宣布我們沒關係了！子都嘆氣。

「我絕對不想訓話，現在。只是你最近麻煩不少。」

子都把書袋搭在腳上，「這就是你知道我的原因！」

江南說出每句話之前都會沉默，深思。跟子都完全不在一個節奏上。

「你為什麼不問我來找你幹嘛。」

換子都沉默了，他決定開口，「這個時間點倪子風的處分已經下來了？大概要順便對我說些提醒，告訴我不能再有更多的麻煩吧。」子都肩膀垂下來，書包背帶滑落。

江南鎮定，毫無瑕疵的模樣讓子都想到嚴驍，他們都擅長主導場面。

他安撫的拍了子都手臂，「倪子風的事與你無關，他的態度也是這樣，我原本以為你不喜歡他，顯然道聽塗說都不真，不過子都，遠離他對你才好。」

天哪！這些話好熟悉。和玉應該更熟悉。

「別跟我生氣，說些甚麼都好！」

子都無措，「帶著你的莫名其妙離開就行。」

「我真的不準備在這種情況下找你，但我有義務提醒你的處境很艱難，特別是我現在知道了你的脾氣，還有你不太喜歡我。」

「所以我應該討好你，不然就會很慘？」子都大大的翻了一個白眼。

「不可以對我翻白眼……明天桑華……」子都慶幸電梯終結他。

脫掉鞋子，他看著手上的書袋，少了幾本書，並且書包沒有帶上來。

他相信警衛會用生命捍衛住戶的財產。

他立刻奔向他的浴室，迫不急待躺進浴缸。

他前往那個早就為他設計好的華美牢籠——水晶棺材。

子都舒服的，闔上眼皮。

心計11

每個人小時候，童稚的時代，年少的時代，都曾無數次在腦海裡想，無數次的被問，「你的未來是？」

對於子都來說，他想要一輩子停留在青春時代，把美好的容顏冰封在南極底下，把精粹的魂魄凝固在寒雪之中。每年他生日的時候，姿靜牽著薄艾的手，和玉捧著一大束鮮花，再帶上一盒大草莓，來看他。對他說：「我們還在，我們的友誼還在，我們的青春還在銀閃閃的發光，綻放不滅。」

對於姿靜來說，她想要先把學測考好，評估成績，再決定要不要報指考衝刺班，然後在醫學大學裡找一個能接軌工作的科系，穩健前行。她雖然沒有鴻圖大志，但她的未來是清晰的表格。難怪當初琳俐要把她收在身邊，她們還有那麼一點相似。

至於和玉，她歪著頭說：「我以後想要找一個能養我的老公，生兩個混血寶寶，然後告訴他以後長大要孝順我。」她仔細思考說：「我沒有未來！」

而這個問題，對正在震霍懷抱裡臉紅的薄艾，彷彿不需要解答。她說：「我要跟你一直在一起，我們報名同一家學校吧！」

當一個女孩的幸福繫在另一個男人身上，全全仰賴愛情，那麼她的生活很快就會變成一片布滿墳墓和破碎心靈的陰暗荒原，她將把自己帶往一座可怕的地獄。她將把愛她的人，一併用鎖鏈拖向腥臭的深淵。

震霍捧起她的臉，「那白子都呢？如果我們最後都進了同一家大學，我是不是還要偷偷摸摸的牽妳的手，趁他不注意的時候偷看妳，幻想妳在我懷裡？」

薄芠抵著他胸膛，沉默片刻，「我想他知道了，最近他不讓我喝他的飲料，你知道這代表甚麼嗎？我覺得我被弄髒了。」

「他真是個白癡，我不但讓妳喝我的飲料，還讓妳吻我。」他側著頭，遞上一個長長的吻。

很多人都不願意面對愛情與友情的不能併存。但愛情就是友情的敵人，友情便是愛情的小三。

午休子都逃到桑華休息，避開洪岱那奸詐的凝視目光。

姿靜把便當的馬鈴薯泥挖給和玉，因為她喜歡吃。

「我們好久沒有這樣坐在一起聊天了。」子都沒有胃口，抓著一瓶飲料慢慢吸著。

姿靜笑說：「這就是高三啊，我現在作夢都夢到伽利略，快昏了。」

「我們要選一家學校，既要有妳們三個念的理工科系，又要有我的文學院，哪家學校好呢。」

和玉咯咯的笑，「台大啊！」
子都裝作暈倒，結束這個可怕的話題。
「你們大家都在啊！」薄芝打開門，後面跟著雷震霍。
姿靜抓她的手，笑說：「就缺妳一個，我好久沒有看到妳，以為妳轉學了。」
震霍像影子貼在她身邊。
「你來幹嘛？不覺得應該把她的時間稍微分給我們嗎。」子都白眼。
震霍尷尬的去書桌坐下。
薄芝坐在子都對面，勉強的笑，「其實我有一件事情要跟你們說，我覺得你們應該都知道了。」
姿靜把便當放在桌上，悄悄瞥了一眼和玉。
子都平淡的說：「你們在一起了？」
薄芝點頭。
「是在畢旅的時候，在我轉組的時候？還是在我被人踐踏的時候，你們才覺得應該及時享受人生？」子都坐挺直勾勾的看著她，平靜的說：「不提我有多可憐，多需要你們陪伴，反正我死我家的，大家互不相干，只是如雪的悲慘妳忘了嗎？讓我提醒妳，那個嫁給萬隆死了孩子又進瘋人院的，就是雷震霍的表妹，哦！他當然可以不在乎，他在乎過甚麼，他不過是跟倪子風一樣，天天想著怎麼扒光女孩衣服怎麼讓自己愉快，妳說他為如雪不平嗎？當然不，他照樣跟著萬隆夜夜笙歌，稱兄道弟不是嗎？」

震霍跳起來，指著子都，「你夠了，我跟如雪是我家的事，一個外人不需要評論。」

子都拍開他的手，「我有說錯嗎？外人！那我現在跟薄艾說話，又跟你甚麼關係。」

姿靜拉開震霍，「好好說話，難不成還要打架。」

子都抓著薄艾的肩膀，聲音變大：「林薄艾，妳要戀愛我的確管不著，可是妳怎麼能找這樣一個人，他跟萬隆混在一起的時候妳就不會想要給他一拳嗎？妳有病嗎，妳對倪子風動心就算了，起碼他真的帥，結果妳對他身邊的一條狗動情，妳要不要去看醫生啊。」

「你不用擅自評論，每個人都有交友的權利，就像他也沒有叫我不要跟你當朋友。」

子都哈哈笑，「林薄艾，我跟妳認識多久？妳跟他又認識多久！妳以為妳偷偷找和玉去幫他買生日禮物我不知道？我真替我自己可悲，我的生日妳連一張卡片都沒給我，但妳卻惦記他。我對妳好，要妳回報過甚麼？妳覺得他為妳省下錢買東西很感人，妳這麼不想想這麼多年妳在我這吃喝多少，我跟妳開過帳單嗎？別傻了，他對妳好不過就是要換妳上床，他去外面買也差不多這個錢，妳何必幻想自己是愛情故事的女主角，我告訴妳，妳沒這本錢，他也沒那條件。」

薄艾推他一把，和玉扯住她。

和玉怪罪她，「妳瘋了，妳怎麼可以推他，為了雷震霍？」

薄艾抓緊她雙手，罵：「妳少裝好人了，妳的朋友就只有白子都一個人嗎？是，如果不是他妳根本就沒朋友，妳整天賴在他身邊，一副滿心只有他，但妳跟倪子風悄悄約會的時候妳想過他嗎？妳只是在沒人陪伴的時候抓牢他，妳只是知道自己很弱小才依靠他，等妳有了男朋友，妳照樣丟下他。」

「妳閉嘴！我沒有。」和玉紅著眼睛說。

她捏和玉的臉，「妳當然有，妳在我們之間努力想要證明自己，妳其實不甘心居於下位，可是妳無法，因為妳沒我們美，又沒我們聰明，妳樣樣普通，子都說妳天真，妳還以為是真的？妳只是呆而已，承認妳一無是處吧，何況妳也沒多乾淨，妳那張跟他歌頌友誼天長地久的嘴，也不是拿來跟倪子風接吻嗎，別再裝了，我只是比較勇敢，而妳很懦弱。」

姿靜擰住薄芰的手腕，氣得臉紅，卻被震霍一把抱開。

和玉被抓得大哭，子都猛推薄芰肩頭。「妳夠了，這就是妳要說的嗎？那我知道了，妳去跟他在一起吧，你們最好白頭到老，我倒是要看，他對你的興趣能夠維持多久。」

和玉越哭越大聲，她指著薄芰，「是妳逼我的。」她回頭對子都說：「在我包包裡放光碟的人，是他，雷震霍。」

姿靜一口氣停了。

子都拿了幾張衛生紙給和玉，他緩緩坐下。

「為什麼？」

震霍看起來氣急敗壞，他雙拳握緊，瞪著和玉。

薄芰握住震霍的手腕，說：「甚麼為甚麼，他討厭你們行不行。」她一雙眼像燒紅的火，她走近和玉，和玉縮著脖子看她。「林和玉，既然這樣，我就再告訴妳一個小祕密，一個讓妳徹底看清自己的真相，妳覺得倪子風為什麼要跟妳在一起——」

「——妳閉嘴。」子都的目光冰冷。

「他喜歡妳，不如去喜歡如雪，喜歡姿靜，何必是妳？那是因為妳是白子都最好的朋友，所以他拜託子風佯裝喜歡妳，好讓妳活得有存在感，讓妳不要愛的那麼辛苦，說實在的，妳還真的要好好感謝他，如果沒有他，妳恐怕連想都不要想倪子風會看妳一眼。」

和玉像被車子狠狠撞上，她疼痛的看向子都。只要子都說她在說謊，她就信了。她不相信子都會做這件事，當她一次次裝作自己和倪子風沒有接觸沒有關係，其實白子都就像上帝一樣了然全局，那她成了甚麼了。

但子都的眼睛浮上水氣。他說：「對不起。」

午休結束了，薄艾早走了，姿靜勸不住他們也走了。

子都蹲在和玉面前，悄聲說：「回去上課吧？」

和玉不哭了，她張著酸澀的眼睛，問：「他是不是真的沒有喜歡過我？」

子都搖頭不語。

「是不是你們都知道，都覺得我很傻，很可憐。」

「不是，我只是為妳好，我了解他的個性，他一定會——」

「——一定會怎樣，你真的了解他嗎？你知道他曾經有無數次機會可以碰我，但他卻沒有，你眼裡的他是這樣的好人嗎？」和玉忽然被自己的話嚇到，「難怪，因為他對我根本就沒有興趣。」

「妳很好，和玉，在我眼裡妳真的很好——」

「你走吧，你晚回教室會被罵的。」

子都也走了。

如果他知道這次離開後，桑華將天翻地覆，青春樂園即將陷落，他會不會堅持多待一下，憑弔大滅絕前夕最後的，時光溫柔。

和玉在桑華裡兜圈子，她發覺原來沒人的桑華，這麼空曠。

她把子風的電玩一片片裝進對的盒子，櫃子裡有他的球衣和帽子，這些她都整齊的裝進箱子。她的表情像在替子風收拾遺物那般哀傷。

也許一種微妙的心理，她開始想，當她們都走了，子都單薄的身影旁會是誰取代空缺，也許是甘棠吧。

小臥室的衣櫥裡，只有簡單幾件外套，她下意識地把衣架拉出相同距離。她發現一件紅色帽T，帽子部分是皮革材質，倪子風喜歡穿這件衣服溜出校門吃東西，戴著鴨舌帽又把衣服的帽子半搭在頭，手藏進通口袋走路。

紛雜的腳步聲踩進桑華，浩浩蕩蕩。

和玉捏著衣服走出門，一群戴著綠色臂章的衛糾盤踞門口，目光兇惡的紛紛盯著她。

領頭的男生惡意回頭說：「組長，這裡有人。」

矮小的女人從人群擠出，是衛生組長。還有古嫱威，她朝和玉招手，「他們要檢查一下桑華，和玉妳先出來。」

和玉本能地縮了一步，聲量很小，「為什麼要檢查，我沒聽子都說？」

她呵呵地笑著，「學校的例行公事，其實嘛，當初子都是以十三班學生申請到桑華，現在他轉組了，這認定上也有歧異。」她朝沒動作的和玉前進，在她面前停了下來，驚嘆：「這裡還有床！布置的比賓館還要高級。」

和玉揪著衣服朝門口走。她要找子都。她的手心出汗貼著衣服，彷彿這是她不會倒地的力量來源。

「借我過。」她說。

古嫱威乾柴般的短手指扶上她的肩，「去哪？在這等著吧。」

這些男性鐵定讓子都深惡痛絕，他們在地板上印出灰色的鞋印，在白色毛毯上沾上污漬。他們就像一群發臭的狗，闖進大戶人家找肉吃。

和玉驚呼阻止，古嫱威的手指像手銬般牢牢的握住她。

「你不能把東西倒出來，快點住手。」

一個男的把烏黑的指甲伸進花茶盒子裡探，然後倒在桌上。牆面每個收納櫃都被打開，甚麼都被拆開，他們的指令不像檢查，而是緝毒，或者是受命把一切搞得凌亂不堪。

和玉甩開古嫱威，衝進小房間，地上鋪著摔落的衣物，她近乎尖叫的說：「你會弄髒它。」

她拉住一條喀什米爾白色圍巾，如雪過去將它圍繞在纖細的頸子上，這也是她留下來給子都唯一的念想。骯髒的男人死都不放手，圍巾逐漸拉長，和玉猛的搖頭，泫然欲泣，直到她被古嫱威拖出來。

領頭的人手裡抱著一個紙箱，裡面裝著翻找出來的東西。古嫱威點頭，看著他們對著一切踩踏，滿意的說：「你們可以到敷錦去了。」

「這裡變得這麼凌亂，你們！」和玉眼淚流了下來，憤怒參雜恐懼。

古嫱威摩娑她懷中的圍巾，「老師也很心疼你們，可是學校需要秩序，這很重要，你們沒甚麼特別，要習慣，知道嗎？」

古嫱威發現那箱子風的衣物，她一腳踹翻，粗粗的鞋跟踩上去，「倪子風的退學通知書昨天已經寄了，下個禮拜一生效。和玉，如果妳好好聽話，老師會好好愛護妳的。」她丟下一朵從門外硬拗斷的白梅，用腳擰爛。

一群人才要推開敷錦的大門，卻見上下兩層窗戶盡數敞開。

琳俐手指撫著長髮，上了妝容的眼睛一瞥一眨，最後落在領頭那人身上。

「東苑不是可以隨便進來的，所以你們一定有學校的許可證明，對吧？」她凌厲的瞪，

「如果你們擅闖，我會讓你負起責任的，就算你是狗仗人勢，狗還是狗，明白嗎？」

古嬙威把學校許可壓在桌上。琳俐抽過，學務處和教官室的確簽了名。她輕笑：「老師您簽名的地方是要給學生會會長簽的，上面中文寫得很清楚啊。」

古嬙威收起假惺惺的笑容。琳俐想用手指插進她眼睛。

「你們沒有權利在我的地盤撒野，我會把這裡發生的事向學校反應，該受到懲罰的一個都不會少，全部都把名字給我留下來。」

古嬙威嘴唇張著，尖細用力的說：「那都是等一下的事了，只要這裡不會有違禁品和超過的布置。」

琳俐的恐嚇不是沒有嚇到人，只是人多勢眾和老師在前讓他們意氣風發，覺得無所畏懼，像在桑華那樣可以大肆抄檢。一切果真應驗了牆倒眾人推，鼓破萬人捶的現實。

眼看他起朱樓，眼看他宴賓客，眼看他樓塌了。

琳俐的心很涼。

你相信嗎？在這個社會上，無論老少，甚至是莘莘學子裡，其實很多人都有一顆豺狼般的心，低級，齷齪。

琳俐靜靜坐在長桌一端，手搭在一個鐵盒子。

衛糾隊長神氣地走過來，「這裡所有的東西都要檢查。」

「笑話！那我要不要給你檢查，你要不要再無恥一點？」她說完看著古嬙威。

盒子被抽了過去，盒蓋應聲滑開，粉紅色的水晶雕塑叮噹的砸落。碎裂的玫瑰水晶花還是散發著閃爍光澤。

琳俐從包包拿出絨布袋，抽出一張保證卡，「還好，八千多塊而已。」

全場的人都停止動作了。琳俐得意了，下流的人就是這樣，沒見識，別說八千多塊，八百塊就能唬住他們。

她走到古嬙威面前，把卡片塞到她手上，並不在乎是不是會順道割傷她。琳俐的聲音很冷，「妳看我好欺負是吧，那妳要失望了，在我面前任何人都休想得寸進尺，既然妳沒有身為老師的尊重，那就別怪我把妳往地上踩，看著吧，以後的日子長呢！我們慢慢耗。現在，給我帶著妳的狗滾出這裡，我等著妳賠償我的損失。」她朝躲在人群中的衛生組長說：「還有妳，當初沒把妳解決掉就是我的錯，妳也給我等著。」

磅的，門關上了。

老天又關了一扇門。

下了課，和玉跑去樓上找子都。她停在門口，趕緊躲開。

她看見黑板上不堪入目的塗鴉，那些羞辱子都的話。她震驚，她喘息，她默默的被氣哭了，怎麼會有這樣的事。

她眼中的子都是在白色大地裡閃閃發光的雪人，他有琳俐的刻薄，有如雪的夢幻，有姿靜的平和，有薄艾的勇敢……但他也有不堪一擊的脆弱。當他冷著一張臉，裝作一切無所謂的時刻，其實他柔軟的心早已千瘡百孔。她覺得他像是跌在羅馬競技場，讓洪岱揮舞著皮鞭打在他的臉龐，劃出鮮血，然後大家跟著丟石頭。這個社會病了，罪人不只是主謀，還有那些冷眼旁觀的人，是他們蠶食鯨吞的毀滅安逸與美好，然後這些不為所動的人，還會在事後批評社會好糟糕，卻殊不知，他們才應該三審定讞鋃鐺入獄，直到老死。

和玉看著子都的背影，哭泣的跑開。

薄艾接到了和玉的電話。

她開通，但沒有出聲。

「薄艾！妳去哪裡了，我等一下去咖啡館找妳好嗎，然後妳打個電話給子都找他一起，我們大家聊聊天，別把事情放心上，妳也知道子都有多在乎我們，我們認識那麼久，吵架也是──」

「──我沒有空。」

和玉哀求的說：「薄艾，子都不管說甚麼都是為妳好，妳不是真的生氣吧，而且我看到他真的很不好過，妳不能想像他──」

薄艾掛斷電話。

和玉的眼淚凍在眼底，她呼了一口氣，蹲在地上。滑下滾燙的淚。

痛苦會穿破他們絲綢般柔順的靈魂，使他們遭受苦刑，滿身創傷，而靈魂的傷口將無法癒合，它會凝結成一種灰濛濛的枷，像瞎子的眼。然後在下一次的陣痛，流淌出濕漉漉的血液。

當青春徹底死去，絲綢燃燒殆盡，眼淚也就能，乾了。

那天晚上，和玉跑到子風家門口大哭。子風問他發生甚麼事，她說不出來，她不知道怎麼表達，是要說桐城高中裡再也沒有一塊屬於他們的天堂；還要說薄艾徹底的走了，她們解散了；或者是要說她覺得子都可能會死。

或者，她現在好想死。

一直到深夜，她媽媽差點報警，她傳了訊息說他在子都家。

每個人都會有一個拿來欺騙父母，並且能讓父母安心的朋友。對和玉來說，那個人就是子都。

和玉終於能把所發生的一切告訴子風。

子風聽完把用手埋住臉，靠在床上一語不發。這跟薄艾掛掉電話，在和玉心中泛起的波瀾是一樣的。

和玉擦乾眼淚，罵：「你們都是渾蛋。」她離開了子風家。

隔天一早，幾乎所有人都盯著和玉或者薄艾看。

桑華的處分通知很快的下來了，違禁品、違反規章的布置，加上古嬙威的努力陷害，桑華的大門被印著校徽的封條封了起來。

琳俐再也支撐不下去，索性交了鑰匙。

他們就是一群被賤民揮舞著棍棒趕下來的落魄貴族。

洪郁帶領著大家討論這件八卦，古嬙威也不管束，好像早自習突然宣布成為一個尖酸刻薄的同樂會。

洪郁走到和玉身邊，確定自己捕獲大家的注意，扼腕的說：「妳的兩個男朋友都離開妳啦，妳之後要找誰呢？雷震霍嗎？可是他最近似乎和薄艾處得很好，當然啦！你們也可以資源共享。」

飾舒失魂的盯著子風的位置。今天該他最後一天來上學，但是他已經一個禮拜都沒出現了。飾舒早就沒了對付和玉的念頭，反正子風走了，她爭不了了。

她眼眶很紅，心裡很難受。「洪郁，可不可以算了，真的夠了。」

洪郁惡狠狠地瞪她，「少裝聖女了，妳要當廢物就給我閉嘴。」

「妳以為妳這樣就可以吸引他的注意嗎，他跟她的關係妳明明清楚，別再爭了，早在一開始我們就輸了，誰叫我們不是白子都的朋友。」

和玉的聲音沙啞又脆弱，「他沒有得罪妳們，我們都沒有。」

洪郁壓低音量，像是縫隙的傳出的嘶嘶聲，「是嗎？他的存在就得罪了很多人，他活得太愜意了，還有，妳憑甚麼替他說話啊？」

和玉終於懂了。

子都不屑與他人為伍，雖然無害，可是卻足以讓人自卑，因為沒有人會心甘情願承認自己平凡不如人，與其承認自己不被認可，被藐視，不如宣稱自己不喜歡。所以他們的受傷不僅僅是一種八卦，還是一種莫名的報復心理。

你對我愛理不理，我就要你遭辱受欺。

子風用魅力讓女生喜愛，用暴力獲得男生崇拜。而子都眼底蕩漾的不屑更是一種：你看你們害怕的，乞求的，喜歡的倪子風，我根本看不上眼，這就是你們跟我的區別。

人心脆弱又扭曲的眼光，匯聚在一起，就是那些看向子都的視線。

太多太多，只是她現在才懂而已。子都疏離的美就是一種原罪。

一顆籃球砸在雷震霍臉上。

教室被翻騰一遍，像是颶風不小心刮過。

在大家尖叫聲停止後，震霍貼著冰涼的地板，看著揪著他衣領，手臂抬高隨時都會再揮拳的倪子風。

「大哥，在你把我打死之前，可不可以告訴我你是為了甚麼，這樣我到了閻羅王面前也好交代。」震霍完全沒有反抗，他也有一身好看的的肌肉線條，雖然比不上子風，但若好好運用，不至於被打到現在鼻青臉腫的德性。

倪子風放下手，坐在地板大笑，「去你的，跟我出來。」

子風指著洪郁，「妳和洪岱走路小心一點，不要被我遇到。」

子風打開拉環，嘶嘶的聲音伴隨泡沫湧出，他喝了一大口，遞給震霍。

「我走了之後，你多注意他們，要有人太超過了，你就給他們一頓教訓，可以嗎。」

震霍頓頭。

子風嘲弄的壓他臉上的傷，「但注意分寸，以免像我一樣。」

「你要轉去哪個學校，我跟你一起。」

「白癡喔，高三都要過一半了，你不要沒事找事。」子風把空罐丟到路上，「你要是離開了薄艾怎麼辦，你好不容易才追到她。」

「我還以為你是因為這件事，才打我一頓。」他撐著頭，苦澀的說：「她說她看到我就有想哭的衝動。」

「你讓她這麼感動！」

「她想到白子都受傷的神情，還有她帶給子都的背叛。」他又開了一瓶，深惡痛絕的說：「他簡直就是我們男人生命的災難，他又不愛她們，幹嘛老是礙手礙腳的。」

子風悠悠的說：「友情這種東西偏執起來，那會比愛情還要死去活來，愛情大不了是兩個人相愛分離，但友情是一種成長記憶，一種生命中的勇氣，無關情愛的純粹佔有……」子風在被嘲笑前申明：「你應該聽和玉是怎麼跟我說的，白子都是他偶像。」

震霍收起玩笑他的表情，理解的點頭。「薄艾也說過。」

「告訴你，你可以在精神上厭惡他，但在行為上你要尊重他，只有這樣你和薄艾才有可能。」子風拍他，強迫他給個答覆。

「好啦。」他不情願地看著子風，「我保證你怎麼對他，我就怎麼對他。」

子風揚起眉毛，「不遵守諾言，我死了也不放過你。」

「雷震霍。」

「幹嘛？」

磅的一拳揮過去，倪子風惡狠狠地看他。

震霍扶著臉頰，哭喪的說：「大哥，你打人可不可以不要分批啊。」

「知道我為什麼打你嗎？」他單手掐住震霍脖子，「你他媽還在跟陳萬隆那個人渣混，你哪根筋不對。」

雷震霍傻住，支吾其詞的抓住子風肩膀。

他眼眶濕紅，無力的跪下來。

「我沒有辦法……」

倪子風怔怔恍然，他揪著震霍的領子，不可置信的問：「你不會……你有沒有……」

震霍崩潰的點頭，眼角落下淚來。

台灣最高級的社區，大門用毫無美感的新細明體寫著它的名字：帝寶。

「我叫我朋友過來，你把你的電擊棒給我拿遠一點。」琳俐惡狠狠瞪著樓下穿著西裝的警衛。

甘棠看見那三個警衛的眼神是真的想滅了琳俐。

子都氣定神閒的端著茶，瞥了琳俐，「妳一個一百六的女生，要用上三個身高一百八的警衛對付，警棍電擊棒都拿出來了，琳俐，妳根本就是國安層級的威脅。」

琳俐忿忿的說：「這個世界怎麼了，我剛剛搭計程車的時候，我問那個司機能不能月結，他竟然罵我神經病。」

甘棠抱著肚子呵呵笑，「琳俐，那個在妳爸爸公司才有，或者是妳家請的司機，妳在馬路上隨便招車，當然要直接付啊。」

琳俐嚴肅頓頭，她瞥了和玉，像是得到安慰說：「反正我肯定不是唯一不知道這件事的人。」

她們額頭冒汗……

上次他們要去慶城街吃飯，因為很近，大家選擇搭捷運。琳俐一上車，就在深藍色的椅子坐下，她把那當成頭等座位了……然後一個老人不愉快的看她，她起身讓座，她揮著第一次加值的學生證，嚴肅的說：「我可是有付費訂位的！」

她對甘棠問：「免稅商品的雜誌在哪？」

子都他們裝作是路人。

後來琳俐看見牆上的捷運圖，詫異說：「怎麼開到監獄去啊！」

子都說：「土城也有住人好嗎。」

「別開玩笑了，跟殺人犯住一起，你家隔壁是監獄，你願意啊，而且這寫得很清楚了，『土城』，就是土推的城，或者是土人住的城……」

就在子都他們要逃下車的時候，她朝薄艾大喊，「有沒有開到妳家？鄉下有捷運嗎？我沒看到永和耶。」

子都擺在桌上的手機響了起來，他起身要拿，琳俐先拎了給他。

琳俐抬高的眉毛像在問：怎麼是他？

子都咳嗽一聲，「我要還他東西。」

冷風像是直接從冷氣孔撲過來，寒颼颼的。

子都看見一個男孩子站在路燈桿子旁，眨眨眼看，有些陌生。他一雙大長腿穿著淺藍刷白牛仔褲，大腿處幾個小小的破洞，看起來充滿誘惑，上衣是相襯的白色高領毛衣，綿密的領子抵著他的下巴，全身罩著一件他最愛的酒紅顏色的軍裝長外套。大男孩有著一頭黑色柔軟的頭髮，像剛洗好澡的清爽，但隨意的造型佈滿光澤，大概是造型品的功勞。

子都沒有喊出名字，信步走過。

「去哪啊？」子風抬手點他肩頭。

「真的是你，你幹嘛染黑髮？」子都發現原來他需要仰著脖子才能看見他的臉，還有頭髮，「這不是你的穿衣風格，我說顏色。」

「你管好多，你叫我來就是為了評論我好不好看？」子風彎下脖子，不冷不熱的說。

子都從口袋拿出盒子，遞給他，「這是倪妮送我的，原本覺得退回去很小心眼，但是這黑玉胸飾太貴重了，實在不能收。」

倪子風定定地看他，「你以為我不知道她送你這個嗎？如果你是擔心我會介意，那就不必了，這是我媽參加我弟葬禮時戴的，我也沒有多大興趣，你不喜歡就丟了吧，我要是拿回去給倪妮，她連一個幻想都沒了。」

子都揪著他胸膛的毛衣，別上去，「很好看！說實話你今天讓我耳目一新。」他笑，「今天再見，總有點生離死別的感覺，如果以後我想起你這個天涯一角的路人，我會選擇今天的你，倪子風，我想我欠你一句謝謝。」

他輕輕貼近，張開雙臂抱他，「『謝謝』，還你了。」

倪子風抓緊他，子都起初沒動作，但幾秒後他掙扎。

子風的聲音很嚴肅，「別動，真的。」

倪子風看見甘棠跟和玉跑到對面，有兩個左顧右盼的男子跟在後頭，眨眼之間，一輛車開過去擋住視線，車子離開時人已消失。

倪子風悄悄聲說：「你現在立刻轉頭穿越馬路，一路跑回社區裡，千萬不要回頭。」

子都推開他，「你在幹嘛？」

忽然兩個人從左右衝過來，子都瞪著眼來不及反應，覺得被逮住不能呼吸，暈了過去。

心計12

荒涼的鐵皮屋裡，白色燈泡用鐵絲懸吊在空中閃閃爍爍的搖晃。空氣裡有潮濕的霉味，輕輕一個動作都會掀起塵埃滾動。

子都逐漸恢復意識，他的指尖碰到冰涼的金屬板，右腳用力一擺，敲出清脆的鏗鏘聲。

子都翻身結果沒料到手被綁住，臉砸向板子，吸進充滿生鏽味的空氣。他發現自己背上拖著束縛。是他跟子風背對背綁著。

子風使力的坐起來，貼在後背的手指抓住子都，氣音問：「你還好嗎。」

「怎麼回事？」子都看前方外箱子堆滿的陰影下有蠕動的人影。

甘棠的眼睛反射光芒，倒在她身邊的是和玉，兩個人嘴巴都被貼上膠帶。

「你別跟她們說話，不然你也被會被貼膠帶。」子風頭往後仰，後腦勺靠著他肩膀，說話的熱氣吹在他耳畔，「不准哭，不准抓狂，我們被綁架了。」

子都很想歇斯底里的大叫，但他沒有。

「他們人呢？」

「不知道，他們一直在外面講電話，似乎有提到甘棠的名字。」

和玉的哭泣聲悶悶地傳來。

子都的眼神一直沒有離開甘棠，試圖跟她交流，只見她緊緊貼著木箱子沒有動靜。直到僵硬的鐵門被沙沙地拉開，她才裝作暈過去。

子都很訝異，眼前的四個男子雖然魁梧，有高有矮，但看上去年紀跟他們差不多。他們的衣服都是骷髏頭斧頭逞兇鬥狠的圖案，太好了，他們不是穿著西裝能坐下談話的黑道……

一個小平頭蹲在甘棠身邊，手貼著她的臉，賊兮兮地笑。

子都罵，「你到底想要幹嘛！」子都開始擔心這不只是綁架勒索。身後的子風憤恨的嘖一聲。

「你叫甚麼名字？」說話的人手臂有著密密麻麻的刺青，子都看得想吐。那人踢了下子都。

「『雷震霍』你安靜一點行不行。」子風用力壓他的手，算是暗示。子風抬頭，語氣自在：「你們在等甚麼，把我們抓起來就結束了？」

「誰叫你們多事，你放心，我們對男人沒興趣。」他們口水快滴下來的看著甘棠跟和玉，說：「你們老實待著，事情結束就放你們走。」說完又離開屋子。

空蕩蕩的屋子雖然冷冽，但是很悶。子都無力的靠著子風，他的額頭滾落汗珠，緊緊的捏著子風的手。

「你應該是可以跑走的，怎麼也被捆來了。」

「這個問題等我們出去再說吧，看來暫時我們倆當不成路人了。」

過了一陣子，只有兩個走回來，手裡捧著一台攝影機和簡單的腳架。

短髮男子走過去扯住甘棠的頭髮，和玉嗚咽的壓在甘棠身上，但是被一把摔開，她的背撞上一排木欄，哐啷啷砸在她身上。甘棠臉貼著地被拖到攝影機前，她眼睛瞪得老大，劇烈顫抖，像一盞陷入黑暗的火光。

子風用腳努力向前挪了兩步。「能不能算我一份。」

刺青男脫掉汗衫，納悶的看著他。

「不是要我在這邊看吧，不然你們可以一起上，我可以幫你們拍，好歹讓我有點事做，光看多難受阿。」子風無奈的笑。

一個染金髮的痞子說：「王八蛋，你想得美呢。」

子風後頭被猛然一撞，子都悄悄的罵：「你真的嚇到我了。」

刺青男脫掉褲子，寬鬆泛黃的內褲露出，他瞪著子都想，「讓他加入也好，共犯就不會亂講話了。」

金髮男表示認同，「那另外一個也要加入，人多刺激啊。」

子都幾乎要暈過去。

子風被解開繩子，揉了揉手腕，然後迅速的拍了下刺青男的手臂。他嚇到，反應極快的揮拳過來。他們或許跟子風一樣有過鍛鍊。

子風握住拳頭笑說：「幹嘛，誰有空跟你打架啊。」刺青男緊繃的手慢慢放下。

子風割開子都的繩子，捏住他的嘴，惹來他抗議。子風湊近他耳朵，幾乎是貼他在臉龐說：「一有機會就先出去，我不准你管她們，聽懂沒有。」

他捏住子都的前襟，故意放大這個動作，凶狠的說：「你給我識相一點，該怎麼做就怎麼做，少給扭扭捏捏的惹人不爽。」

兩個男的哈哈笑了起來。

子都看見子風汗濕的額髮，無助地點頭。

子風用力拍了子都的大腿，把他甩到地上。同時將一把小刀放進了子都的口袋。

「你們有沒有鎖啊，萬一有人跑進來怎麼辦。」

刺青男把燈調換了位置，「不會，外面有人在顧。」

子都站著，和玉在離門最遠的角落。子風沒有走向甘棠，脫掉外套，像是迫不及待的奔向和玉。子風低頭親她，手滑進她的衣襬裡。後頭的刺青男滿臉興致的看著。

子都被拎到甘棠身旁，他立刻撕開甘棠膠帶，甘棠大口的喘氣著。

金髮男命令說：「把她腳上的繩子解開。」

子都從背後抱著甘棠。甘棠披散的長髮擋住了子都的嘴，「子都，你冷靜聽我說，等一下……他們會無暇顧及你，你一定要溜出去！」她的眼眶擒住水珠。

子都不小心劃到甘棠的手，她痛得吸氣。

「甘棠，不管怎樣，我都不會拋下妳。」甘棠搖頭墜下眼淚，他篤定的在她耳畔說：「不管我們是怎麼離開的，有一個承諾妳要記住，這輩子妳若不離，我便不棄。」

腳上繩索被解開，金髮男脫掉上衣，手直接摸向甘棠白嫩的大腿。甘棠使勁的往他頭上踹下去。

子都扯著她站起來，但她雙腳麻木一時踉蹌，摔了一跤。

刺青男抓著和玉的肩膀，瞀頭猛看，和玉立刻撐起頭咬他的耳朵。咒罵聲和尖叫聲此起彼伏。

甘棠沒有往門邊跑，而是衝到放著便當的一張木桌，抓起一台手機。

和玉跑到子都身邊，子都來不及解開她的手，上前撲住金髮男，金髮男猛擊他的背，他喊：「快點走。」

刺青男跟子風滾在地上，他們彼此掐住脖子，子風一個翻身跨騎在他身上，抵著對方，往他下巴揍。

子都覺得腰像是被岩石砸到，呼吸不到空氣。蹦的一聲和玉抓木箱子砸向兩個趕進來的人。子風咳嗽，他的嘴角流血，一拳揮向小平頭，回身抬腿踢在另一個人脖子上。

門一打開，颼颼寒風灌進倉庫。子風架著短髮男，根本說不出話，只能撇頭示意他們走。

門外是一片荒蕪的田地，天是黑的，彷彿他們被一塊黑幕包圍。

沒有對話，三個人邁步跑著，忽然子都停下，他轉身衝回去。

和玉也要跟著回頭，甘棠死死捏著她，「走，不能回去。」

子風彎腰扶著門，無力的應聲坐在地上，精疲力盡。

他看見白子都嚇到，「你幹嘛？給我走，快點。」

子都用力把門滑開，「我要把攝影機帶走，不能讓他們留著。」

子都衝進去，才把攝影機拔起來，就整個人被拖著往後摔。是刺青男爬起來攻擊他。子都看見其他三個人倒地，子風瞇著眼睛看他，子都抓住黑得噁心的手臂咬下去。

刺青男手上的刀在他脖子上滑過。

子都驚恐的摸脖子，好在只是擦傷。

子風抓住刺青男，他已經沒有力氣了，他哀求似的說：「白子都我拜託你快滾。」就這句話說完，他整個人彈開，劇烈的摔在地上。

子都恐懼的看向子風，畫面像人被按下了靜音。子都只聽見混亂的呼吸，子風激動的口語，似乎還是叫他跑。刺青男臉部扭曲，他堅定的壓在子風身上，子風臉部扭曲的朝他喊，然後忽然愣住了。

刀子插進他肚子，拔出來的時候噴出血，像是暈染的國畫，氤氳在柔軟的白色毛衣上，血花蔓生。刺青男又刺了一刀，噴濺血珠，最後再落下一刀，他才恍然停止，轉頭看著子都。

他像是不能動彈，原來是倪子風死死攢住他。

他用力一推，倪子風的頭撞在地上，完全沒有緩衝。那人哭號的撞出去，「我殺人了……不可能……我沒有。」

世界在子都的尖叫中，找到了聲音。

倪子風抹了胸口，看著手心流淌的血跡，瞳孔放大。

子都跪在他身邊，而子風憤怒的瞪著，因為自己沒有力氣了，子都卻還不走。

子都咬緊牙齒，他抓著子風的臂膀，讓他靠著自己，感受著他的顫動。

「我去叫救護車！你等我。」

子風拽住他衣角，聲音如昔的說：「陪我。」

微弱的燈光發出均勻的光輝籠罩住子風，像牢牢握住他的一雙大手，來自死神的手。

子風的眼底像即將乾固的一潭黑水。

濕漉漉的傷口不斷湧出鮮血，子都嚇壞了，他不敢去碰，又不知道如何是好。子風用手覆在胸口上，但他無法使力，子都貼上他的手背。

他眼睛半張半闔，嘴角淺笑，「白子都，我真的要被你害死了。」

「你先不要說話，你受過那麼多傷，這算甚麼。」

「我有些話一定要說，不然我會嘔死的。」他張著嘴，想要獲得更多空氣進入身體，

「閉嘴！」子都眼眶很用力，收著淚水，「你告訴我，這不嚴重對嗎。」

「我不希望我最後一次見你，我們還在吵架。」

子風的手貼著子都的臉龐，「白子都，他們說你們身邊的女孩是花，那你說我……是甚麼？」

「你是一棵樹。」

他忽然摀住嘴，血絲從指縫流出。「這麼平凡啊。」

「就這麼平凡，不過就是可以遮風擋雨，累了可以倚靠，倦了可以攀附的存在而已。」

他點頭，長長舒一口氣，「我不是故意連名帶姓叫你的，只是我怕你誤會，其實……我早就忘了我弟的臉了，我只要想起子都，那個人就是你，對不起，因為我弟已經是死人了，

所以我……才會讓你以為你是替代品，但你不是了。」

子都捧著他英俊卻消沉的臉，「倪子風，我有好多話要說，等我們離開這裡我一件一件告訴你，我保證再也不刻薄你了，我知道你對我好，所以才故意找你麻煩，其實我早就不討厭你了，真的！我要你答應我你會撐過去的。」

子風眼睛半瞇半睜，「我沒事，只是有一點痛而已。」他一咳嗽，血噴到了子都臉上。

他伸手想要擦淨子都的臉頰，卻乏力。

子都的眼淚像雨水落在他臉上。

他忽然想起某天看見的一句話，現在彷彿粗體加大的字樣烙印在腦中。人生若只如初見，何事秋風悲畫扇。他明白了。原來是這個意思啊。

他眼底忽然閃爍光芒，「白子都，沒有我，你怕是找不到第二個男生朋友了，但是這樣也好，那我就是唯一，我也不甘願被你忘記，我要你記住我又救了你一次，而且終於把命給你了。到底是誰欠誰？就當我欠你吧，下輩子，換你還我。如果可以，我還想教你打籃球，帶你去夜店玩……」他努力握緊子都的手，貪婪那屬於人的體溫，努力說：「我心裡很舒服，你一定要多為我哭幾次，然後說你好想我，唉！從此以後，我再不能做你的樹了，你要好好照顧自己，收斂你的脾氣，不要讓別人欺負你。」

子都額頭抵住他的頭，眼淚滾燙落下，才想原來哭泣會痛。「倪子風，你這個心機鬼，我不會為你哭得死去活來，沒有你我照樣過日子，所以你給我好好說話，你知道嗎？我……很害怕沒有——」

「——我這輩子有很多後悔的事，後悔沒好好的談戀愛，後悔沒能看到倪妮交男朋友，後悔沒做個有出息的人，但我最不後悔的，就是認識你……」

子風眉頭緊縮，不停張口。

「你說啊！你說給我聽。」

最後那句話，子風實在沒力氣說了。

「你答應我的，你不可以離開，因為我需要你，不要讓我恨你。」

子風搖搖頭，他釋懷了。他騰起手，指尖碰觸到子都的臉龐，似有若無的，最後垂了下來。

握緊的手失去力氣。

倪子風帶著不羈的笑，閉上眼睛。

相遇是一件可怕的事情，這地球上布滿密密麻麻的七十億人口，你遇見一個人，和他產生連結，譜出故事，寫出結局。也許這個故事就是一場事故，結局就是災難，可命運由不得你輕易停筆，你只能用猩紅色的墨水寫下每一個字，一邊流著眼淚。

徒勞無功的相遇，是一種懲罰，懲罰你不夠用心，也是一種償還，償還那些錯付的用心。

情深最怕緣淺，多情不如無情。

子都的耳機線軟弱的垂在肩上。

手機播放著艾薇兒的〈When You're Gone〉，俐落的悲愴旋律扣在心弦，尖刺般的，利刃般的黑色音符，終於要到了收尾的最後一節。怎麼那麼熟悉呢，大概是某個人曾在耳畔低低吟唱過。

一年要到頭了，在兩周就是年末了。每年都說是最後一次的101煙火，今年又要盛大的施放最後一次。全世界都會同步轉播這棟國際高樓燃燒出金靡的光彩，把101閃耀成一棵火樹銀花，像一朵綻放血光的璀璨花朵。

曾肉豬在講台喊午休時間到了。大家趕去陽台處理便當盒。他指著子都叫他把手機收起來，子都的意識在飄蕩，直到手機被扯過，耳機線拉扯耳朵的痛楚才讓他看見一臉可厭的曾肉豬。

「下課再給你！」

好！無所謂。反正沒有甚麼好失去的了。

不幸像一個農夫開墾著子都的柔軟的心，濕漉漉的血液灌溉著悲傷種子，黑暗茁壯，肥厚的芽穿破心房而生。好疼痛。在他水晶般的心靈，透撤的六角柱上有一面反映如雪精緻的面容，情真意切的相伴，有一面折射倪子風高高站立的身影，抵死不退的守護，有一面倒映著甘棠婉約的笑，寸步不離的體貼……

他們都走了……

子都無視曾肉豬的叫喊，走出了教室。

轉角處，薄芠站在那，發愣的神情顯然是沒預料會碰見子都。她的眼眶紅紅的，揚起一個抱歉的笑容。

她張開雙臂抱住子都。「對不起，我不知道你……這麼辛苦。」

子都下巴擱在她肩膀上，似笑的嘆氣，「不要緊的，真的，妳回來就好，歡迎回來。」

一踏進十三班他視線就捕捉到了和玉，她趴在桌上，睜著腫脹的雙眼。

沒有人阻止他。當他走進來，他被凝望的眼光，依然是那個精緻的子都，他的臉還帶著往日的驕傲，不會有人能出聲阻止他。

他在和玉的桌邊蹲下來，握住她的手。

「他說的最後幾句話，我想讓妳知道。」

如果有甚麼可以讓和玉振作起來，那一定是倪子風，而現在他不在了，總還是能留下些甚麼，比如一個謊言。

「對不起。」他對子風在心裡說。「他說他喜歡妳。」

和玉對著他凝思半天。心頭顫慄，接著溫熱跳動，一股熱血衝上臉龐化成酸楚的眼淚順著平滑的肌膚落在桌面。

「對不起，我不應該對你生氣，不該比你難過，甘棠說的沒錯，你親眼面對他的離開，痛苦實在超過我太多太多。」

「不！我不難過。既然從此不在目前了，我便與之相忘，如本無有也。」

倪子風，你給我了最真摯的情誼，奮不顧身，然我對你的憑弔卻只能是一個謊言，可是，我始終不欠你！我不過折磨你幾百個日子，卻要用剩餘的一輩子活在對你的歉疚與遺憾。倪子風，我不欠你。子都不經意的抹了眼角。

真的很奇怪，世界上流傳著無數的愛情神話，卻沒有一段感天動地的友情傳說，喔不對！昔有子期死，而伯牙絕弦……子都抿著嘴唇輕笑，那今日子風去，我也就應了他的話，從此不會再有一個朋友，像他那樣深刻。

子都想倪子風從來是直來直往的人，卻沒想到他第一次用盡心計就設下了一個讓自己不可能解脫的坑。愧疚也好，歉意也罷，求仁得仁，過去子風有再多的不應該，到最後也是君子了。

他的死亡，讓子都恍然明白在現實世界裡，為了周全自己所要付出的代價比他理解的多太多，難太多。

一個老鼠般的目光瞅著他們。沈籌用嘴型說：「活該。」

「你說甚麼。」子都音量不大，但在安靜的教室裡足夠清晰。

沈籌裝作不是對他說，但大家全都透過子都的眼光看向他。

「我真為你可悲，你低俗的外表還真是為提醒我，你是如此的內外一致，骯髒的外表齷齪的心靈，孬種，我希望你不要忘記不久前你受過怎樣的教訓，那是為了你的下流，你的無恥。」子都沒有出聲，用嘴型說：「活該。」

沈籌手撥了頭髮，用力砸在桌上，「他才是死了活該，死得好。」

洪郁又咧起憨笑臉，爬起來說：「白子都你也是活該，倪子風死了你怎麼不高興啊，他死了你應該開心啊，他死了，他死了，他死了，他死了！」她哈哈大笑。

子都的心臟暴跳著，笑說：「你們跟死人又有甚麼兩樣，先說沈籌你，你上輩子是臉朝地往生的吧，還是你出生的時候被醫生掐脖子缺氧才長成這德性，掏心掏肺的說，你這已經是國賠等級了，你這是重度傷殘知道嗎，每個月國家要補助你生活的，但我還是要勸你放寬心，你就是心裡太負面太骯髒這長相走不上正道，相由心生的道理你要明白。」

陪襯著笑聲，子都右拳拍在左手心，「你千萬不要想不開去死，一則是你不能再更醜了，另外是你想想給你收屍的人多慘，你現在就足夠讓人憂鬱症了，再醜下去，就不厚道了。」

沈籌隨手抓了一本書丟人，但不是朝子都。

子都看著他的嘴臉心裡更上火，他對自己不禮貌，對和玉不禮貌，現在還嘲諷一個過去的人，雖然罵人不問候家長，但子都真想問，他父母小時候怎麼教育他的。

洪岱不知道甚麼時候站在後門看好戲，她壯碩的手盤在胸前，像一隻黑金剛。她哼哼哈哈說：「他對子風不爽也是情有可原，白子都，可怎麼辦呢？現在沒有人替你張拳頭，我洪岱要怎麼糟蹋你，你都只能乖乖接受。」

和玉傾了身體想出聲辯解，但被子都阻止。

「大醜怪，你是醜到深處無怨尤了，還有妳洪岱，我要是妳就改名了，妳還以為自己很美啊，整天跟人說自己像尹恩惠，妳知不知道妳已經觸法了，她可以憑著一點告妳的。妳與其有心思對付我，不如想想怎麼把妳的網友騙上床，不要讓他們一見到妳就嚇跑。」

「你……」洪岱差點就要說「你怎麼知道！」

薄艾起身攔住後排走道，沈籌大聲咆哮，噁心的口水從泛黃的牙套噴濺，一把撞開她。子都沒有挪動腳步，他的視線環顧了頓時紛雜的周遭，歡騰的起鬨來自一個瘦黑的男子，子都不會忘記他領頭叫囂的模樣。

這就是群眾，他們不是好人也不是壞人，就是喜歡看好戲生波瀾而已。

子都困惑極了，我從未傷害過他，為什麼呢。

他看見震霍扶著薄艾的腰從地上爬起來，和玉扯著子都的手臂，彷彿要把他摘下來。

曾經子都看著和玉折下一朵梅花，問：「為什麼偏偏是這朵？」

「因為它最漂亮啊。」

「可是妳摘下來後，它很快就會死了。」

和玉呵呵地笑：「大家都摘最漂亮的花嘛，起碼我是欣賞，還有人不為甚麼就只是它很引人注目，所以就摘了。」

木秀於林，風必摧之。行高於人，眾必非之。
光彩奪目本身就很是危險。
覬覦跟忌妒也不需要理由。

從胸腔湧上的噁心堵在子都胸口。沈籌抓狂的面容，油膩的氣味撲面而來。在落地之前，子都白色襯衫輕薄的晃動，像是不久前在桑華被古嬙威粗暴扨下的一朵白梅。

沈籌瞪大雙眼，在與子都視線相接瞬間，揮偏了手，擦過子都的額角。細微的搔癢感在子都臉上一線傳來，疼痛逐漸擴張，門檻上生鏽的鐵片深入肌膚，插進臉頰，冰涼的刺痛。子都不經意咬破舌頭，血腥氣味對他而言還不陌生。他手肘一軟，鐵片更加深入的埋進他細膩的肌膚，癢的感覺幾乎全失，一條線的傷口，血肉被拉開又黏住的知覺。

子都不知道身邊撐住他身體的人是誰。

他看著前方面色慘白的薄艾，在哀鳴的吸氣聲中篤定的說：「去找教官，在古嬙威來之前。」

沈籌一臉輕鬆自在，擠滿橫紋的雙眼還帶著驕傲。

在沈籌那種人的腦子裡，一方面真心貪婪白子都那種高尚人種的美好，一方面又真心幻想自己也是那種人。這種人並不少見，把自己看得太高。他覺得自己是推倒高牆的英雄，是撕破貴族華麗袍子的勝利屠夫，子都的傷痕像是勝利的旗幟，提醒大家他有多無所畏懼，有多麼值得被大家喜愛。

他以為古嬙威對他袒護是偏愛，於是更加得意。

但其實不是的。

他不過是權力遊戲的一枚棋子。

配合古嬙威以她為尊，不挑戰權力，安分的像一條狗，於是可以得到老師照顧；相反，你要獨舒性靈，張揚自我的殊異與美，你就不能被見容，就跟進入軍隊一樣，請把你的靈魂和思想丟在家裡。

古嬙威不能接受有人超越她的影響力。這並不利於統治。

說穿了這就是一個極權統治的縮影。

校園，本來也就是社會的前導體驗營。

古嬙威不是沒有欣賞過白子都，他清冷的氣質，卓越的文學才華都曾讓她讚揚，但子都一再表達：我不會被妳收編。

子都不屑她把班級當成黨派經營的伎倆，他老早就嗅到她的滿腹心機。古嬙威也不會回頭，一個窮盡一生在辦公室僵化，衰老的人，只能以興風作浪在平息驚濤作為樂趣，像貓反覆放老鼠逃脫再捉回。

或者，這就是一種唯恐天下不亂的特質。社會上滿滿是他們的身影。

江南拿著校級幹部聘書，他到了到十三班。

文質彬彬的說：「老師，學校給我的會長頭銜是假的。」

和玉進到病房，子都虛弱的點頭。

「妳們都來啦。」

和玉張嘴就想哭，被薄芰用力擰住腰。

子都側著臉，沒讓他們看見用白紗布掩住的右臉頰。

姿靜輕笑，想要打散空氣凝滯的陰暗。「這是香菇雞湯，琳俐託我帶來的，她突然忙了起來，說晚上再來看妳。」

「她現在還能折騰甚麼，唉！叫她不要來了，我很累。」子都始終沒有把臉轉過來，哽咽的說：「妳們也走吧，我想休息了。」

姿靜和薄芰對看，薄芰拒絕地搖頭，猶豫很久才開口說：「其實你的紗布可以拿下來了，讓我們看看狀況好嗎？」

子都眼眶盛滿淚水，回頭看她。他用力抿住嘴，嘆息。

他輕輕的，撕下透氣膠帶，紗布落了下來。

淒厲的叫聲從和玉的嘴裡吼出，像有人拿刀劃她的臉。姿靜摀著嘴，低垂著頭，她踉蹌的蹲了下來，把額頭貼著膝蓋，撕心的哭。

薄艾喉嚨啊啊地叫，「不可能，這怎麼可能。」

她抱著子都，埋藏不了震驚和碎骨般的傷痛，嚎啕大哭。

倪子風曾說：「漂亮真是脆弱又悲傷的天賦。」

心計13

江南跟子都有同樣的瀏海，但兩側削得較薄。他白制服外是花呢格紋的burberry毛衣，像是從灑滿楓葉的學院裡走出的清俊男孩。目測上去，他的身高大約一七七，卡其色的風衣俐落敞開，讓他的身形顯得很硬挺。淺咖啡色的麂皮球鞋一看就是不能碰水的高級品，他腳步挪上講台，神情莫測。

古嫱威面色驚異的看著他，不自禁退了兩步，說：「大家都知道你很優秀，怎麼會是假的？」

「怎麼會呢。」她接過聘書。她更困惑的是，這又與她何干。

「是假的。」江南篤定的說。

「真的啦。」

「假的。」

「是真的。」

「真的嗎？」江南拿回聘書，一隻手扶在講桌上。「那為什麼需要我核准的項目可以跳過我的同意直接執行？」他頓了口氣，彷彿在給她理解的時間，「搜查東苑的指令我完全沒有看到通知書，我還在考慮的時候，老師已經帶人搜完了！這之間有我理解錯誤的地方嗎。」

古嬙威圓鏡框下的眼睛睜著，細小的牙齒併攏，一時語塞。

江南表情為難，彈了一下聘書，又遞給她，和氣的說：「不然老師妳幫我把它撕了，然後跟校長說我不做了，老師看怎麼樣？」

古嬙威手拍在他背上，他流暢轉過身，拉開距離。

「當時情況緊急，所以教官室可能忘了把通知單再轉到學生會——」

「我事先詢問了學務處以及教官室，他們都很訝異這種不正當的程序，也很顯然，兩處室的想法跟我一致，沒有疏漏，都是人為。」

他收斂淡淡的笑容，舉手投足滿是公事公辦的強勢，皺起眉說：「事情既然發生，姑且就說是個意外了，不過這個意外倒是讓老師有所收穫，桑華搜出了不少違禁品，漫畫、酒精、電動……這的確是不應該。」

古嬙威點頭，看了一下全班，「他們一向無法無天，目中無人。」

「我也佩服老師即便忍痛，還是就事論事的公正。」江南的目光擺在注視他的人群上，「連最近發生意外的倪子風也還是被記了兩支大過。」

古嬙威的口氣弱了不少，顯然對這鞭屍般的處分心虛。「那單純是一個提醒，等他家人辦完註銷學籍，根本不會影響。」

電光火石之間，古嬙威確信自己看見一抹凶狠的眼色，但眨眼再看，江南依然是那挑不出錯處的平靜面容，沒太多情緒。

她說：「不過畢竟他已經過世，或許我可以考慮收回這個形式上的處分。」

「不不！古老師的考量有道理，做錯事總有人要受罰，應該的。」他的目光鎖住了某個人，說：「賞罰分明我支持，所以，白子都的一支大過也要撤除，因為違禁品的事他一無所知，早在他轉組的時候，我就把他的名字從東苑名冊上劃掉了。」

「但他還是在使用桑華，既然他眼皮子底下出問題，他享受權力的同時就要負起責任。」

「在我眼皮子底下都還有明知故犯的挑戰了，不是嗎？但我願意當成意外看待，老師不會嫌我草率吧。」

他是興師問罪又不要交代，古嫱威明白他要的其實是這個，但她因此更困惑。

「的確記名的負責人要承擔責任。在白子都的名字被註銷後，我把打理桑華的權責交給李琳俐同學，我很遺憾她失職，這就是為什麼桑華被處分的時候，琳俐也一併交出敷錦的原因，這是我給她的處分。」江南朝雷震霍點頭，「至於把違禁品帶進桑華的人要處分是真的。」

「那就從輕處理，改成一支小過好了。」古嫱威說。

震霍滑開椅子站起來，故意字字清晰的說：「報告老師，所有的違禁品都是我和子風帶進去的，白子都完全不知情。」

古嫱威咳嗽，她睇起蛇一般的眼，「不能就這樣算了。」

「子都現在還在醫院休養，老師打算等他出院讓他做愛校服務？我很確定如果老師堅持想法會讓人覺得太過刻薄，因為我，已經這樣覺得了。」他突如其來的直白，得體的笑容顯露古嬙威十足慌亂。

「好，但雷震霍的處分不變，另外和玉跟薄艾愛校服務十次，就這樣。」她憤恨的說。

江南望著和玉，她嘴角垂著，讓人懷疑面容expressed籠罩在陰影下的她是在哭泣。不是因為處罰，而是無助。

「和玉？林和玉。」江南在她眼光裡確認，「那天陪子都去醫院的人？」

和玉點頭。

他的目光如一池暖水，他說：「午餐時間到學生會找我，有事情讓妳做，就當是折抵愛校服務了。」他轉向古嬙威一笑，算是打過了招呼。

就是琳俐對付古嬙威，也不過是刻薄的調侃幾句，尚不能讓她權威墜落，臉面無光，但江南卻讓她步步退讓，無力抗擊，他不和她在口角上爭鋒，卻讓她啞口無言。

最後，古嬙威忍不住納悶，呵呵的問：「江南啊，你和子都是甚麼關係，你才回來，應該不是他的朋友吧？」

和玉跟薄艾對看冒出的問號就已經刪除了這個可能性。

江南嘆了口氣，真誠的說：「做朋友有點困難，他讓人喜歡，但他不太喜歡我。」

少女們腦內翻騰著粉紅色的泡沫，兩眼放光，她們從很早開始就編織各式各樣的「可能」，但薄艾跟和玉是清楚不過以他厭惡男人的程度，這「不可能」！

江南似乎在猶豫，他一邊環顧教室，一邊說：「不管他怎麼想，我都認定他是我兄弟。」

洪郁不耐煩的翻白眼，批評：「怎麼天天有人跟他稱兄道弟的，江同學，我好心提醒你，那個白子都看人很刻薄，從來都是萬中選一的挑朋友，你就不必跟他耗了，就說我們這間教室他看得上眼的，傷的傷，走的走，死的死，也就只剩兩個了。」

琳俐對於盛大、高檔、華麗的熱愛不只展現在娛樂活動，對於生命中的細節她也貫徹一致。

於是，當她聽嚴驍英國的父親家，隨時都備有家庭醫生在有需要時風塵僕僕的趕來看照。這讓和所有民眾一樣領號碼牌掛號的琳俐深感羞辱！不過憑她善用電話溝通和靠關係走後門的本領，她其實根本沒候診過……以及在過去當她或她家人有需要時，隨時能都取得獨立並且附有小廚房的病房。

於是，當她看見子都擠在一間四人病房，對面的阿伯還死活難辨時，她泫然欲泣的握住子都插上針管的手。

「這麼糟蹋你，他們乾脆直接把你擺進棺材好了。」

對面的阿伯顫抖的抬起頭，隨即暈了過去。

子都的情態常常被人批評不食人間煙火，但他覺得這些人是沒見過琳俐，跟她相比，他簡直就是在大街上吃樹根長大的孩子。

「我以為妳又在忙甚麼活動，才沒來看我。」

琳俐扯動嘴角，「對啊……嗯，不是活動……是學測快到了，有得沒得的考試和老師超在意的模擬考，超級忙。」

子都哼了一口氣。「妳有在留意考試？妳不如跟我說時裝周要到了。」

「我是很忙，但這還多虧你啊。」琳俐翻了一個白眼，靠緊椅背，眼睛往上飄，「都多久了還吊點滴，而且你吊甚麼點滴啊？」

「精神不好，又沒有食慾，醫生說補充營養。」

琳俐看著子都憔悴的臉，單薄的身子在寬鬆的病服下像冬天的枝枒，撐都撐不住。

子都回過頭問：「我怎麼害妳忙了。」

琳俐坐直，霹靂的罵：「你做這麼大的決定都不用跟告知一下嗎？你腦子撞壞了吧，直到和玉她們跟我說班級名條上你的名字消失了我才相信，你甚至沒跟她們說！你怎麼會休學！」

「我待在學校有洪佡的惡意攻擊，古嬙威的陷害，這些不會停止，我想過自己的離開會讓和玉他們受到波及，但是古嬙威是針對我，只要我不在，久了一切都會平息的。」他嘆息：「眼不見為淨對我也好。」

「別給我來這一套，我只聽到你認輸。」琳俐鏗鏘地說：「你還是讓他們恨得牙癢癢，因為他們一直都沒有傷害到你，或者他們不知道他們已經做到。你在他們心中依然是那個藐視低俗高不可攀的白子都，可是你離開了！就算你不為自己求公道，想著這會對和玉他們好，可是你真的覺得有用嗎？你忘了如雪、倪子風是怎麼被趕出學校的，他們該死的原因只有一個，因為站得離你太近了，你被打落到這種境地，他們做絕了手段，不會有顧忌的。」

「你知道嗎？暴力的發生在於這使人快樂，如果我是她，教訓和玉和薄芠似乎也充滿趣味，算是有頭有尾吧，而且處理她們多容易啊。」

子都的目光冷如死灰，他知道琳俐不是恐嚇。他自己也未必能輕放仇恨，又怎麼期待他人呢。可是他已經休學了，這是不可逆的事實。

還有更重要的是，他的右臉。

他不想說，把紗布摘下來。

琳俐猛的摀住嘴，手指頭在嘴邊顫動。

那裡留下了一條似蜈蚣攀附的疤痕，跟火後新生的肌膚一樣，粉紅的觸目驚心，甚至令人作嘔。

琳俐假裝有電話衝出去。她瞪大的雙眼不能從震訝中回復。

幾分鐘之後她走回來。

子都垂下目光。

琳俐捏住床邊的棉被，努力鎮定的說：「你一定要告沈篝，我幫你，無論如何我都會幫你。」

他笑，「然後讓全世界都知道我毀容了，他們還不知道呢！琳俐，雖然我不想承認，但似乎……我的驕傲跟這張臉密不可分。」他的笑容很心酸，「我可以利用這個毀了沈篝，告到他傾家盪產，但那又如何？換來古嬙威和洪岱開心到死？我這是一賠一的自殺攻擊。」一貼著時紗布琳俐還沒有發覺，她看清了全貌的白子都，才發現他已經不復從前的哪怕一絲光華了。天吶！彷彿又一雙擒不住悲傷滿載的眸子，不是過去那種無塵的透明。雪似梅花，梅花似雪，似和不似都奇絕。

美貌與痛苦攜手前行，但顯然痛苦可以走得更長遠些。

紅色大巴士像是悠閒的旅人，緩慢的駛向一片景色迷離的夜晚。

三五成群，興高采烈驚嘆「外國月亮比較圓」的遊客，把照相機拎在胸前，不停對著在廣場上堅忍不拔的雕像喀擦喀擦照著。廣場上的另一種人，真正屬於這裡的人，他們彷彿掛著「我要是笑一下我就不是人」的牌子。他們帶著蕭瑟的目光建構出一座低沉的，內斂的，高高在上的——倫敦都城。

早晨十點多的倫敦，落葉孤零的繞風打圈，吹散在剛剛準備要開始營業的玻璃櫥窗外，老闆還掛著迷茫的鬍渣老臉。

一個菁英模樣的男子，緊實的上半身用黑色襯衫包裹起來，外面一件鐵灰色的羊毛大衣，加上手腕那隻漆黑卻閃爍光芒的錶，他像是貼著幾百萬鈔票在身上移動。

他腳步熟悉的踏在石磚街道，拐進小巷，磚紅色的木門邊掛著一個黑色招牌。

灰藍色眼珠子的服務生抬起頭。

嚴驍擺了下左手，傾頭瞄了手錶。迎上目光。

眼下這種只需要透過眼神交會就能心領神會的詭異畫面，如果這是電影，下一秒，服務生就會從頭上方的玻璃杯架掏出一把左輪槍掐住，或者，嚴驍就會把手埋進大衣，摸出一支衝鋒槍。

但這兩個舉動都沒發生。

服務生接過大衣，片刻後，另一名侍者皮笑肉不笑的點頭，帶他往前到了餐廳的地方。嚴驍吩咐今天不要酒。

換做其他人，這整個過程一定不會搞的像毒品交易一樣……

比如十分鐘後抵達，脫下粉紅貝雷帽，光澤的臉蛋掛著淺笑，一身柔軟的針織毛衣配上格紋裙，走向同一個桌位的，甘棠。

子都對著同一行文字琢磨十分鐘，決定離開課本。

從醫院回來，他每天都待在家裡準備考試，雖然學測對他不利，他可不擅長物理化學，但如果他不這麼做，他不知道生活還剩下甚麼。

他也不太願意跟和玉碰面，每次兩個人聚在一起總能製造一場哀悼會，悽慘的小提琴旋律隨侍在側。但今天是年末的小尾巴，他早晨傳了訊息，約他們來家裡慶祝，儘管他嘴上說不一定要聚，好好休息也不錯，但是他還是做了十足的準備。

原本打算訂披薩，簡單輕鬆，可是當他到超商刷了自己的卡，發現戶頭只剩下五百塊，他出了超商，有想哭的衝動。他到了麵包店買幾條法式長棍，我家牛排外帶了一份一百一的牛排，最後去超市買了盒裝沙拉和濃湯包。

桑華有琳瑯滿目的布置物，從湯碗餐盤刀叉杓筷到桌布緞帶的各式裝飾。他裝作自己沒想到大家舉杯同歡的畫面。但他還是回到商店買了一瓶香檳汽水。店員盯著他遲疑了一下，友善的聳聳肩，祝他新年快樂。

他沒錢了。但沒關係，起碼這個晚上他有她們仨人。

他提著大包小包關上門，背脊貼著冰冷的門滑坐下來，哭了十分鐘。

和玉收拾好書包，掛上肩膀，看見震霍一步走到薄艾面前。

「一開門我就去買了，今天人爆多。」他把電影票遞給薄艾。

和玉尷尬的看著他們，「我們不是要去找子都嗎？」

「他不是說想休息嗎。」

「他是這樣說，可是我以為我們還是會去找他。」

雷震霍搭住薄艾的肩，捍衛自己的約會不會泡湯。申明：「他又不愛熱鬧，不是嗎？和玉，你千萬不要破壞我的行程啊，我會跟你翻臉的。」

薄艾用手肘頂了他胸膛，對和玉笑。

姿靜出現在門口，補習班不會因為跨年放假，她來找和玉一起搭車。

「學測只剩幾天了，你們還去跨年！」姿靜拉著和玉離開。

在公車上和玉側頭望向窗外，每當她看見馬路上的落單行人停下腳步，眼底的疲憊神色，孤單縮瑟的身影，她的心就不安穩的跳著，彷彿看見子都站在懸崖上吹冷風。

姿靜嘆口氣說：「和玉，一個人必須要能獨自站穩腳步，才能要求朋友站在身邊，我知道妳心裡想的，但有些時候還是多想想自己吧，他走到絕路，就會有方法走下去的。」

台北晚上八點，離他們約好的時間已經過了九十分鐘。子都打給薄艾，薄艾悄聲接起來，「我在電影院，出去打給你喔。」

子都看著一桌乾淨的布置，他不想再流淚，漫長的等待像一場審判，他知道自己的靈魂又無聲無息地死去了一角。生命本身就會面臨痛苦、毀滅、死亡的三步驟，而過去曾經銀閃閃發光的友誼，他想要放棄了，他終於也快輸了。痛苦執行中，毀滅安裝好，死亡等待。

當你苦不堪言的時候，當你萬念俱灰的時候，當你身心俱疲的時候，你會期待有人陪伴著你，這種期盼無論年紀多大多小都永遠不會消失。

子都到廁所洗淨一臉淚水，他的手摸上醜陋的疤。

他的手機彷彿失去訊號，再也得不到回音。他很想和玉，很想薄艾，很想姿靜。

他苦澀的笑，他很想倪子風。

他也很想死。

一個循正規制度升學的學生，十二年的學習光陰，最後換來的不過是捏在手上的一紙文憑。無論你小學多麼乖巧，國中多麼優秀，在高三最後一年的大學考試，將會決定你這十二年的磨難會是一場不可提起的傷痛，還是過年親友口中讚揚不已的榮耀。

我們的教育，不是為了百分之九十九的學生設計的，而是為了百分之一的優秀人才。正如同上帝給予的青春一樣，都是奢侈品。

每個人垂著一顆沉重的腦袋，手不停的抄寫筆記，不管是否腦袋記住了。

和玉眼睛來回，在黑板白色的粉筆字，在講義上鉛色的隨筆，每一筆一劃寫著都只是兩個字。子都，子都，子都。

她看了一眼門的位置。

她把塞進鉛筆盒，拎起書包。姿靜抬起頭，她們兩雙眼睛對話著。姿靜知道她的心思，她總是那樣的沉不住氣，但也是這樣直率的她，不多加思索的她，毫不保留情感的她，讓子都永遠把她放在心上。

姿靜無奈一笑，眼睛輕閉，點頭。

和玉站在馬路邊，揮動著手臂招車。她等不了公車，她只要想到子都正孤獨的一人等待著誰到來卻無人叩門，她想到他倔強卻悲傷的眼神……她哭了。她想立刻化作一陣風抵達他身旁。

子都趴在桌上，眼淚像淺淺的流水滑下。

他迷糊中聽見拍門聲。

當子都打開門，濕漉漉的眼睫毛顫抖，他默不作聲領著她上桌。桌面上溫馨的布置和整齊擺好的四副餐具。子都張開嘴第一聲是哽咽的，他努著嘴，靜靜的望著和玉。

和玉低著頭啜泣。

子都在和玉的椅子邊坐下來，用紙巾擦掉她面頰上的。

「謝謝妳，謝謝妳來了。」

「這輩子我甚麼都可以再失去，唯獨我們的情誼不可以。我會像妳對我一樣，無論甚麼時候，我都會在妳身旁，不離不棄。」子都一雙大眼水氣汪汪，不真實的美麗，像閃爍的星子。他聲音諾諾的說：「妳願意一直，一直，一直當我的朋友嗎。」

和玉牢牢的扣住他的目光，努著嘴，篤定的點頭。嚎啕大哭。

不管時間的長河會把他們沖到哪條荊棘蔓生的險道，又有多少危機匍匐在他們腳邊，他們都會守護著彼此，直到世界終結。

不只是和玉依賴著子都，子都也是放不開和玉了。

他們的感情不關晨風夜月，不關白雪紅花，只是抵死不退的守候。

這叫友情。

也是這個時刻子都才下定決心，太多人因為他受傷了，他也受到太多的傷害了，那些喪盡天良的人他全都不會放過，一個個，都要付出比疼痛還多的代價。

咖啡的熱氣逐漸虛弱，白色的泡沫拉花冷卻成軟塌塌的雲泥。甘棠把杯子舉到嘴邊，又放回茶碟上。

她懷疑自己的行為是與虎謀皮，但是她別無辦法。

琳俐沒有告訴她任何事情，她本應該是被蒙在鼓裡的，直到嚴驍的一封訊息。在發生意外後，她的父母短時間是不會讓她回台北了，如果可以，她恨不能游回去看望子都。她更不敢向詢問子都這件事，擔心會再次打擊他的自尊。

甘棠終於先開口：「為什麼告訴我這件事。」

「為什麼今天才終於答應見我？」嚴驍興致高昂的看著她。

「剛到這裡還在熟悉環境，連帶還要規劃大學。」

嚴驍的眼神像一把銳利的刀，割開虛假。但他順著他的話問：「妳預備申請哪家大學？」

她簡短答：「可能是劍橋。」

嚴驍頓頭，「我會去牛津，太巧了，有一個比喻，牛津就是亞當，劍橋是他的一根肋骨。它們一向難分難捨，不管喜不喜歡彼此。」

「古老的玩笑。」甘棠臉色不好的說。

嚴驍帶錶的那隻手放在桌上，喬裝猶豫地說：「我有一個提議，妳把妳的需求告訴我，讓我幫助妳，妳看怎麼樣？」

嚴驍拿起甘棠未動的咖啡啜了一口，之後讓服務生收掉，換了一杯新的。

「我原本以為妳會比我早知道，沒想到妳一無所知，白子都的心思讓人感動，發生了那麼大的事情，怕我們擔心就瞞著。」嚴驍手肘抵在桌上，拉近與甘棠的距離，「如果不告訴妳他有多悲慘，妳會來見我嗎。」

甘棠柔柔的皺起臉，「你想要怎麼樣。」

「是妳！想要我怎麼樣。」

「如果你顧念大家曾經都是朋友，就應該幫他。」

嚴驍勾起嘴角，他知道他掌控局面了。

「聰明如妳，不會不知道他一向和我面和心不和吧，他厭惡我，我又怎麼可能和一個排斥我的人當朋友呢。」嚴驍挪了咖啡杯，示意她品嚐。「妳知道他為什麼悽慘嗎？他太天真了！他以為這世界是我不犯人、人就不犯我，他以為他的好惡只關乎他自己……他以為他不討喜，這更是錯得離譜，正是因為他太讓人喜歡，所以他也更容易讓人厭惡。」他包覆住甘棠的手，湛藍的眼珠盯著她說：「他是個有價值的人，我會幫助他的。」

「他的外貌總是吸引盜賊注目。但他的價值絕不僅僅在於他的外貌。」

他誠懇的說：「這我比妳更清楚，不是嗎？」他訝異原來甘棠也知道那個大祕密！就憑著這個閃耀著蜜糖色光芒的祕密，他就會搶著讓子都欠他人情。

「過兩天我會回台北一趟。」

「你打算怎麼做？」

「從哪裡跌倒就從哪裡爬起來，再簡單不過了。」他起身順了襯衫，笑說：「這不難，難的是妳要思考怎麼回報我。」

「如果你真的讓他重新振作，我會很感激你的。」

「也許一個月？或兩個月，會有一個更健康的白子都。」他滿意的結束這場小約會，臨行前他強調，「你知道我要的不是妳的感激，而是，妳。」

子都對著鏡子戴上口罩。

不管你的心情有多憂傷，生活裡最惹人厭的小事你還是得走出門對面，比如上學，比如補習，比如參加學測。

他讓自己只早二十分鐘抵達考場。

附中門口站了一排的老師，為了給學生加油打氣。但顯然古嫱威看到子都的狂喜太過了。

子都貼著牆快步走過，但還是被古嫱威喊住。

「子都！哎呀你最近好嗎，過來啊。」她親切的揮舞手臂。

在眾目睽睽之下他走過去。

古嫱威對著其他老師說：「這是我們班的學生，很優秀喔。」她惡毒的拍著子都的背，子都懶得理會她怪力亂神的伎倆。實在不是子都嘲諷她老，但老人家總喜歡迷信，比如拍背會讓人倒楣！子都忽然想起躺在她抽屜裡，那用紅色墨水寫著自己名字的布娃娃……

她難過的說：「你感冒了嗎？」

子都的神情像是一片呼嘯的冰雪，不想理她。

「我先去教室準備了。」他邁開腳步。

古嫱威跟上去，不肯放過，「子都你要加油喔。」

他猛然停下腳步，回頭說：「當然，老師怎麼沒有替我施個法甚麼的保佑考運順利，比如過去老師對我做的那樣，再來一個可愛布娃娃如何？」

古嫱威的瞳孔顫慄著，聲音拔尖呵呵說：「甚麼啊！不過你放心，老師一定日夜替你祝禱，前途似錦。還有和玉跟薄芠，老師也一定好好關心。」

子都臉皮繃緊，「凡事太過則殆，老師也需要懂得適可而止。」

「你！沒有資格對我說這些，我永遠都是你的老師。」

子都忽然被人往後扯，硬生生的跌在地上。

彷彿來自北極冷冰冰的聲音說：「我說妳也太過分了。」

古嬙威不禁退了一步，驚嚇的看著嚴驍。ARMANI的白色襯衫摺起袖子，他整個人顯得更精實了，襯衫隱隱透著肌肉輪廓，小臂上浮現一條條青筋，他揉了下自己手腕，嘴邊的笑容很邪惡，也很性感。

「就算老師只是開玩笑，也不能打擊學生的信心啊，他是毀容了沒錯，但這能拿來說嗎？妳根本是羞辱他，不，妳更惡毒，妳這樣讓他怎麼考試。」嚴驍拎著狼狽坐在地上的白子都。

古嬙威錯愕的瞪眼，再第二眼，只見到子都重新戴上口罩。

認識他們的同學全都圍過來了。

古嬙威先是驚訝，接著嘲諷的關注子都。

「妳滿意了嗎？作為一個老師，妳真夠下流的。」嚴驍把子都拉到懷裡，低聲說：「你可以哭，但還不能走。」

直到他看見了洪岱像奔馳的黑山豬跑來，一臉欠扁的讓人想朝她扔消防栓。

「妳也不用辯解，反正糟蹋人心不用究責。」

嚴驍拉著子都走出大門。

子都用手摀著臉，一頭霧水，同時也不能從震驚中恢復。

第一節考試已經開始了。

「你太過分了，我現在不跟你吵，放我回去考試。」

「白子都，你覺得這個考試能讓你上哪裡，二流的公立學校？我說過你跟我是一樣的人，我們都只適合最好的。這不是你的戰場，何況學測還要浪費一堆可笑的時間申請，如果我是你，我就會去指考，那以你的能力來說不是問題。」

子都紅著臉，「你在大家面前讓我難堪，我就輕鬆了？」

「難堪！如果你想死，那我的目的就達成了。」嚴驍拉下子都的手，欣賞他的傷疤。他還彈了下口罩，輕視的笑說：「只有讓他們覺得你已經慘到極致，你才有喘息的時間，告訴你一個忠告，敵人越得意，你越有機會滅了他。等你整理好自己回到他們面前，他們才會震驚得想死。」

「但剛剛是你把我推倒在地！」

「那不重要，他們會依據自己的想像編造劇情，一個人會跟著陷害他的人離開嗎？跟你站在同一邊的人，又怎麼會推倒你呢？古嫱威不會去爭辯的，她知道這樣只會讓她更像個惡毒又荒唐的白痴。」

嚴驍手摸著下巴，「但是，我喜歡你剛剛跌倒的神情，訝異、無辜、脆弱，像一個滿分的失敗者，充分的讓人同情。」

子都非常猶豫，非常，非常。

嚴驍的母親，王醫師，雙手交扣放在桌上，凝重地盯著嚴驍。兩個人彷彿是國家代表在討論核武是否要被廢除。

「他需要的不只是美容保養，他的傷口非常嚴重，即便最好的狀態，也不能保證徹底恢復。」

嚴驍無奈的點頭，「現在他不只是一個毀容的人，而是一個人生幾乎滅亡的年輕男孩，他活了快二十年，根本不能沒有美貌，那是他的全部。」他順便嘲諷的看了子都。

「我要跟他的父母進行溝通，聽聽他們的意見。」

「錢的部分我會負責，一百萬我都能付，除非妳沒有足夠的設備，這是妳的專業，妳說了算。」

王醫師目光變得柔和，她以一個母親的口吻說：「我不在意錢！但他還是個孩子，他還不能負責自己的人生。」

「孩子？妳應該知道我大他一歲不到，我可以在地表上任何一個地方獨立生存，我早就自己負責人生很久了，他也不是需要媽媽泡牛奶的嬰兒。」嚴驍別開眼神，襯衫下的結實的胸膛起伏著。

茶包把熱水染成茶墨，子都喝下一口，苦澀的汁液爬上舌尖。

他不知道自己的想法，原本他已經接受餘生都要帶著殘缺活著，現在有一絲希望能讓悲劇逆轉，但他卻很害怕。如果最終的嘗試還是失敗，再一次的打擊他不能承受了，那會像是到處都張貼著廣告告訴他：別再妄想，趕緊端著你那張臉去領殘障手冊。

嚴驍在子都面前坐下，他總是一副看好戲的嘴臉，和高深莫測的笑意。子都不覺得困擾，他早就看慣了邪惡的冰塊。

「其他事項醫生會告訴你。」

「我有說我要這麼做嗎？我才不要整形，我又不是醜八怪。」

「我很想趁機嘲諷你，但我不得不說你不能算整形，你只是進行修復手術，除非你打算順便抬個鼻子甚麼的。」他捏住子都的鼻子，玩笑說：「以我的審美眼光，你的鼻子夠挺了。」

「為什麼要幫我。」

「我不會做沒有利益的事，可能我會換來甘棠的感激，又可能你的哥哥將欠我一個人情。」

哥哥？詫異，困惑，驚悚，像是水花四灑濺在子都心頭。

或許他一直在逃避事實，起先不過是埋藏在心的念頭，現實接連不斷的災難讓他無暇思考。但當他第一次看見江南，說實在，那張臉讓他有些想法。

可是憑甚麼嚴驍仍在掌控全局，自己卻渾然不知身處何境。

「你可以找你親愛的姿靜，她知道的會比我多很多。」嚴驍不認為自己在挑撥離間，畢竟這是事實。「你千萬別忘了我現在對你的好，也許有一天你有機會回報。」

子都直接住進醫美中心，他有一間專用的診療室，三餐都有親切的員工推餐車送來，他覺得自己越來越像個殘疾人士……頭幾天他都在做進行肌膚檢測，確認他的臉皮承擔得起密集的雷射光攻擊。

功能百出的保養品要照三餐塗抹，有些早上擦，有些睡前塗，有些熱敷，有些沾拭……「細胞活化再生！」子都看著瓶罐背後的說明，覺得要是這些成分全都吸進皮膚，他一定會變成一個臉蛋就能阻擋核彈的生化人。

王醫師儘量抽出時間和子都說話，但這對子都挺折磨的，因為在對話中王醫師總會談到嚴驍，她似乎想藉著子都了解他，彷彿他們是半夜會盯著彼此說心裡話的好兄弟……子都好幾次想吶喊：「喔是這樣的，你兒子是挺帥沒錯，不過他性格扭曲，價值偏差，可以說對經濟發展有益，但對人文普及有害，科學一點的講，妳兒子××根本就有反社會人格。」

「每次治療間隔很短，這有點冒險，但嚴驍希望你能趕在開學復原。」她擰起眉毛，「但我會確保你的安全，儘量不會造成健康負擔。」

在一切療程要開始前，子都約了姿靜在離中心不遠的星巴克碰面。

沒有開場白，子都冷言說：「妳打算甚麼時候告訴我？」

姿靜垂下肩膀，「他找你了？」

「誰？江南？是嚴驍告訴我的。」

姿靜推開咖啡，雙手攤在桌上，誠懇說：「我根本不想扯進這件事，但我找不到理由置之不理，因為我們是朋友。」

一開始是嚴驍告訴她的。嚴驍離開前曾透過琳俐找她。

嚴驍第一次在十三班看見子都時，心中就有疑惑，他盯著子都的臉描繪，不斷和江南疊合，微妙的相似性，或許不是相似，而像同一元素的不同展現。

江南和嚴驍的協議是貪汙校款將從輕處理。而嚴驍本來就不一定要在台北念書，反正回到英國是遲早的，何況事情爆發後他也待得毫無樂趣。後來的談判過程裡，他察覺江南的每個決定都有相同的動機：確保白子都不受傷害。

嚴驍有五分的把握兩人有關，他離開前把疑問丟給姿靜，進而促成了江南掌握子都生活動向的契機，甚至是他的性格和過去背景。姿靜和江南聯絡上後，就一直擔任著貼身間諜的角色。

「妳說他是我哥哥，同一個媽媽生的！」

姿靜差點咬到自己舌頭，「就我理解，是。」

「他幹嘛不自己找我，跟我說清楚一切。」

「你無敵排斥他，他根本親近不了你，難道他要衝到你面前說『嘿子都！我是你未曾謀面的兄弟，叫聲哥哥來聽聽，親一個！』」姿靜讓自己保持思考不要斷線，這一切太詭譎了，雖然大太陽底下無新鮮事。她不平的說：「他在等你主動，他希望你向他求助好軟化你們的關係，但你碰上了一連串麻煩卻死都不肯理他，希望你別怪我跨年拋下你，我巴不得你悲慘到極致，好想起找人求救！記得千新學長嗎？他也暗示過你，他也知情，所以才一直照顧我們，照顧你。」

姿靜下意識的壓低音量，「你原先真的不知道你有一個哥哥嗎？」

「你認識我幾百年了，你認為我知道嗎？」

姿靜深吸一口氣，往後靠，終於把祕密說出來的輕鬆。歪頭說：「以前還不覺得，自從知道後，覺得你們長得還真神祕。」

「你預備怎麼辦？」

沉默中只剩下咖啡馥郁的氣味。

「弄清楚之後遠離他，或者，直接遠離他。」

心計14

喜氣洋洋的春節前夕，台北變成一座空虛的城，像人去樓空的紫禁皇宮。

客運、火車、高鐵，一家大大小小拎起行李奔出一年有三百天相守的都市，如此緊密卻又疏離，彷彿這是一座被冰冷禁錮的牢籠。

川流不息地的歸徒一批又一批的抵達具有溫情的家，迎接他們的是家族中滄桑的老人，帶著衰老的皺紋，與終於盼來的微笑。

有人說，這時候還留守在信義區閒晃的人群，才是真正的台北人。無論你在這裡讀書了多久，工作了多久，生活了多久，你以為自己已經徹頭徹尾的脫胎成一名忠誠的台北人，甚至還在心中認為自己一等公民，但是在農曆新年，熱氣騰騰的圍爐桌面前，你所在的地點會告訴你，不，你不是！你不過是來台北掙一個機會而已。

琳俐一身雅致的貼身旗袍，看起來只靠光合作用的纖細身材，絳紫色的牡丹在腰間綻放。琳俐抿了下嘴唇，眼底有破釜沉舟的堅決。

要嘛活得驕傲，要嘛死得痛快。

她嗲嗲的喊了聲：「爺爺，新年快樂。」

狼狽地逃到國外去，最終還是得回來。她原本以為頂多苦幾個月，她父親就會找出解決事業困境的辦法，但沒想到一失去祖上的庇蔭，他父親根本就是一坨爛泥，還沒富完三代琳俐就玩完了，她當然不甘心。

所以現在的琳俐也是在搏一個機會，在台北。

二十八天後，大年初六。所有學生都已經回到學校上課。白子都休學，學校自然從此沒他的身影。但開學後連續一個禮拜，十三班也有一個人徹底消失：雷震霍。

古嬙威氣惱的在點名單上畫下曠課，兩名學生。

除了震霍聯絡不上，還有一名插班生遲遲未見蹤跡，古嬙威齒縫咬著學生名字，「江佐！到底要不要來上課。」除了名字AB卡上沒有更多的資料，她就怕又是一個對她而言難管教的學生。

學測之後毫無懸念考砸的人，就死心準備半年不到的指考，以時間換取未來空間，延續戰線；對成績滿意的人就安心思考要申請哪些科系，針對學校撰寫一份又一分虛偽的資料，開啟另一場新的戰爭，同樣未定數。

和玉舉棋不定，覺得差不多了，又遲疑，最後還是先加入申請志願軍再說。而姿靜對完答案就認命地重新回歸備戰狀態，薄艾也是。

薄艾接到子都的簡訊，寫著地址和時間，還附註讓她帶梳化用品。

在學校正對面的一片大理石綠住宅，那裡推開窗戶就能看見桐城操場。薄艾按下門鈴，門答地打開。

這段時間就姿靜一個多月前和子都見過一次，之後，就連和玉也沒親眼見過他。在漫長的神隱後，薄艾成為第一個分享震撼的人。如同第一個看見電影預告的觀眾，滿滿的情緒無從分享，挺折磨人。她不太確定這是哪種類型的片子。

子都穿著深藍色的學校外套，騰出空間讓她走進小套房，但她退兩步貼住牆壁，尖叫起來。

第一眼應該斷言這是穿越題材，神話片路數，子都緩慢的轉動脖子，右手指尖從鬢角滑到鵝蛋下巴，估計等一下就會把臉皮撕下來說：「吾非凡人，實乃天上謫仙人也……」亦仙亦妖啊！

薄艾顫抖著手，「你……看起來好極了。」

咕噥的聲音從床上傳來，一個男子穿著四角內褲，矇矇朧朧的爬起來，看了一眼子都，手搭在後脖子上揉。

驚悚片？不是色情片吧！薄艾指著他，摀著胸口，嚇到淚眼汪汪的說：「倪子風……你不是死了？你還是去死吧……」

男子低頭看著自己裸露的上半身和光溜溜的兩條腿，罵了一句髒話，衝回床上。

「你幫他染個眉毛，像倪子風從前的棕色。」

男子吊兒郎當的從後門擺進教室。暗藍色的體育外套，裡面是輝映的紅色帽T，皮質的帽子搭在頭上，一抹蜂蜜色的頭髮柔軟的晃動，他笑起來時面頰有兩個酒窩，又壞又可愛。他兩手插在口袋走到講台旁。

古嬙威的粉筆抵著黑板，手腕失力，向下刮出令人頭皮發麻的尖銳聲音。

他抬起手指比V，大家的反應都如同白子都告訴他的，分毫不差。

「我為什麼要整形！」

「把你那副窩囊樣整得人模人樣一點不好嗎！雷震霍，也不是你太糟，只是你不算好，我要天天看見你的臉，我總該想辦法讓我自己好受一些吧。」

震霍有點摸不著頭緒。

「薄芠跟我這麼近，我很難不看到你了吧。」

並不是退讓了，妥協了，而是他發現，擅自幫別人做決定，做對了，他只會說你判斷無誤；但做錯了，他就會怨你，怨你不該毀了他的美好未來，壞了他燦爛的可能。人都是這樣，不肯承認自己犯錯，只把罪責推給別人好讓自己心安理得地不去悔恨。

就像和玉心裡可能還是想，如果她和子風好好交往，也許會成就一段美好回憶的，起碼彼此愛過。

你說呢？

古嬙威在心裡喊了一百遍倪子風，最後才脫口，「雷……震霍？」

他目光灼然的瞪著她，緩慢地綻放曖昧不清的笑容。

「這能當作範本嗎？」子都把倪子風的相片放在桌上。

王醫師對著照片，品味點頭讚好，「很完美，是新的年輕偶像嗎？我還沒看客人拿他照片來要求，不過他的五官比例很好，線條和位置都很黃金，很英俊的男人。」她拿起不同照片看，「但如果要整張臉是有難度，而且我也不建議這麼做。」

「那倒不用，他不可能變成這麼帥，也不需要，我只希望能夠讓他充滿這個人的影子，眉眼間，嘴唇，下巴？就是恍惚要有相似的模樣。」

震霍的鼻子、下巴填了不少的玻尿酸，那種感覺就像有人把檸檬汁用尖針灌進你臉皮深處，酸得痛徹心扉，至於兩頰下顎的肌肉則是用肉毒桿菌消滅。震霍覺得自己應該在手術期間去搶銀行。他媽媽現在還是用「你把我兒子藏去哪的表情」看著他。

他現在看起來就像快速把目光從子風臉上掃向他，帶著俊俏的殘影。

古嫱威問：「你曠課這麼多天，都去幹嘛了。」

「這很重要嗎？我會去補請假的，不至於這樣就被退學吧，哈哈！妳還有沒有別招啊。」

「你藐視校規，老師有義務要公平處理，該怎麼辦就會怎麼辦，如果你跟不知好歹的倪同學一樣，老師當然可以做退學處分。」

「可是妳並不能。」一聲音很輕，像高空落下來的一顆水晶清脆。不過如果是從101大樓落下來，依據重力加速度，那威力跟子彈差不多。

白子都從前門進來，目光和每一個人短暫相接，他喜歡洪郁的眼色，彷彿她中了一槍，胸口緩緩流出濃稠的血液和恐懼。

「子都！你……怎麼了嗎？」古嬙威詫異地看著他，他依然是貼身直筒的藍黑色長褲，白色襯衫，清俊逸爽，不過是胸前校徽繡著名字的地方，少了一個深藍繡字。

粉筆咖啦落到板溝裡，斷成兩截，所謂凶兆。

她咤呼：「你不是休學了嗎，怎麼回事。」

「你是說白子都吧，他休學了，那跟我有甚麼關係？」子都刻意讓她感受到他每一步的逼近，直到她退開講台中央。他代替了位置，說：「我怎麼能缺席大家最後的這段路呢，我是指高中這條路。我叫江佐，很高興能來到十三班，」

子都悄悄的眨了下眼給和玉。

她眼睛也一直眨，哭了出來。她太鬱悶，太不敢相信了，太開心了。這張臉完好無缺的重新閃亮，過去她喜歡大家對子都的驚嘆，她崇拜他自然而生讓人懾服的權威，或說是美，所以當他華美的袍被撕破，失去天生魔力時，她陪他一起難過，甚至更加傷心，這對子都而言是不得不接受的傷害，他努力釋懷，可是對她而言是午夜夢迴的悲劇。

子都熠熠生輝的臉龐，美得驚世駭俗，美得轟聲雷動，江佐注定，美得讓人心悅臣服。

「如果還有甚麼要補充的話，大概就一件事。」子都靠近古嬙威，聲音似風說：「江南他是我，親哥哥。」

子都過去從未珍惜自己的臉蛋，天真的以為這就是他理所當然的一部分，可是現在他不這麼想了，在他新生的臉蛋上，掩蓋他醜惡傷痕的妝粉，是雪逝，是風散，是花落，是物盛極而衰的華麗碎屑，是磨玉刨珠的金粉。

熱感應導彈被啟動了，火力催足，一個個瞄準那些曾經毀滅他們的人。

天崩地裂的窒息熱浪。

子都坐在轎車裡頭，車子緩緩停在西華飯店旁的一家牛排館。

他提起LV小牛皮提袋，推開門，又坐了回去。他鐵灰色牛仔褲下是一年前甘棠送他的生日球鞋，他今天特地為了這雙鞋選了一身Lanvin優雅的男裝，白色的修身剪裁讓他氣質出眾，反正是琳俐拎著手挑的，品味錯不了。

琳俐依舊拿著鈦金卡在百貨興風作浪，但當子都把錢包唯一一張信用卡掏出來時，她像被甩了一個耳光。

櫃台小姐鎮靜的接過銀輝光澤的黑卡，精心的不經意碰了下子都的手心。

琳俐摀著臉問：「那是哪來的？」

子都聳肩，「江南他爸給我的。」

「你說你那個還不熟，正在努力跟你攀談的父親！」

嚴驍今天晚上的班機回倫敦，離開前琳俐約了大家一聚，也是慶祝子都浴火新生，永劫回歸。

子都想知道嚴驍是否需要他回報，他不想欠他，也怕自己還不起。

「二少爺，大少爺說了我負責載您回家，規矩我會在附近，您隨時可以打電話通知給我，我會立刻在門口接您。」

司機是個樸實樣貌的大叔，年紀看上去大約五十。

子都看現在離約定的七點還有八分鐘。他知道琳俐和嚴驍必定在十分鐘前就準時抵達了。這是他們那類人的習慣，不多不少的十分鐘，一方面能掌握現場的即時情況，二是能充滿餘裕的等他人出現。子都覺得自己剛好抵達就行。

「不用稱呼我二少爺。」子都穩穩的坐在位置上。

「是，小少爺。」他和藹的笑。

子都憂鬱的想爆笑，小少爺和二少爺都區別在……？他想稱呼自己名字就可以了，但他深知富過三代才懂吃穿的道理，這是真正的富「貴」人家，子都暫時還在適應這種階級的生活「自然」。

「周叔，你在江家工作多久了。」

「我原本在老闆投資的外商公司當警衛，做了七年，後來身體不好，不能長站，老闆好心找我司機，最主要就是負責接送大少爺，算算也三年了，包括前後的話大約有十年時間。」

「所以你對老闆和江南一定了解不少囉。」

周叔身子轉回去，想了一下，才說：「老闆工作忙碌，上車的時候多半閉目休息，只有逢年過節才會多說幾句，至於大少爺上車就是看書。」他伸手拿起子都前方的書袋，大多是財經周刊及外國時論報導，「每天都會換新的。」

天哪！我哥是一個流著跟我同血脈的嚴驍……

「他們也不跟你說兩句話，太冷淡了。」

「不是不是的，老闆和大少爺人都很好，我本來就只是司機，說到這個，最近老闆和大少爺倒是和我說話多了。」

「唔？聊甚麼。」

「談小少爺您。」原來是江父和他哥哥關心多問一句子都情況時，無意得知他會和周叔說上兩句，所以好奇，想藉此多知道關於他的事。「大少爺說你話不多，既然和我投緣，才沒請替您新的司機，把我排給您。」

「我不是話不多，只是比起他們，和周叔說話比較自在。」

周叔懇切的說：「二少爺，老闆和大少爺肯定疼愛您，雖然我不知道老闆的家庭狀況，但是我能肯定，老闆對你的關愛幾乎更超過了大少爺。」

「你又怎麼知道，就憑他每天多問幾句我心情好不好？」

周叔嘆氣，「二少爺，就在我服務你的前一陣子，有一天老闆問起我是如何寵愛自己剛出生的孫子，我沒想太多的說買玩具逗他開心，花時間陪著他，沒想到老闆像是失神的回『時間我是沒有了，至於玩具，是不是我把一切都交給我的小兒子，就能彌補他了。』不騙您，當下我聽得挺難過的。」

周叔從容的看著子都，「老闆不是只有一個兒子，他可能也不了解您，但他說出這樣的話，實在讓人心酸啊。」

剩下的話，子都嘆息似動容。在這樣有龐大資產的家庭，別說利益涉及他和江南，甚至旁系的伯伯叔叔、公司共同經營者一干人都不會放過。就是只談他們兄弟，若說把一切都交付子都，那江南這十多年來被嚴格培養的日子不是都成了笑話。

到底為什麼要這在這個時間點，把自己找回江家。

「白子都，喔該改口叫你江佐了！不害怕坐我隔壁吧。」嚴驍站起來，示意讓服務生退開，親自幫他拉椅子。

「你吃得下去就好。」子都坦然坐下。

和玉跟著子都身邊坐下。

「真難得，大家都聚在一起。」琳俐心滿意足的說。但瞬間彷彿有種往日迷霧淒涼般的滲透他們，琳俐嘴角抽動，趕緊讓大家點餐。

琳俐呵呵地說：「我真恨自己沒看見古老妖驚恐的表情，她鐵定覺得自己見鬼了吧。」琳俐眼神在子都臉上游移，眼裡滿是敬佩。「現在的科技真是沒有極限，你看我照著你的療程做一遍，能不能返老還童啊。」

「妳那張臉再還童就要變成受精卵了。」子都吸了一口氣，碰了那曾經有醜陋疤痕的面頰。說：「現在看雖然都好了，可是肌膚接受了太多雷射，現在它變得非常敏感脆弱，不上淡妝也還是能看見隱約的粉紅痕跡。」

和玉幾個人聽到難免露出惋惜。

薄艾爽朗拉開子都的手，爽快的說：「那沒甚麼，我天天替你遮瑕，又不嫌麻煩，我想這是暫時的，再過一段時間皮膚就會恢復健康。」

琳俐把焦點移到震霍臉上。

蜂蜜光澤的金色頭髮，沒有稜角的臉部線條，英挺的鼻樑，有神並且多情的大眼……琳俐細細審視，看了幾眼，疑惑的挑起眉角，再仔細琢磨，只見她的眼神不可置信地放大，悄悄看了和玉，像是努力消化自己的想法。

「醫生是把你整個頭打掉重塑吧。」

子都和姿靜垂下眼神笑了幾聲。

薄艾伸手戳了戳他的下巴，臉頰，又捏了他的鼻子。表情錯綜複雜的說：「你根本就不是雷震霍了。」

震霍微微一愣，他回望薄艾。耳朵漸漸紅了起來。

嚴驍開啟話題說：「搬進江家一陣子了，滋味怎麼樣，是不是一切很不可思議。」

「吃飯睡覺，其餘的一切沒變。」

嚴驍饒富趣味的搖頭，「你也太不知足了，這世界上不是每個人都能剃骨揪肉的改頭換面，你多幸運啊。」

「改頭換面有甚麼難的。」子都瞥震霍，說：「這才叫改頭換面，雷震霍！你回來學校這幾天，引起了不少女孩子的注意吧。」

震霍臉色不好。

琳俐問：「你打算怎麼處理黑豬、沈籌他們，時間所剩不多，等到畢業恐怕這些恩恩怨怨都會成了呆帳。」

「該接受報應的，一個都少不了。」

琳俐眼睛閃爍著興奮光芒，問：「你打算怎麼做。」

子都說：「你最近和萬隆相處的怎麼樣！」

震霍緩緩抬頭，謹慎地說：「甚麼怎麼樣，他身邊一堆玩伴，不多我一個也不少我一個。」

嚴驍肯定的點頭，「真聰明，跟敵人當朋友，還有甚麼能比這種方式更能親近對方呢。」

「這不就是你跟我的關係嗎。」子都笑

「我不想跟你當敵人，你忘了我們是同路人，本來就是該緊密合作的夥伴，是你不想承認而已。」

子都翻了一個白眼。

不可置否的是，子都越來越不在意嚴驍了，人有越碩大的背景當作後盾，就有越多隨心所欲的空間。

琳俐對這個累積長久的復仇大計深感興趣，「所以你想借刀殺人，還是找到抓萬隆的甚麼把柄？」

「這我也不知道，只是既然洪岱能三番兩次的誘使萬隆對付我們，就可以知道萬隆這個人智商並不高，只是性格暴力和低級而已，好挑撥！現在我們多知道一分情況，一來可以等待機會，二來也可以多保障我們的安全。」

幾個人聚在一起，彼此相安無事的談話，已經是好久以前的事了，那時候桑華正好，花漾正濃。

「甘棠在倫敦好嗎？」

「何必問我，你打個電話不是更快。」

「真是吝嗇，讓我猜！是你也不清楚她好與不好吧。」

嚴驍即刻認同，「是，我打算回去之後好好和她培養感情，這個你可以再仔細問她。」

子都餘光看見琳俐的神情，知道她一定聽到了，子都只能當作她不知道自己發現，因為同情只會讓她更加難受。

他放下刀叉，盯著嚴驍說：「我阻止你喜歡誰沒有意義，可是你很清楚你們不適合，你不能用在專櫃挑錶的心態談戀愛，你可不可以放過我們這群人！」

嚴驍垂頭勾起嘴角笑，拿起餐巾擦嘴。

「白子都，你管太寬了，難道你朋友的大小事都要經過你蓋章核准才行，談戀愛這種事情你根本就無權插手，你先干涉林和玉，現在是林薄芠，再來還要姚甘棠，你覺得自己真的做對了嗎？」

餐廳的燭火搖曳灰暗，但子都和嚴驍眼神卻炯炯對視。

子都也拿起餐巾沾了嘴角，轉頭問和玉吃飽了沒有。

和玉一臉幸福的咀嚼鮮美多汁的大干貝，說：「點心還沒上呢。」

子都的太陽穴在抽搐。

「那我先走了，今天本來是家庭聚餐，你們慢慢吃吧。」

「要不搭我的便車吧，反正我也差不多要去機場了。」嚴驍起身，又給了卡叫服務生結帳。

子都拿起手機，說：「周叔，我要回去了，到門口接我吧。」

嚴驍揚了眉毛，「現在真的都不一樣了。」

子都在轎車前轉頭。

「嚴驍，好歹我們也曾聚在一起，估計以後也不會有那樣的日子了，我真心勸你，不要糾纏甘棠，我很清楚她不可能喜歡你。」

嚴驍愜意的走近他，象徵性地替子都攏了外套，輕說：「給我一個她不可能會喜歡我的理由。」

子都不願意替甘棠發言。只說：「因為她對你無情，而你無情。」

「世界上所有合情合理的事不過都只是有個道貌岸然的藉口，戀愛這件事也不例外，真情可以假，假久也能真，情不情無所謂。」

子都為琳俐可憐，對琳俐來說輸了嚴驍，就是慘敗。她聰明好勝，偏偏死在嚴驍身上。感情世界還真是一物降一物。

「江南，我們又見面了。」嚴驍朝子都身後說。

江南走到子都身邊，「好久不見。」

「我一直在想甚麼時候會見到你。」

「感謝你的作為，不過就算你甚麼都不做，江佐自然也有我的保護，雖然他比我想像的倔強，遲遲不肯向我求援。」江南嘴角無奈的笑。

子都每次的災難江南都看在眼裡，但他知道子都太習慣被人喜歡，也不在意被人討厭，如果他主動伸出援手，那在子都心中不會有太多感謝，也更不會因此拉近兩人情誼，必須要子都親自來找，這樣的雪中送炭才會深刻。但他沒想到的是子都在毀容休學最慘烈的時分，依然沒想到他。

不能知道究竟是子都鐵了心不與江家交涉，還是他算準江南不過是遲遲未出手而已。

「那麼我提供的協助還算得上是貢獻？」

「當然。」

兩個人的每一句對話都像是商場上的會晤。

嚴驍像是無意提起：「聽說你們家最近也在大陸做起食品生意？」

「不過就是賣泡麵，嘗試而已。」

「客氣了！如果有機會的話，我父親最近對於中國市場很有興趣，不如讓我們家參與投資，合作細項都可以再討論，不為獲利，只圖賺個經驗。」

江南似笑非笑的盯著嚴驍，嚴驍神情不卑不亢，宛如他們在討論周末要不要手拉手去跳蚤市場擺攤。

「既然你是江佐的朋友，我好像不能拒絕了。」

「我們不算朋友。」子都不看嚴驍也沒理江南，「熟人而已。」

江南打開車門，護住門上方，「先上車吧。」

從子都第一次遇見嚴驍，他就是那副冰冷疏遠的眼色，他知道嚴驍這輩子都不會墜落，永遠高高在上享受傲慢的權力。也是在這最後的四目相接，他肯定無論自己遇見了多可怕的事，要付出多大的代價守護自己，他都不會變成像嚴驍這樣的人。

「自己保重。」他還是慶幸，終於能好好的和一個人道別。

子都那天日記簿只寫著一句話：又目送一個人，離開了。

子都在江家就像懸在半空中的一柱通透白水晶，乾淨無塵，遙不可及，同時充滿銳利的切面閃閃發光。

即便子都冷著一張臉，可是江南卻始終扮演著溫馨體貼的哥哥。

「嚴驍是一個不折不扣的商業菁英，他父親也是在商場上工作的？」

「只聽說還有甚麼公爵頭銜，不過這年頭光是頭銜也填不飽肚子，多少涉略商業方面經營吧。他父親怎麼了？」

「他父親在中國的商業活動需要龐大的人力資源。」

「可是他和他爸的關係不是親近的。」子都歪著頭，結果因為座位太寬，不小心整個人倒在皮椅上。江南笑著摟過他，子都也就順勢歪在他腿上，「是想討好他爸吧，大概藉此向他父親證明自己是個有用的人，我雖然不熟悉商業環境，可也知道談一樁生意不容易，牽連龐大。」

「那我們就要幫他這個忙了。」

「為什麼？」

車子開進鐵鑄的雕花大門，繞過鑲在江宅邸前一片翠綠草坪，子都覺得千新學長他家根本就是一個妖術集團，冬天才放的花朵他要她秋天就綻，春天開的花他逼她夏季不衰，現在在桑華前面那一片紅梅，還跟當季一樣精神。

宅子前這一片圓弧狀草坪從三樓露臺看下去，搭著感應式燈源照射，就像一塊綠寶石鑲在門前，周邊點點紅梅就是閃爍的水晶顆粒。子都想使這塊綠地四季整齊長青的價格，買幾枚碩大的綠寶石絕不是問題。

他剛進江宅，他父親把他房間安排在一樓，子都以「這樣我覺得好像隨時都有人都可以闖進我房間」為理由拒絕。換到二樓後，那整間粉藍色的裝潢配上迪士尼家族一排巨大的娃娃，讓子都覺得自己是個七個月的男嬰，他睡了一晚後對和玉這樣說：「你知道被小飛俠、小飛象、小熊維尼、小鹿斑比……團團瞪一個晚上的滋味有多嚇人嗎？重點是他們一點都不小，每一隻最少都長了一百五十公分。」

於是他住進了現在的三樓，那是一間十分簡約素白的空間，看上去甚麼都沒有，但你絕對不會有找不到的東西。後來他才知道，這是江南遠聘「全能住宅改造王」團隊砸金打造，配合幾個時裝設計師，估計這件事琳俐也有份。他還不知道從哪搜到子都的週記簿，翻成了日文，讓團隊根據使用者的性情做最適切的打造。所以子都一進門，以為自己眼盲了，除了銀白色、月白色，乳白色，象牙潤白色……沒有其他一點其他色彩。

但是他喜歡的不得了。

他們走進家門，看見餐廳的燈還亮著。

江南嘆氣的對子都說：「因為那關係到他和他父親的情誼，我知道那是一件多麼不好受的事。」

「你的圈子也繞太大了吧。」

「去和爸爸說幾句話。」

「我累了，去洗澡了。」

江南拉住他的手，眉頭緊縮著，「你越來越任性了，我不知道怎麼樣你才開心，我不需要你體諒我，只是你對爸爸應該適可而止。」

「適可而止！你受不了嗎？還是他受不了了，到底誰該適可而止。」

子都甩開江南的手，逕自朝樓上走去，卻沒有料到爸爸竟然坐在客廳，一種熱辣辣的尷尬爬上面頰，他不知要說甚麼，腦中浮現：你好，爸爸好……有人這樣說的嗎。

他父親垂下眼睛，拿起一個小紙盒走過去。

「上課一天累了吧，早點休息，這是我今天經過信義那裏，看見好多人在排隊，一問才知道是新的甜點店開幕，我聽說你喜歡吃點心就為你買了，也不知道你喜歡甚麼口味，這是巧克力。」他一字一句都含著關切，像是在對一個稚嫩的孩子般寵愛。

他等待子都接過去，可是子都側著臉，遲遲沒有動作。他知道自己在顫抖，「我喜歡草莓口味的。」說完朝樓梯走去。

江南快步走過來，「江佐，你知道爸爸排了兩個小時嗎？他自己站在隊伍中排了兩個小時啊，你真的不用那麼過分，難道你就是這樣的一個人嗎，我本來不願意這麼想，可是我發覺，你太輕蔑我們對你的好了。」

「好了！」他父親恢復低沉的語調，「你弟弟累了，明天再聊吧。」

「如果他始終是這個態度，不如放他走吧，彼此為難我都替你們疲憊。」

「好。」子都走下階梯幾步，「我離開吧，我不想委屈你們誰，你們想開也好。」

憤怒的音量說：「這是你應該說的話嗎，有沒有分寸。」

子都嚇到了，他的手緊緊握住扶手。但他發現父親是看著江南說的，這話不是在罵他。

「是不是你還沒習慣做人哥哥，你覺得委屈你搬出去，我教你十幾年，就是教你心胸狹窄，不慈不愛啊。」

江南剎那間的錯愕無法掩藏，很快的浮現愧疚的神情。

「對不起，我不是這個意思。」

這個晚上子都一夜不眠，他翻來覆去睡不著，他想晚上這場衝突都指向他的問題，可是他不是故意的。如果他就這樣妥協接受了「江佐」，那他過去十八年的人生是甚麼，一場輕煙？他和他爸爸過去的確存在親情，並不像戲台落幕一切可以無所謂。

一個人大方的走近豪門大戶，安身立命，別人會怎麼想。

早上六點他就下樓到了客廳，他聽見廚房有聲音就想叫阿姨想烤個吐司蛋給他，卻沒想到是已經換上制服的江南。肩上披了一件駝色毛衣。

江南看到他一驚，「這麼早起床幹嘛。」

「我沒睡好。」子都不想隱瞞的說，並且看來江南也是一樣。

江南替他泡了杯拿鐵，兩個人並肩坐在客廳。

「江南，對不起，我不想多做解釋，但是我知道你們都因為我不好受，這的確是我的錯。」

他拍了下子都的手，繞過肩膀摟住他，「不怪你，我也想先跟你變成朋友再讓慢慢讓你接納身世，可是計畫趕不上變化，但你的抗拒都在我的想像之中，雖然很無力，但是哥真不怪你。」

上一個這樣摟住子都的人，也是費盡心計的對自己好。

他說：「你好像從來都不要求我叫你哥哥，你沒想過這件事嗎？」

「你連爸爸都不叫了，還先認我這個哥哥啊。」

子都無法不想到子風，那是一個巨大的遺憾。

「哥，等我準備好，我們談談吧，把所有問題一次說清楚。」

「為什麼我有感覺那不見得是好事。」他笑，然後說：「江佐，我不能強留你一輩子待在江宅，因為你很快就長大了，但是有一件事，我現在必須告訴你。」

「唔？」

「爸爸他腦癌末期了。」

子都趴在他父親的床邊，他細細的看，原來自己的眉毛是像他，不像母親那般薄的唇也是像他，耳朵也像他……子都哈了一口氣，眼淚滑進綿密絨毯。真可惡，才初見不久，他卻要開始承擔思念的痛苦了。

明明那個人在你身邊，你就只能失去他。看著時光一點一滴讓他的心跳變得緩慢，呼吸變得虛弱，體溫逐漸冷卻……痛苦卻相對茁壯生長。

他父親醒了過來，詫異了一下，把他摟進懷抱。

「你哥哥都告訴你了？」他笑著拍子都的背，「我去罵他。」

「為什麼不告訴我。」

他父親溫潤的笑，這種神情江南完美繼承，「我是要用生命最後的時間來呵護你的青春，而不是要你用青春來面對我的死亡。」他扶著子都坐起來，「其實不管你叫甚麼，子都或者江佐，在哪裡生活，身邊有著誰，爸爸都不在乎，爸爸只怕你不知道，當你在外面倦了，被風吹得冷，覺得自己好無助想找人倚靠的時候，卻渾然不知我正在你背後等你。做一個父親，他可以不被孩子需要，但當孩子需要時，他一定要在。」

「爸爸，你是一個詩人。」子都拭淚強笑。

他父親驚嘆，「我在哈佛與你母親的第一次約會，她也這麼說過。」

他牽著子都走到書房，拿出一個正方形的銀色手提箱。他抬起眉毛，示意子都打開。子都這輩子從未看見跟足球一樣大的完整金磚。他根本無法將它拿出箱外。

他父親蓋上盒子，在金絲楠木雕成的大辦公桌前坐下，說：「在你爺爺之前的好幾代，就有這個習慣，在男孩出生後，家族裡最德高望重的長輩就會送上一方金磚塊，祝福孩子命格貴重，也是期待他人品貴重。這是你出生那年，你爺爺本應該給你的。」
「但你母親生完你們兄弟，堅持要走，我記得那天她很平靜，不過她吵架的時候一向冷靜得嚇人，她抱著你，指著搖籃裡的江南說『那是我欠你們家的』，接著就頭也不回的走了，連傭人替她收的行李也懶得拿，你爺爺被氣到中風，場面亂成一團。」可怕的故事他卻搖頭在笑，「那是她留給我的最後一個身影，你知道在我眼裡，是甚麼樣子嗎。」
子都完全站在他母親那邊，不為什麼，但他還是猜，「扭曲？可憎？」
「當然不！那是我看過世界上最美的一張臉孔，驕傲，高雅，絕不妥協，我必須要向你坦承，也許有一天你可以再告訴她，我初見她時，就已經為她那張絕世再不能得的容貌著迷了，曾經滄海難為水，這就是這為什麼幾十年來未曾再有女人踏進我江家大門的原因。」
一個女人能讓一個擁有權力與財富的男人根絕慾望，她必定聰明，同時有致命的美貌，她的美貌將男人的心臟緊緊包圍，終身禁錮。
他父親拿出一個首飾盒，裡面躺著一副白水晶耳環。他說：「這是你母親還在當大小姐時天天掛的，是你外公送她的十八歲生日禮物，當初……她留了下來，我貼身收著。現在你哥哥繼承了我們家族的金綠寶石，其實如果你想，那也該是你的。」
「不用，我不在乎的。」他一出口，就發覺這個推託好像有點傷人。
「既然如此，我想就把這副白水晶給你，也算物歸原主了。以後遇見喜歡的女孩，你送給她，然後讓她傳給我的孫女。」他父親感嘆，「你身邊的女孩裡面有一個叫姿靜的，她有一點你母親當年的影子。」

「你怎麼知道，不會是甚麼私家偵探調查過我吧。」

他父親沒說不，但把盒子慎重的交給子都，彷彿是將他這輩子的愛恨，都交出去了。他說：「其實像我們這樣的人家，說富，是有一點錢，說貴，長輩傳承的教養不敢忘，但兒女婚嫁事上，我希望你們能夠自由，甚麼門當戶對我也無心力去琢磨了，只要女孩品行樣貌端正，就夠了。時代真的在變，爸爸也老了，還拿你爺爺那套只怕被你們笑。」

「爸爸你才幾歲怎麼說老。」

他哈哈笑：「當初就是聽你爺爺的，講求地位相襯、生意聯盟，結果呢？事業是越做越大，可是你們母親嫌棄我眼裡只有生意，只有每一期新的計畫，只有全球布局，沒有日復一日在家裡的她，所以她走了，她沒有錯，因為我雖然沒有負她，可也沒有讓她覺得被愛。」

他把子都當成一個孩子，讓他坐在自己腿上，眼眶有水氣，聲音像一聲聲嘆息說：「子都啊！爸爸錯過你好多成長，你也大了，不可能像小孩窩在爸爸懷裡讓我天天看，只是爸爸要告訴你，無論過去多少錯，無論你人生曾在哪飄搖，今時今日，你都有一個等著你回來的家，只要你累了，找不到人宣洩自己的委屈，你就回來，爸爸給你倚靠，家門永遠是你不倒的避風港，就是天塌下來，也先砸在爸爸身上。」他捧著子都啜泣的臉，「爸爸走了以後，你哥哥會用盡一切力氣讓你幸福，他承諾過我，會永遠替你遮風避雨，做一棵屬於你的大樹，撐起你的天空。」

該死的。原來那個樹，是一棵古老的樹啊！

子都想起過去，看著眼前，終於崩潰的嚎啕大哭。

心計15

十三班的氣氛陷入末日來臨前的平靜。

從子都學號消失的那一刻，沈籌和古嬙威那群人就以勝利者的姿態獲得了歷史解釋權。如雪、子風、嚴驍一直到最後的子都皆是因為墮落、頑劣、桀傲不遜才導致悲慘收尾，而和玉、薄芰相關人等都是有罪的。

唯一的解脫方法就是承認錯誤，獲得寬恕。

沒想到煙硝的迷霧散去後，拉出長長影子，昂首走出斷垣殘壁的竟然是白子都。或者說是江佐！反正外界看上去都只是一個獲得江南支持，更加不可一世的白子都而已。

勝利的指針從來就沒指向古嬙威一干人。

但他們也還沒輸。

琳俐最近全心投注在申請外國大學的準備上，畢竟她無法直接捐給哈佛一棟教學大樓，所以某種程度她必須回到基本面的努力。

因此她的數學老師被整慘了。

琳俐踏著紅色PARDR鬼魅般的出現在辦公室。詢問，或是質問說：「為什麼我高二下的數學成績是89分，你知道這對申請學校有多大的影響吧。」

老師正要展開解釋：「其實——」

「——你當然不知道。」琳俐拿出牛皮紙袋的數張成績單，壓在老師在批改考卷的桌面上，「你看看，我從第一個老師揮筆幫我打分的那刻開始，就都是九十分以上，我幼稚園還是第一名畢業的呢！當然，我並不是因為老師你和所有老都師不一樣沒給我九十幾分就質疑你的教學專業，但也同時，這或許代表你的專業是有爭議的。」她又拿出了一疊黃卷白卷單元卷，「回到重點，這是我高二下的考試卷，沒有一張九十分以下，而我的成績竟然是八十九，我實在難以接受這麼近乎都市恐怖的事實。」

「這也可能是因為妳作業常常未交，或者妳出席現次數有些少……不過每位同學我都是經過調分的，既然你拿到89分，當初你可能是87分或88。」

「你覺得這合理嗎，那些在你課堂打瞌睡寫別科作業傳紙條看漫畫的同學難道有比我認真不懈，荒謬！如果老師不能給我一個合理的交代，我會直接找教務處的專員處理。」

「要重派成績我必須要寫很複雜的報告，或許我可以幫你寫一封推薦信補充說明妳的優異表現？」

「是我瘋了還是你瘋了，你覺得一個高中科任老師的建言能在哈佛大學的專業教授面前發揮甚麼作用嗎？請你寫，我不如請白子都幫我寫，他的文字還說不定還能打動教授。」琳俐把所有東西收回紙袋內，「老師不如現在開始寫那複雜的報告吧，下個月一號我要把資料寄出去，我走了！」

琳俐恨不得馬上立刻進入職場，像這樣子死板的公務員，她一定馬上讓他捲蓋鋪走人，但她的公司也很可能最後只剩她一個。不過話說回來，就是未來她父親公司只剩下她，對於業務運作也絕對不成問題。她要是在好萊塢，她就是鋼鐵人。

琳俐甩了一下她香檳紅的名錶，在敲鐘瞬間盪到十三班門口。通常在上課前五分鐘內學生是很難鎮定下來的，但是她一個咳嗽就抹煞了所有吵雜。她就該去當國防部長。

「和玉、薄艾，你們現在去綴玉，知道吧，以前桑華軒隔壁的那間，子都一進校門就在那了。」

琳俐從手拿包拎出一張橘色公假單，假裝現在才看到一臉怒意的古嫱威，呵呵呵說：「是國文課呢？又要寫考卷了吧，真有趣！」她把公假單遞過去，「妳也知道上次不曉得哪裡來的髒東西把桑華攪得一團亂，我們回不去了。又原本是要用西苑的凝華軒，可是我們習慣東苑，」

薄艾不確定再問：「你說東苑！我們又能回去了？」

「不可能。」古嫱威像被聽到家裡被變賣，「我沒有收到核准單，怎麼可能說用就用。」

「你當初也沒有簽註銷單啊。」

「但現在他是江佐！」

「所以……妳想表達甚麼？」琳俐翻了一個白眼，走了出去。

高三一開始，心中對未來有主意的人就不太在意老師、課程等等了。反正高中能提供的就是一張畢業證書，到了大學，誰管你哪科優異，哪科被當。

子都平常待在綴玉看書，累了才回到班上轉轉，不過那幾個小人的臉孔還是讓他噁心。日子彷彿刻意緩慢的滑動，並不是因為指考痛苦的拖住時間的巨輪，而是眼睜睜看著一分一秒過去，那些該死的人卻漫不經意的自在，悶得人難過。

中午姿靜從敷錦送了午餐給子都。

她說：「千新學長也在！是來看千秋的吧。」

千新像對這個妹妹很頭痛，拍頭否認說：「她交給江南處理就好，我說她十句話不如他提一個字。」千新一邊看著子都的隨筆，對他流麗的字跡讚嘆，又感嘆的說：「你哥跟你一樣，誰遇到都會投降。」

「千秋跟江南有甚麼關係，我怎麼不知道這件事。」

「我妹從八歲就說要嫁給江南了，那時候他才國二而已，可以說我妹也滿專情的吧。」千新玩笑的拉攏子都，誠懇說：「你好好幫我注意江南，說不定我們真的是親家。」

「原來他也有八卦啊。」子都第一次聽到江南的花邊新聞，頗有興趣，又鬧了在場的姿靜，說：「我原本還想把姿靜跟我哥湊一對呢！」

「少無聊了，我對帥哥沒興趣。」姿靜放下午餐。

千新突然想到說：「我剛剛看見你身邊那個小女生她在鳳園和人說話，我原本還以為是跟你。」

「誰呀？怎麼會去停車場那裡。」

「我只是和花苑的人去看一下那裏有沒有要修的，結果剛好看見她，我想他們在說話就沒有打擾，應該也是你們同學吧。」

「不會是約會吧，人都死絕了。」子都準備要吃午餐。

「雖然沒有看很仔細，只是那個男生也是個小帥哥，現在學生多大膽，染了一頭值得好幾支警告的頭髮也不怕。」

子都和姿靜停止，對看。

「你和薄艾還在一起嗎？」

和玉和震霍坐在鳳凰雕像旁邊。

兩個人彼此熟悉卻從來沒有單獨相處過。

「不知道，我很喜歡她，但是她態度很曖昧，她沒和你們討論過我嗎？」

和玉腳跟踢著石頭，「她不喜歡和我們討論自己的感情，通常都是已經發生了，我們才會知道，以前可能還會和子都說，但是現在……」

震霍捲起兩邊的短袖，納悶說：「我不明白，我比起很多男生都要好，雖然不能跟子風他們那種人比，但他們是少數啊，為什麼一直要找我挑我毛病。說真的和玉，你也覺得我很差嗎。」他脖子上有明顯的青筋，很多女孩子都迷戀這種充滿男人味的細節。

和玉一時間被問住了，雙腿前前後後晃著，「你很好啊，只是不是子都會欣賞的人，你看子風多少人喜歡、崇拜，可是他過去也絲毫不在意，所以這不是你的問題。」

他不屑的笑說：「所以是說我也要去死，這樣我就可以獲得他的肯定了？他是誰啊，誰在乎他。」

「他是我和薄艾的好朋友，我們都在乎他。」和玉的回答把他逼死，「你真的好像倪子風，我現在就覺得自己好像在看著他。」

震霍低著頭，和玉彎下臉看他，一不小心就摔了下來。還好震霍眼明手快一把攬住她的後背，不然她跌在地上一定破皮受傷。

和玉踮著腳尖觸地，上半身的重心放在他身上，兩個人的臉一上一下貼近的對望著。

震霍氣聲問：「妳沒事吧。」

又把她拉了上來。

和玉眼睛像是酸澀的眨著，看著震霍說：「我還是好想他。」和玉的眼淚掉了下來。

震霍眼皮也低著，悄聲的問：「我現在真的很像他嗎。」

和玉揉著眼睛點頭。

震霍抬起手臂，猶豫了幾秒放在和玉肩上，把她往自己的身上貼近。「妳就當是一點安慰吧。」

地上是太陽透過葉片間隙流淌出斑駁光點，窸窸窣窣的搖曳聲迴盪。

姿靜和子都坐在至聖園的小池塘前，「就當作我們沒有離開過東苑。」子都說。

雷震霍和萬隆一群人放學就在球場打球。

子都秉持著「不入虎穴，焉得虎子」的心情，讓他好好地盯住萬隆，這陣子他也恰如其分的一直和萬隆保持良好關係。

萬隆靠在球場邊，使著眼色把水瓶扔給震霍，「給你的！」

「你晚一點要不要去夜店。」

「衝一發啊！」震霍抓了衣服，「那晚一點敦化捷運碰面。」

萬隆睇著眼睛看他離開的背影，賊兮兮的眼神。

震霍被江宅給嚇到了，這種外觀在山裡就叫莊園，在市區就叫博物館。

江南走出門和他揮手。

「我知道你是有錢人，但沒想到這麼有錢啊。」

江南帶他進了客廳，「這個地點現在是不便宜，可是三十年前也不過是荒煙蔓草而已，原本我們是住在市區的，比較方便，可是幾年前東區被徵收規劃，二十幾億新台幣給政府還嫌便宜了，那才叫氣魄。有錢不難，只是要能守住，不讓長輩心血成空才不容易。」

子都斜在沙發上，從上到下打量了雷震霍，看他渾身就是精疲力盡。

「你要不要去沖個水再跟我說話。」

「先說也行。」雷震霍就要坐下。

「你覺得我是在給你建議嗎。」子都看都不看他，慢慢地往樓上走。

進了房間子都把一個白色桶子塞給震霍，「你東西只能放在這裡，要是敢亂丟我就把它燒了。」

震霍老老實實抱著桶子點頭。

「給你二十分鐘。」子都到床上倒著。

「開演唱會還是洗澡啊，不用那麼久。」

過了幾分鐘，他的聲音從浴室傳來，「白子都，為什麼你給我的桶子跟浴室的垃圾桶款式那麼像！」

子都走過去，「因為他們兩個是兄弟啊，我給你的叫大白！」

子都瞪大眼睛的看著仔細研究垃圾桶的震霍，見他口中念念有詞：「起碼這應該是新的吧。」

「你幹嘛！」

「你不是叫我把衣服放在桶子裡。」

「我說你幹嘛不穿衣服。」

「你有問題啊，我要洗澡耶。」

他把桶子塞給白子都，關上門。

白子都靠著枕頭，讀著一本《中國歷史總複習》，他覺得一直看，看到最後他都快不知道自己是誰了。畢竟人是很容易迷失在過去的，歷史不斷重演，今日的悲劇早在昨日演繹完畢，明日的困頓不過又是重複播放今天的劇情。

他正沉浸在綜觀古往今來的感傷當中，床均勻的沿著他四周下陷。

「對喔，爾虞我詐之外還是要看書。」震霍的脖子滴下水珠。

「誰說你可以上我床。」

「緊張甚麼，你又不是女的。」他撿了一個枕頭躺在旁邊，「你別罵我只圍一條浴巾就出來，是你把我的衣服藏去哪了。」

「家管阿姨拿去洗了。」

「那我等一下裸奔啊。」

「我可以理解你的智商還沒跟上文明時代，所以我告訴妳，現在有一種科技產品叫烘衣機，半小時後，你就能拿到乾淨又清冽的衣服了。」

雷震霍把手臂湊到子都鼻尖，「你也太變態了吧，你架子上一排沐浴乳全部都是水果口味的，甚麼草莓、藍莓、綜合野莓，你在裡面做蛋糕吧，你叫家管阿姨千萬不要給我加這麼嚇人的香衣精。」

「剛剛已經替你交代了，檸檬香味可以吧。」

震霍滿意的把雙手震在腦後。

「現在洗碗精花樣也多，檸檬多自然啊。」

震霍決定不要和他鬥嘴了……

「你幹嘛把自己練的這麼壯，與其有時間去健身，不如多背兩個單字吧，你還要不要讀大學。」

「隨便都有大學讀啊，再說我以後要當警察，讀那麼多書要幹嘛，念到台大也不代表壞人會比較怕我啊。」

這話有一點邏輯，子都沒有反唇相譏。

他默默地盯著震霍，讓他有點毛骨悚然的拉了被子。

他拍了下震霍結實的胸膛，又捏他的臉，「你的臉，你的身材……你跟倪子風真是越來越像了。」

「我又不是他。」

「你心裡清楚就好。」

子都銳利眼光看著他，說：「我沒有對不起你，以後畢了業，你這張臉會比你從前的樣子要討人喜歡引人注目，你是賺到了。」

指針喀喀轉到了十點。

熱鬧的夜間生活，對很多都市男女來說現在才是一天的開始。

「你有發現萬隆甚麼不對勁的嗎。」

「除了偶爾欺負同學，恐嚇一下低年級學弟，沒甚麼特別的。」

「等一下去夜店酒酣耳熱也許可以問一些甚麼，你隨機應變吧。」子都拿了一套陰紅色襯衫和WeSC牛仔褲給他。

「江南穿嫌太大，你應該合身。」

震霍對著穿衣鏡撫了一下襯衫，他穿起來的確合身，但江南一看就不是這種風格，他鬧著說：「你不是專程買給我的吧。」

子都也盯著鏡子裡的他看，又替他捲了袖子，「原本是想燒給倪子風的，但給你也行，你不介意是喪服就好。」

雷震霍發現子都在黑色幽默上還滿有天分的。

雷震霍沒想到會看見洪郁出現，他直覺今天晚上一定能撈到秘辛。

萬隆他們連包廂都沒坐就出去獵豔了。萬隆本來就老成，一臉流氓樣，實際年齡還比子都他們大三歲，高一重讀兩年，只在酒色歡場有所歷練。

震霍說：「妳一個女生和他們混在一起，不害怕嗎。」

洪郁喝了一口雞尾酒，口紅沾在杯子上：「還真的是和白子都相處久了，說話有他的風格啊。」

「誰跟他相處，我們沒好好說話過。」震霍有點搞不清楚這是謊話，還是真實告白。

「你都是林薄芠的男朋友了，他不看僧面也要看佛面吧。」

他仰脖子一口飲盡檸檬伏特加，「我也不算她的男朋友。」
「你跟她還沒在一起啊！」洪郁像發現石油礦源，猛的抓住他說。
震霍斜瞄了她一眼，「少幸災樂禍，我看哪能讓白子都滿意的男人，就只有他自己。」
「之前倪子風不就跟林和玉在一起，我看白子都也沒說甚麼啊，難道他比較疼林和玉，標準就寬容一點。」
震霍張口，想了一下才回：「他也是不贊同，不過子風比我優秀那麼多，當然跟我不一樣。」
洪郁手肘推了他一下，接近他說：「你也不錯啊，白子都誰都看不上眼，他身邊的女孩子跟他相處久了，自然也會趨向他的審美品味，雖然他真的還不錯，但這不代表他身邊的所有女孩都跟他同水準。」
她笑嘻嘻搶震霍的酒，但震霍死活不給他，去替她要了一杯。她不知不覺手就放在他的腿上了，一滑到大腿的時候，震霍嗆了一口。
洪郁好笑的拿開手，離開了包廂。
震霍把手插進口袋裡，拿出一個很小的夾鏈袋，裡頭有一顆小藥丸，他丟到自己的杯子去。
洪郁回來的連演都不演，腳一歪就整個人倒在他身上，雙手恰恰扶在他肩頭上，路過的人只會看見一個女的風情萬種的趴在一個男人身上。震霍順著手摸住他大腿，恍然發現，她似乎裙子下沒有阻礙。

震霍深呼吸一口氣。

嘴唇立刻被洪郁親了上去。

子都肚子餓走到樓下，卻沒看到江南。

「周叔，你載誰回來？」

「剛剛載大少爺和您朋友出去，大少爺說他自己回來。」

「他有沒有說他為什麼要和我同學一起去夜店。」子都忽然忙補充：「不可以跟爸爸說他去夜店，知道嗎。」

「大少爺他並沒有去夜店，是到了後火車站那裡。」

後火車站，去哪裡幹嘛。那裡全部都是材料行啊。子都覺得自己想到了他去那裡是要見人，一個他知道的人。

震霍覺得頭暈的像發燒一樣，但很愉快，心跳很雀躍。眼前的洪郁帶著閃爍的畫面感。他全身放鬆靠在沙發上，任憑洪郁把手伸進他衣服裡，又親又摸。

他憑著虛弱的知覺，手推了洪郁，結果落在她胸前。

震霍緊緊的抱住洪郁，揉進懷裡。

忽明忽暗的華光流轉在夜店，這裡是一座黑暗桃花源，無論你從哪裡來，甚麼樣的背景，只要你有青春，只要你敢浪擲你的青春，等價的自由快感會是你的報償。所有的道德束縛早都先鎖在入口一旁的置物櫃，更有些人，早在很久以前就把道德這種東西扔在媽媽的肚子，無物一身輕。

洪郁被人一拽倒在旁邊的沙發，不停喘氣，而震霍像從夢中被吵醒，半瞇的看著。

萬隆坐在他們中間，拿起桌上的杯子細細欣賞。自己輕輕抿了一口，又拿給震霍，「喝啊！」

洪郁埋怨的看萬隆。

「別這樣看我，妳姊說了，要讓他把慾望宣洩在別人身上。」

洪郁拉好自己短裙，「甚麼意思。」

「這妳就不用知道了，我勸妳一句，雷震霍這個人算是廢了，不管妳心裡想甚麼，還是找別人吧！」萬隆把她拉到自己身邊，拿起震霍的酒杯，「怎麼樣，還是妳要試試看。」

洪郁忿忿的起身。

她在震霍身邊，震霍神色迷離的看著她。她慢慢地貼近他，兩個人燒燙的臉頰碰著，她低頭在震霍唇上吻了一下。

「你是認真的？」洪郁緊張的問。

萬隆哼哼的笑，「當然，不然他怎麼會一再的幫著我們呢？從洩漏他們畢旅行蹤開始，往林和玉包包放光碟……都是靠這個小糖果，厲害吧，妳姊姊洪岱提供我的點子喔。」

和玉穿著一件繽紛的棒球外套，披著一條有帽子的圍巾，看起來聖誕樹有了人的意識……

江南親切的朝她揮手，和玉覺得他掛著笑容的表情跟子都特別相似。

「妳一定很奇怪我找妳吧。」

「是子都有事情嗎？」

「跟他有關。」他每每提到子都，目光盡是溫潤。他知道和玉跟他弟有多麼的好，所以他才親自來找她，「江佐跟你的感情，大概連我也難以超越。」

「和玉，這個高中帶給他太多負擔了，我雖然沒和你們一起經歷著每一次的挫折，但我知道那對你們都不容易。」他觀察著和玉的表情，「妳不像琳俐有資本胡鬧，她不怕事，可是妳要怕，比如萬隆和洪岱，一般人惹到他們這樣壞心眼的人，是無力反擊的。」

「偏偏我這個弟弟注定不凡，不甘平凡的人遭遇打擊是正常的，我可以縱容他，可是我不能縱容他無意害了自己的朋友。所以，妳別和他走那麼近了，我知道這一時很難，可是你們畢業後各自東西，感情這種事，不聯絡就淡了，我希望他從高中的悲傷走出來，所以桐城的人事物他必須淡忘。」

和玉眨著眼睛，眼眶紅紅的，「薄芠也是嗎？」

「這些話我只會對妳說，因為只有妳是真心的陪著他，就算妳有了男朋友，想來他也不能震動江佐的地位，也因為這樣，我才有和妳交談的必要。」

一張小紙條寫著號碼，還有一個Tiffany藍的盒子遞給和玉。

「我可以偷偷告訴妳結果，妳已經錄取北醫醫管，妳高中最大的負擔已經結束，就當我搶先恭喜妳。」

「畢業以後，都不可以再見面嗎。」和玉的眼淚滑了下來。

「這麼絕對的話我不敢說，也許五六年後，他回來還是會找妳的，到時候我不會阻止他，因為那時候他已經長大了。」

「回來？子都要離開台北！」

他點頭，「妳知道子都很有才華，但是有才華的人滿天底下都是，他必須要經過包裝，至於他會到英國還是美國念書，我還要和他討論。」

江南站起來，陪著和玉走到巷門口，「很晚了，早點休息。」

路燈的光線落在江南面前，陰影將他那張和子都同樣姣好的臉龐覆蓋。他抬頭看了黯然無星的夜空，挺立的肩膀漸漸鬆下。

一點鐘的台北城尚留存餘溫，帶著猖狂的霓虹閃爍。

震霍和萬隆勾肩搭背走到街上，萬隆回頭對一窩人說散了。他架著震霍到7-11外的露天座位，震霍一把摔在鐵製的座椅上痛的哀出聲。

「老兄！你也太弱了，你真的喝的不多啊。」

「我喝很多，今天太累了，明天看我喝掛你。」

萬隆撐在他椅子邊，裝神弄鬼的盯著他，讓人摸不著頭緒。

「要不要去睡覺。」

「廢話，晚上不睡覺想幹嘛，讀書喔。」

「你才說廢話，我說的睡覺，是要花錢的那種。」

震霍仰著脖子，「說清楚，甚麼花不花錢，去酒店啊。」

萬隆叫了計程車，一路上把話說的曖昧，就是不肯說明白。

「我是真心把你當兄弟，才告訴你這個好康的。」

震霍以為自己到了他家，但上了電梯一進門才發現這棟大樓像住宅，但其實根本就是一個私人招待會所。

「不行不行，我沒錢啊。」說完就反方向走，但被萬隆拉住。

「你只管舒服就行了，其他的交給我吧。」死活把他推進一個房間。

萬隆自己走進另一個房間，卻把裡面的女人趕出去。

他躺在床上蹺著二郎腿，滿想興奮的想，要是白子都知道這件事情，不曉得會死多少人呢。

他的手機響了起來，是洪岱打來的電話。

「怎麼樣，事情都跟安排一樣嗎。」

萬隆罵了一聲髒話，把電話扔到地上。想了想，走下床撿起來說：「妳還真是沒有天良，竟然要我賣了自己的老婆，像妳這樣的人，就該配給狗。」

他打開電腦，畫面是震霍走進的那房間。只見震霍面容慘澹，要不是一個女子從床上坐起來，還會讓人以為畫面當機。

兩個人對視之後，雙雙驚駭。這種情況，要是能夠瞬間瞎了啞了死了，都是一種比活生生應對還要好的結果。

震霍緩緩的走近，跪在床邊問：「如雪！妳怎麼會在這裡。」

心計16

第二節下課和玉收到一張紙條。是陌生的同學代傳的。

上面洪岱寫說：「我想跟子都和好，我知道他的個性一定不願意見我，但我有些話想告訴他，妳能幫我轉達嗎？我們約中午操場碰面，大太陽底下，妳也可以放心。」

和玉收到這紙條覺得奇怪，但她又想找子都說這件事一定打擾他讀書，她不想相信這紙條，可是傳這種東西如果不是真心，那要是她拿出去給人看，豈不是讓黑豬自己丟臉？

和玉去了江南班上。

「不跟他說是對的，她絕對不安好心，妳就當作沒收到，不用理她。」

「你也覺得她不可能認錯。」

江南搖搖頭笑，「這不一定，畢竟到了快要畢業的時候，如果她被干擾，最後衝刺無法專心看書，或者畢不了業，出於這種擔心她倒是有可能放低姿態，乾脆休兵。」

和玉唾棄她，說：「那也太窩囊了吧，還有這樣子的。」

江南淡淡的笑：「妳是想法單純，子都這一類人的思想、行為都有風格有氣質，你也容易知道他想甚麼做甚麼，可是像洪岱這一種文化底層的人，凡是只求目的，活得好就欺負別人，活不好就狼狽齷齪，很難說得準。」

上週的北區模擬考成績公布，子都的分數尚在預期。

其實他從高三就把大心思瞄準指考，針對歷史地理下重本讀，以一個三類組的學生來說，這無疑是一場豪賭。

琳俐不屑的翻了一個白眼，說：「你這次的模考作文已經發放給全校參閱了，真可惜，明明是全校第一的文筆，還硬生生的被扣了兩分，古嬙威的手段也太難看了，明明是自己批改，還硬說是老師交換改。」

子都笑：「她在全班面前稱讚我是全班第二，我還要對她說一聲謝謝。」

姿靜拿著影本細細的念：「不思量，自難忘，千里長棚散後，我們其實沒有人可以共話淒涼，既然如此，不如坦然地與舊時光相忘於江湖……」

琳俐伸出手停止，按著太陽穴，說：「白子都，你好好地把一篇作文寫得像給訃聞幹甚麼，大半夜看都會做惡夢，題目是『忘』，不是『亡心』，你這立意就有問題！」

對琳俐來說，「感性」是人類與生俱來的弱點，需要被克服，她如果回到古代，恐怕就連說「存天理滅人欲」的朱老夫子都會怕她，因為她的邏輯是「滅天理滅人欲」，滅掉一切的軟弱！

琳俐拿出一份「滅人」資料給子都，是她蒐羅曾被萬隆霸凌學生，讓他們提供指控。子都想當琳俐找這些人做紀錄時，會不會比萬隆還要讓人恐懼。

「其實光是這樣根本就不夠，欺負同學這些事情可大可小，必須要有他近乎涉法的證據，看他有沒有對女同學不禮貌的事？」

「哪個女孩子會願意把這種事說出來啊。」琳俐氣餒了幾秒，「我們需要一個大事情，一個能翻了他一輩子的事情，最好能一網打盡他和黑豬。」

「那多容易啊，比如萬隆非禮黑豬，黑豬心懷怨恨勾搭沈籌，沈籌心一橫決定跟他拚了，隨便開個瓦斯或者拿刀相向，最後三人全死光了。」

琳俐沒好氣的說：「是，然後洪郁正巧路過，來個買三送一。」

「買甚麼送甚麼！」洪郁走了進來。

她自在的掃視一遍綴玉。

戶外帶著朗春的微微熱氣，而室內一股冷冽的香味，美人配香花，彷彿一抹水墨般的詩情畫意。

「誰說妳可以進來的，滾出去。」琳俐瞥著她說。

洪郁沒有理會琳俐，對著姿靜頓頭算打招呼，然後朝子都說：「我真不懂這麼好的地方不待，和玉她們怎麼要憋在教室。」

子都倒了一杯水給她，「正因為舒服愜意，所以人容易心生懶惰，到了外面看大家奮筆疾書，才能互相激勵。就好像過去我在桑華坐著，也不能想過有天門外的你們能將我摔在地上拖出去，這都是輕鬆太過，才會的悲慘。」

洪郁眼皮不屑的眨，「你現在多出來走動也還不晚，一切都還沒結束呢？」

「妳有時間勾心鬥角怎麼不多讀一點書，未來哪家學校收了你，都顯得那個地方智商偏低。」

洪郁重重放下水杯，「李琳俐妳不用囂張，你以為我不知道妳被嚴驍狠狠甩開，他在外面連孩子都有了，妳要是真的那麼了不起，他會去找別的女人嗎？我想都不用想就可以知道妳一定是個賤貨。」

姿靜趕緊出聲制止，她要是再晚一點，琳俐拿刀捅死洪郁都有可能。她說：「妳一向跟我們不合，好不好是一回事，可是妳造謠傷人就太超過了，妳不用特地來吵架，這一點用處都沒有。」

洪郁眼光死死的釘著琳俐，臉上的笑容特別爽快，她對姿靜說：「別人都以為圍繞著白子都的人全都乾淨高貴，但誰知道一個比一個還要骯髒，其實從倪子風跟你們混在一起開始，我就知道你們也絕不是甚麼好東西，物以類聚啊白子都不是嗎？而且我發覺最近你們親愛的小妹妹林和玉看震霍的眼神不太對啊，讓我猜一猜，不會是他長得很像……」

琳俐死死的捏著手指，水晶指甲嚓地斷了一根。她激動地罵：「牙尖嘴利難道我會輸妳，不要來討罵挨了，我沒興趣跟妳說話。」

「白子都，不管你怎麼看我，我都有信心你不會拿我當笨蛋，我就問問你，你覺得我會專程來你的地盤羞辱你們？」

她的話合理，也不必要做假。

「妳來幹嘛。」
琳俐緊說：「妳給我滾！」
「別太把妳自己當一回事，現在最要滾的人是妳，不要給自己難堪。」
子都和琳俐對看，想試圖得到一些資訊。
「白子都，我就先告訴妳一件事吧，當初倪子風會跟林和玉搭上線，都是能幹的琳俐一手促成，大概是要拖你們進去學生會耍的小手段，誰知道她的一個自私舉動，從此牽扯了你們和他的孽緣，你是要感激她呢，還是……」洪郁哈哈的大笑，得意地看著琳俐。
姿靜站起來不知道該怎麼辦。
洪郁抿了口水，「妳們還不走啊，王姿靜，我和妳沒有一點恩怨，就麻煩把李琳俐帶出去吧。」
子都冷冷地看著琳俐：「走吧。」雖是琳俐開了頭，但他接著這份意外，又和子風有了承諾。和玉的初戀，竟然全都在他們的操弄裡。
誰該怪誰呢？
很久以前，子都曾經想找洪郁好好問一問。
她長相一般，毫不出色、平平庸庸，可她的字子都是記得的，字寫得整齊不算優點，但很少女生字帶著剛毅霸氣，並且千篇一律很有自己的風格。他相信字與人的心性有關，就如雖然大家都說他字好，但他的字跡不定，美則美矣，卻飄忽有所失。

洪郁閉著眼，死死抵著嘴唇，像在隱忍極大的情緒。

「對不起。」她睜眼，一滴眼淚滾在臉邊，神情痛苦的說：「我還是害了我自己，我知道我對不起你。」

子都緊縮神情，心中滿滿錯愕。

中午十二點的下課鈴在五分鐘就響了。

和玉偷偷摸摸的跑道操場邊偷看，洪岱是和她約在超場旁的帳篷，那裡是體育生放置器材的收納室。

和玉想了一想，雖然好奇，但還是走人好了。

「和玉，我剛來就看到妳站在這裡。」洪岱揚起一個令人不爽的微笑。

和玉差點就要脫口出：黑豬，是妳啊。

既然遇到了，和玉只能跟著她走，聽著她說其實很多事情都是誤會的。

「你們以前就曾經是同學，我知道，但是就是其他人不喜歡你，嘲笑妳，那也不是他的錯啊。」

「可是他冷眼旁觀，他知道那些人笑我醜，背地根本不把我一回事，如果他是好人，他就該阻止他們，就不會和他們走在一起。」

「他一向不管其他人的事。」

「可是我們是朋友！」

這句話讓她完全理解事態，她看過太多這樣的人。子都身邊有太多人受傷都是誤以為他們和子都是朋友，可是能讓子都放在心上的人實在罕少，他不屑一顧的人太多……白子都死得冤枉。

和玉好感激子都，他給她的友情不說其他，光是「難得」就很可貴了

「可是他沒有把妳當朋友。」和玉想像如果是子都會怎麼回應，「妳被欺負那是妳的人生，或許很悲慘，但妳自己要檢討，何況那都是小時候了，到了高中妳可以好好的過日子，妳不敢找那些加害妳的人報復，所以妳抓住一個置身事外的人把怨念推給他，洪岱，妳根本是神經病。」

和玉說完最後一個字，嘴巴就在抖。

她拔腿想走。

「林和玉，沒想到妳也有一張這麼利的嘴，跟他一樣刻薄啊。妳是不是覺得自己很了不起，誰都瞧不起的白子都偏偏喜歡妳？」洪岱像要擰斷她的手，「他身邊那些人就算了，妳！呵呵，沒有比我好啊，妳是用甚麼身分教訓我啊，要是沒有他，就是我也不會看妳一眼。」

她把她扯進帳篷裡，「妳還真的在他身邊待久了，假清高本領學得特別好，當初沈籌和妳在一起的時候，妳又是甚麼樣子呢？」

「我沒有和他在一起，那都是大醜怪亂說的。」

「可是他說妳很喜歡他，只是子都不喜歡，然後你們發生了一點事情。」洪岱曖昧的笑著，「這就是為什麼別人總不知道你們幹嘛那麼討厭他的原因，因為你們不能說啊。」

「他是對我不禮貌，就這樣而已。」和玉想爬起來，洪岱舉起腳往她的肩膀踹下去，和玉摔在球籃裡。

「那不重要，誰在乎真相啊！就算過去沈籌沒有得逞，今天這一切也會變成真相。」說完，抓起旁邊捲成一疊的墊子砸向和玉。

洪岱踏出帳篷，沈籌就在門外了。

她笑：「我問過了，她果然很喜歡你，只是缺乏勇氣，女生嘛，嘴上說不要但心裡都是很喜歡的，你主動一點，就好像萬隆主動之後，如雪還不是乖乖跟他再一起嗎。」

沈籌兩個眼睛皺在一起，像老鼠發現食物一樣握住手。

他克制不住興奮說：「那我進去了。」

子都不敢相信自己聽到的話，震霍竟然吸毒。在他心中同樣震驚的是——洪郁喜歡的是雷震霍。

怪不得倪子風死的時候，她還能雲淡風輕的譏笑。

「就這樣畢業吧，不要再和萬隆糾纏了，原本以為你身邊的人死的死，走的走，你又毀了容，你就不可能再出現了，這樣震霍或許能跟我在一起。」她言語中有憤恨，無關道德的埋怨，「但你為什麼又回來了，你不是甚麼都不爭嗎，為什麼要好好地走回來。」

子都搖頭，「我不可能放過萬隆，他不只一次的陷害我和我的朋友，甚至是毀了他們的人生，我要怎麼原諒，換作是妳能當作一切沒發生過嗎。」

「死都死了，你想要怎樣，你要對付萬隆我知道你會贏，遲早的，但是萬隆最後要是不甘心，把所有人都抖了出來，你知道會有甚麼後果嗎。」

「妳既然會怕，當初就不應該做喪盡天良的事，我不能讓妳用死來償還就已經很難過了。」

「我不是你朋友不需要你在乎，可是震霍呢，一旦他吸毒被抓到，他的一生就毀了，他想當警察你知道嗎，一個曾經吸過毒的人，你覺得他還當的了警察嗎。」

「我……不知道他想當警察！」子都見洪郁心急而哭，心裡可笑說：「妳何必喜歡他，搞得自己這麼狼狽，妳知道正因為妳跟我說這些，妳才真正輸了。」

「我求你，妳要我怎麼樣都可以。」

「我答應了你，那我算甚麼，我們受得委屈難道是應該得？」

「我保證到畢業那一刻，你們都不會再受到任何傷害，我會把我知道的都告訴你，他們的每件事我都知道，只要你放過雷震霍，拜託，求你。」

「不需要，你們早就已經無計可施，要不然妳也不會來找我。」子都抽了兩聲衛生紙扔到她手邊，「把眼淚擦一擦離開吧，我不會讓洪岱知道妳來找我，雖然看你們互相攻訐很有趣，但就看妳尚有一點人性真情，我放過妳一次。」

說完子都一刻也不想留在這裡，雷震霍竟然犯了這樣的錯。

他完了，毀了。

「你錯了，狗急了都會跳牆，何況是人。」

子都才跨門一半，「你甚麼意思。」

「如果洪岱握有你們的把柄，這樣你們就不能拿她怎樣，否則她說出來大家只是一起完蛋。」

「只可惜我沒有甚麼把柄，我可不像你們壞事做盡。」

她踉蹌地走過去，像一個勉強行走的死屍，說：「你當然沒有，可是全天下都知道你的弱點是甚麼，你不怕自己被傷害，不代表你不擔心最親愛的朋友受傷啊。」她陰狠得笑起來，哈哈說：「是你逼我的，本來要是你答應放過震霍，我可以讓你去拯救你的朋友，可是你偏偏自以為，現在，我也只能和我姊一起共享這個把柄，好保證你不會傷害震霍。」

「你到底在說甚麼。」子都痛恨的把她拉起來，「別跟我裝神弄鬼，惹毛我，我現在就讓雷震霍跟著萬隆一起去死。」

「你敢！」她咬牙切齒，「有本事你去，這樣大家就會知道沈籌對和玉做的事情，一個被猥瑣男人非禮過的女孩子，多麼噁心人。」

子都拋開手，她碰的摔在地上，「我以為多大的本事，拿以前的謠言說，隨便妳吧。」

「現在在操場的帳篷裡，林和玉跟沈籌都在那裡，那種崩潰的感覺，你好好享受吧。」

和玉想衝到外面去，卻被力氣大得異常的沈籌揪住。

他失去人性的看著眼前柔弱的和玉，這樣的場景和眼前唾手可得的女孩，他早就被下半身控制了。

他令人作噁得說：「我知道妳喜歡我，不要怕，我也喜歡妳。」

和玉崩潰的大哭，沈籌毫不理會。和玉往後面跑，結果被沈籌一揪，袖子嘶嘶的被扯破了。

時間被掐得精準，再晚一秒鐘，沈籌就會親上她的嘴。

江南身後有三個高頭大馬的體育生。

江南衝進去把沈籌摔到一旁，讓他的頭撞上鐵櫃。

他把外套披在和玉身上，鎮定的說：「沒事了，沒事了，你先回綴玉，等一下教官室會找妳的。」

子都一來就看見和玉披頭散髮的哭泣。

「怎麼會這樣子，沈籌在哪裡。」

「沒有，我沒事，他們在裡面。」

子都疑問：「他們？」

「江南剛好和體育班的巡到這裡，還好有他。」

一群人坐在綴玉面色凝重。

和玉一回到桑華就不可抑制的大哭起來，薄艾抱著他聽完整件事，氣得哭出來。

「太誇張了，洪岱不要命了吧，這樣的事都敢做。」連琳俐也詫異她的手段。

「仔細想想，你不覺得這樣的思維很熟悉嗎。」子都早就覺得之前每件事都不是意外，分析說：「她說比起讓我受傷，我親近的人出事反而更讓我難受，現在是和玉，如果是以前大家都在時候，你們覺得誰看起來跟我最親近。」

「除了和玉。」姿靜驚嚇的說：「你說甘棠！這完全解釋得通，而且我認為不只甘棠，從外人眼光來看，如雪有一段時間跟子都是形影不離，說他們是一對，也不會有人覺得奇怪。」

薄艾說：「所以萬隆會對如雪下手，很有可能是受洪岱的鼓舞。」

琳俐認同，「不然如果要下手，他原本喜歡的人是薄艾不是。」

子都又氣憤又懊悔。原來是自己，他們說的完全是對的。外人先以為他和如雪，卻等到如雪真的被萬隆佔有後，子都對如雪的失望讓他們認為判斷錯誤，於是目標轉向甘棠。直到甘棠離開，他們又想那原來是和玉，所以無論是薄艾還是貌美的姿靜都不曾受到傷害。

琳俐振奮得說：「太好了，既然都想清楚了，只需要讓他們被調查，總會有證據的，以前的事不提，光是今天和玉這樁，他們就全完了。」

子都說：「洪岱為了對付我們，她會說不干萬隆的事，他照樣不受影響。」

「最起碼她和知情的洪郁是跑不掉了。」

子都立刻說反對，「她說對一件事，不管真相如何，只要別人聽信謠言，和玉就不能做人了，我不允許這樣的傳聞跟著她一輩子。」

琳俐扳起手，問：「那就算了？你說算了，教官室是已經知道了，他們不可能當作沒發生。」

「處理是要處理的，只是目的在讓他們恐懼，這就足夠了。」

子都走到和玉旁邊蹲下，「不要擔心，這樣的事情以後不會再有了，妳也真是莽撞，怎麼收到紙條沒跟我說。」

和玉怯怯得看了薄艾。

「先讓她休息吧！不過你現在要怎麼辦。」薄艾說。

「我要去找江南。」

教官室江南正在跟教官說明前因後果。

「你來了，教官正要找和玉，畢竟她是當事人，等跟她陳述完，教官馬上就會找洪岱他們家長來。」

子都面無表情的瞥了江南一眼，對教官說：「她才剛剛放鬆一些，再讓她休息一下吧，她情緒太激動也不好，最晚放學前我會讓她過來的。」

子都和江南離開教官室，往鳳園走。

「你別太有壓力，事情已經結束了。」

子都確定四下無人，開頭就問：「你早就知道這件事情了！在她中午赴約之前，對嗎。」

「是，我知道。」江南一臉坦然，「這怎麼了？和玉告訴你的。」

「她沒有跟我說，只是我聽到你恰好在那裡巡設備，又恰好救她，天底下沒有這麼巧的事，你是怎麼知道的，你放了誰在他們身邊？」

江南哈哈笑了兩聲，緩和氣氛，「你把我當成中情局還是軍情六處，我要是有辦法在他們身邊安插間諜，我會讓你受傷嗎。」

「那是怎麼回事？」

「是和玉告訴我的。」江南拍了他肩膀，拉他在花圃旁坐下，「我剛好要去教室找你，問你午餐想吃甚麼，那時候她剛收到紙條就順便跟我說，我想這一看就不會是好事，叫她當作沒收到就好。」

子都點頭，「原來如此。」隨即變臉，眉頭蹙著對江南問：「既然這樣，你又怎麼會剛好走到操場去，如果你相信她不會去，又何必多此一舉。」

江南無奈的轉過身，看了這一帶的綠樹把陽光遮的密密實實，可還是有光線能偷渡層層葉片灑落。他輕笑：「我想她會好奇，所以放心不下，找了藉口帶著幾個體育班的人到那裏，沒有想到還好有這麼做，剛好救到她。」

「你還是不說實話。」子都站到他面前，「你算準了她會去吧，她不是一個聰明的人，想著反正去去也不會死，然後你就看著她跟洪岱一路說話，直到進了帳篷，換了沈籌進去，你估一下時間，覺得還不足以出事，卻又不至於進去逮人甚麼都沒有。」

江南不笑不說話，只是靜靜的聽他說。

「還真的給你算準了，掙扎也有，撕衣服也有，就算你再晚了幾十秒，也不過是被親了幾下。」子都停下來，「我說的對嗎。」

江南舉手投降，「柯南，你贏了。」

「江先生，你竟然拿和玉的清白做賭注，你有沒有想過萬一事情不這樣發展呢，凡事都有意外，如果事情已經失去控制，你還特地準備了三個不相干人全都看見了，你是要和玉去死嗎。」

江南試圖抓住他的手，但是子都顯然不想給他碰到。

江南坐回花圃上，乾淨的雙手合十擺在鼻尖說：「嘿，我先向你道歉，但不會有你說的狀況，你替她想得的確更周全，可是我只想早點幫你解決沈籌，洪岱他們早該接受懲罰了，你看這件事情不就剛好讓他們翻船了嗎，雖然危險，但結果還是有驚無險，接受我的道歉，好嗎。」

「你不可以拿她的人生做賭注，我不管你是不是有把握，我只覺得你這樣很糟糕。」他非常爆炸的對江南說：「這件事情不可以公開，但導師要通知，家長也要通知，我要讓洪岱鞠躬道歉直到我滿意，然後在他們百般求饒後我會放過他們，這樣他們永遠心存恐懼，還能最大程度的保護和玉的名聲，只要他們不想被告，洪岱、沈籌還有洪郁他們都不會說。」

「你確定，機會可能不會再來，精神上的警告你就滿足了。」

「得饒人處且饒人吧，這麼久以來，我也累了。」

「你就這麼喜歡她，為了她這麼好的報仇機會也不要。」

子都的眼神柔和許多，深沉的嘆氣說：「她會是我一輩子的朋友，怨恨是一時，可是友情是一輩子的，我不願意為了一時的快感，失去一輩子的朋友。」

他看向江南，雙手搭在他的手臂上，然後輕輕抱住他，「其實我不怪你，你是一個溫和敦厚的人，只是因為太在乎我了，江南，不要因為我改變你自己。」

江南繞過他脖子，輕輕搔著他的臉，「遵命，你是老大！」

兩天後，教官出現在十三班門口，子都點頭。

和玉沒有動作，「我不去了，我又不知道說甚麼。」

子都想想也好，說：「我這樣的處理方式，是我認為對妳最好的方法，但如果妳想給你他們一個真正的教訓，我們可以請律——」

「——你知道我是感謝你的，我家人也贊同大事化小、小事化無，反正我一切平安。」

到了教官室，三個人和家長都到了。

子都抬頭挺胸的走進門，他今天穿了一件Dior的黑色襯衫，向嚴驍借來的點子。臉上清淡的表情讓洪岱的家長不滿。子都還想個人的錯誤儘量不牽涉到家長，只是看到她母親那種一臉憤恨不平，就覺得可惡。

全部人都站著，彷彿等待子都發號施令。

「和玉不想再看到你們這些沒禮義廉恥人格扭曲的傢伙，所以我替她聽聽你們的道歉，希望有足夠的歉意，我要先講的是，我們已經請好律師和該蒐集的證據，只要我走出這個門時心中的不平沒有消解，你們三位就要為自己的惡行付出慘烈的代價，我會傾盡全力做到的。」

四個教官夾在兩側，像是擔心那幾個人隨時會撲到子都身上。

教官手舉了裡面的小沙發，「大家到裡面談吧，別都站著。」

子都沒有移動腳步，大家都關注著他，也都沒動。

「全部的人也進不去，我想有些人的問題可以先講。」子都用眼角瞥沈籌，目光放在他母親身上，輕笑。

「阿姨，在這之前我不曉得你有沒有聽過我了。」

「我知道，你是子都。」她看了他胸前繡的江佐略微尷尬。

「所以你也知道沈籌的麻煩不單單是這一件吧，他已經不是第一次不知死活了，並且毫無悔意。」

沈籌倒是這三個人裡臉最臭的。洪郁一臉平靜，死刑犯在接受槍刑時一切已無謂的面容或許就是這樣了吧。而洪岱則是一臉壓抑怨恨，只輸家不得不低頭的姿態。果然沒有腦袋的沈籌最誠實。

「真的很不好意思，上次我就想帶著沈籌登門向你還有你的父母致歉，他動手真的很糟糕，我不知道他怎麼會這樣，但是他一定不是有意的。」

子都笑出來，「那我想大概是朋友帶壞他吧，他是不是從小還是個品學兼優的好孩子。」

「對不起，如果有需要金錢賠償你和林和玉同學，沒有問題，我們一定會表達歉意的。」說完還拿起旁邊的水果禮盒。

子都漠然地看著。可惜一個辛苦的母親，這樣的兒子恐怕是她這輩子最大的痛吧。「不用了，他和我一個班，我雖不張揚，但沒人不知道我的父親是多麼的有錢有勢，上次我沒拿一塊錢醫藥費，就說明了我這些我都不屑，我要的也不是他能給得起的。」他無奈的一笑，「實話是我不想為難阿姨，我知道妳的無奈，原諒不原諒這話其實沒有意思，只有一件事，他從此要安分守己，如果未來不幸還有任何的相遇，他要費盡力氣的避開我們，永遠的讓我們忘記他，否則，如果他依然恬不知恥還在我面前張揚，那一切就沒好說了。」

子都終於把眼光放在沈籌身上。他才發覺自己沒有好好看過這個人，大家都說他醜，但今天仔細一看，還真的沒有冤枉他。

人醜心更醜，表裡如一也是不容易呀。

「如果不是我看你沒了父親，你母親一個人處理你這個禍害不容易，我不會輕易放過你的，好自為之。」

走過去的時候子都發現他其實眼眶有淚，他呢喃說：「為什麼你不喜歡我。」

子都輕聲答，「你被一輛卡車追著撞，開心的起來嗎。」

一個男教官光亮的額頭上已經滿滿是汗了。

「剩下的我們坐著說吧。」子都率先走進去。

桌上象徵擺著幾杯茶，但沒人有心思喝，子都看著熱氣逐漸逸散。

「你還記得我說過的話嗎。」洪郁看著桌上，像是那裡有她的聽眾，「在事情發生之前我有找他，把一切都告訴他，我受不了良心的譴責，所以都說了。」

洪郁這是在賭，他在賭子都的善良。

如果子都不幫他，那麼她非但不會被寬恕，而且她姊還會怨恨她，大概又是一輪新的鬥爭；如果子都幫他，一來她顯得尚有良心，二來洪岱會以為她站到子都身邊，自己壞事盡露了。

她贏了。

子都說：「是，最後一刻妳良心發現，雖然妳依然可惡，可是比起他們還像個人，但我比較想問的是，妳是認為這樣就代表妳可以無罪了？」

洪郁抬起頭，如果是別人她會裝可憐，在教官面前，在家長面前，她可以矯情又無恥的讓人相信她只是一時走偏的少女，但是面前還有一個白子都，她知道做作不過是讓自己死得更透徹而已。

她想如果一定有種惡人會被寬恕，在白子都心中，大概就是壞得不求後果，甘願承擔的人吧。她又猜對了。

「就像你說的，原諒不原諒說了沒意義，但從今天開始我會每天到鳳園打掃思過，暑假我也來，直到今年九月高三升上來，這間學校再也沒有我的位置，我才會離開。」

子都知道她是個聰明人。懂得害怕的人，就懂得收斂。

子都呵呵的說：「剩妳了洪岱，妳以為我是瞎子吧，現在才演痛哭流涕，說句實在的，在場的誰看了會心疼啊，其實做人好也罷、壞也罷，要知道自己是甚麼東西，甚麼德行，別給人二度傷害好嗎。」

洪岱母親指著白子都吼：「你人身攻擊啊，這我也能告你。」

「給她電話。」子都又把茶杯拿到嘴邊，一臉詫異地問：「不是要告嗎，快點，看是要聯絡親友還是警察律師，我等妳，別讓孩子輸在起跑點，動作快。」

她母親說不出話的抽回手。

教官打圓場，「大家好好說，其實子都他們很善良，雖然是你們不對，可是沈籌和洪郁不都被原諒了嗎，好好道個歉，是孩子犯的錯，就是錯。」

子都輕笑。「我是說阿姨也不是滿帶歉意而來的，既然這樣我就不怕把話說難聽了，妳不用這麼囂張，今天我要是想，我就可以把你女兒告到全世界都知道她是個多麼歹毒下流的人，妳這個做母親的，也該羞愧了。」

她母親作勢要反擊。

「妳要是敢罵我一個字，我就會讓你們祖宗十八代重新挫骨揚灰，掘地三尺跟你們有關的人我一個都不放過，不怕讓妳清楚的明白，我家有錢有勢，如果我狠起來，你們家這輩子都別想有好日子過了。」

「嚇唬誰呢！」

「妳看我的樣子是在唬妳的嗎？」子都微微的勾起嘴角笑著。

「記清楚了，永遠不要跟比自己強的人鬥，看看現實吧，論家財權勢你們是個普通到不能再普通的老百姓，論子女才華樣貌……妳就是再瞎也該看清，到了這時候還跟我耍嘴皮子？我就問問妳，請律師十幾萬十幾萬的花你們家花得起嗎？但我們這種人家來說，一餐幾十萬都不是一件事，何況是打官司呢。」

「有錢就囂張嗎，就能欺負人嗎！」洪岱拍桌子喊。

「就是欺負妳又怎麼樣，妳又奈我何，給妳一條明路，找空開記者會哭幾聲裝可憐，好讓大家知道妳就是這樣的爛貨。」

子都撇過頭，對她媽媽說：「妳也是有女兒的人，難道就不能體會別人家女兒身受險境的可怕嗎，妳怎麼教育子女的？算了，妳離開吧。」

「你跟她一個人想幹嘛。」

子都忍不住哈哈笑，「你女兒是我三倍大，我的大腿還沒有她的手臂粗，我都不擔心她對我不利了妳還擔心甚麼。」

「我想問問她真實的想法，給我們說幾句話吧。」

洪岱瞪著白子都。

子都目光寒得沁人骨髓，「把妳留到最後，就是我想知道妳一次又一次不厭其煩的陷害我，到底為了甚麼。」

「這麼無聊的問題你也問，我想想，說你壞話是從好久以前就開始了吧，其實不只你，只不過你是其中一個，你一直都高高在上，大家都喜歡你，一直到你轉到我們班，我在想我的機會終於來了，我可以把你踩在腳底下，多開心，其實如果你向我求饒，我還是可以放過你的。」

「癡心妄想。」

「是，反正你贏了，隨便你說。」洪岱惡狠狠地看著白子都，「你以為自己不屑我們，不和我們接觸就不是傷害我們，你到底憑甚麼，你瞧不起人的眼光就跟我的所作所為一樣惡毒，白子都，你不過是老天爺給你一張漂亮的臉蛋，不然你有多惹人厭，你只是很好看的壞人而已，這天下是不公平的。」

「好在妳還知道自己長得很扭曲，智商沒有大礙。」白子都哼了一聲，「妳可以討厭我，我本來就不在乎被人喜歡或討厭，妳就是天天詛咒也行，可是妳不能傷害我，更不能傷害我的朋友。」

「你有本事就把我告上法院，白子都，你今天既然會來我就知道你不會這麼做，你要是會早就做了，根本就懶得見我一面。你今天會因為朋友而放棄報仇機會，有一天你一定會後悔的，我就詛咒你死在朋友的背叛裡。」

子都頓頭，「萬隆之所以對如雪下手，我和甘棠兩次遇到危險，都是妳滿心詭計借萬隆的手陷害，這前前後後加起來，妳這輩子除了監牢和不名譽，還有其剩下的嗎。」

「那不是我做的，你沒有證據。」她往沙發的方向縮，卻抵著不能動。子都拿起她面前的茶杯，潮她的褲子潑上去。

「你做甚麼。」

「妳嚇到都尿褲子了。」

「明明是你拿茶潑我。」

她詫異的看著白子都的平靜，「真相永遠只有一個，那就是我白子都。」

她拿紙巾的手摀住嘴，憤恨的啞然嘶吼。

「不管以後是不是過了追溯期，所有的證據都足夠讓妳在社會活不下去，所以妳會比沈籌辛苦，我不會要妳不出現，相反的，我會打探妳的消息，只要我覺得妳過得太舒服了，太幸福了，我就會把這些事情公諸於世，妳要記得，一直到你三十歲、四十五十六十，妳有小孩或者孫子的時候，我都會睥睨著妳，甚至是妳死了，我一個心情不愉快，還是可以把陳年舊帳翻出來。」

洪岱終於哭了，但是沒有眼淚，只有黑黑腫腫的臉扭曲成一團，「我以為我已經夠狠夠可恨了，沒想到跟你比起來還差真多啊。」

「現在明白這些道理還不晚，我會讓妳順利畢業，然後一輩子惴惴不安的活著，這是我給妳的寬容，也是懲罰。」

子都舉起茶杯，她猛然一縮。子都笑著放下。

他對她的恨意，都潑回去了，她該受的懲罰，他都放下了。

人事到底，善良的人依舊良善，罪惡也不曾被洗淨，只是用來渡化了一個光輝的乾淨人兒。

「王教官，我弟弟呢。」

教官眼神裡面，「剛剛子都真是讓我另眼相看。」

「是江佐。」

「對對！」教官摸了下頭，「我還想那家長來者不善，要是今天沒有圓滿解決鬧出去，一旦流傳上報不光是我們教官室會接到一堆關切電話，對學校也是重傷害啊。」

「那江佐都解決了。」

「畢竟這是很大的傷害，不過他每一句話都入情入理，不簡單了。」

正巧子都走了出來。

江南笑問：「都結束了？」

「還早呢！」子都嘆氣，對江南一笑。

心計17

子都撫著自己胸口，恍恍惚惚的，白襯衫下的心臟彷彿休息中。

和玉捧著她養的鸚鵡，趴在書桌上搖旗吶喊，「加油！把蛋生下來。」

琳俐踏著紅色PRADA喀喀喀盪進門，一邊對著子都打招呼，一邊對電話裡的人確定保養時間，一邊叫姿靜去敷錦拿兩支玫瑰香檳來。

她翻了一個白眼，「林和玉，妳家的鳥是太肥了而不是卡蛋好嗎。」接著打量著她越來越圓滾的兩頰，咳嗽說：「和玉啊，一個年輕少女超過五十公斤是犯法的妳知道嗎？至於妳魔幻的穿搭我就不評論了。」她攤手。

甘棠沒好氣地阻止她，悠悠的倒了一杯花茶，朝子都招手，「李琳俐，警察不管這種事！」

「是嘛？但起碼社會風俗不允許吧。」她拎了兩個大紙袋，遞到如雪面前的玻璃桌，上面灑滿了冰晶，瑩瑩發亮。琳俐說：「妳趕緊試穿，特別適合妳。」

如雪水潤的兩頰依舊光澤，她點頭笑說：「怎麼妳到哪裡都能找到適合我的衣服！」

嚴驍用香檳拍了下子都的肩，聳眉說：「自己的地方，進來啊！」

子都怔怔的點頭，正要跨步，一隻手就豪爽的勾住他。

舒服又低沉的男聲說：「他是在等我。」

子都沒有動作，直到倪子風走到他面前，雙手支在膝蓋上。他齊高的凝望子都，濃眉大眼，他笑：「幹嘛，要我抱你進來啊。」

薄芝和姿靜從背後拉著他進門。薄芝問：「子都，今天晚上我們要去101看煙火，你說要不要順便訂KTV？」

喧鬧的鈴聲像從天際傳來。

如雪哀傷的看著他，那雙眸子彷彿只能詮釋哀傷的感情。大家紛紛站起來，倪子風大大的手掌貼在子都的臉龐，嘴角勾笑說：「我先走啦，我答應你，我們一定還會再見的！」

「拜託等我一下！」他猛然張眼。

千新學長看著他，手貼在他額頭。

「你怎麼在這裡。」子都的喉嚨像是在沙漠待了一夜乾澀。

「你發燒了，江南要到學校處理事情，他不放心你，所以讓我過來，晚一點他會陪你去醫院。」

子都勒住自己脖子，「你讓我去洗個澡，等一下陪我吃早餐吧。」

千新順了順他的頭髮，「去吧，不過現在已經是午餐時間囉。」

子都在腦海裡搶救細微片段，但像追斷線的風箏，看它越飄越遠。

千新穿著一件紅色喀什米爾毛背心，搭著一件紫黑襯衫，高挑的背影，有點像某個故人，子都恍惚失神。

千新發現在樓梯上止步的子都，挑眉看他，「怎麼了，不是需要人抱你下來吧。」

「說甚麼呢！」子都流暢的白眼，「我只是想到一個朋友，而且為什麼你老是一副我才七個月的態度！」

「因為你哥囑咐我要注意你有沒有不舒服，飯後果汁和甜點有沒有吃完，想要做甚麼就陪著你，他還給了我一支緊急電話喔。」

子都不確定他是玩笑還是真的……

子都難得沒有胃口，還好江南之前應付他時候就有心得。只要地球上還有一顆草莓，他就不會絕食。

但在他吃了一籃草莓的一個小時後，他全吐了出來。

子都躺在千新意想不到的腹肌上，當然有一個薄薄的襯衫隔著。這年頭男人沒有肌肉是不是不能出門？

「學長，如果你有一件兩難的事，你會怎麼做？」

千新學長捏著他的肩膀，嚴肅說：「你講得太清楚了，我可以寫三十頁報告給你建議。」

「就是有人吸毒而那個人是我好朋友喜歡的人，說完了。」

千新唰的坐起來，貼著他的額頭問，「弟弟，你沒跟我說笑吧。」

「那你覺得好笑嗎。」

「跟你哥說了沒有。」

子都理直氣壯的說：「不能跟他說！他擔心我受到任何一點傷害，這件事會被他視為威脅，他會立刻手起刀落除掉不安因子的。」

「那你還跟我說，你明明知道我跟你哥的交情，我們就是你跟那個小玉。」小玉，西瓜嗎。子都雙手壓著他的臉，「你去說啊，反正你妹妹嫁進來之後受到我虐待，也沒關係，或者，你覺得如果我反對，我哥會讓千秋妹妹進江家大門嗎。」

千新抿嘴，一臉痛苦的拿起手機。

子都揪住他，「你真的要說啊。」

「不，我只是要打電話恭喜江家老爺，有這麼一個思慮周全的兒子，以後訓練訓練，江家憑著你們二人一定前途無量。」

腦內像是有小妖怪敲打神經的痛，他搗著頭，「你甚麼意思。」

「這麼前途看好的家庭，我當然要把妹妹送進來。」

「說正事，那個陳萬隆，雖然他是受洪岱挑撥，可是壞事確實是他雙手做出的，我不想放過他，可是一旦揪出他，那個吸毒的人就會被連坐，我不知道怎麼辦。」

「你跟那個人談過了嗎？」

「沒有，其實我有點怕，我不想跟知法犯法的人有牽扯。」

「真的不行，還是告訴你哥吧！」

子都推開他，在客廳踱步，他花了兩分鐘兜完一趟，說：「剩不到兩個月就要畢業，我不能在拖了，我決定今晚就要找他說清楚講明白，如果他真的做錯，我也救不了他。」

「你這話不公平，如果是那個和風小玉的走錯路，你會這麼公正？」

子都翻白眼說：「她只差呼吸都要向我報告了，走錯路沒門。」

到了春天的盡頭，空氣中悶熱的水氣鬼祟的爬在人的頸脖上，一層薄薄汗意讓人心煩意亂。墨灰的雲聚攏，忽如其來的一場暴雨淅淅瀝瀝打下來，像是用盡力氣的洗刷草木、樓台、人跡，關於桐城高的一切。

子都在穿堂上的欄杆上獨自一人，看著東苑鐵門上的金銅漆已經有掉色，那是被好多人進進出出，每一雙手的溫度給斑駁掉的。鐵打的營盤流水的兵，這三年來，從稚嫩的他們踏進大門開始，桑華就矗立在那，無論誰是它的主人，對它來說不過都只是空間的一段記憶而已。

子都想起自己第一次踏進東苑，也是在一個諾亞方舟狀態下的大雨，他和子風闖進了東苑，大概就是從那一刻起，桑華就注定了乘載他們這些年輕孩子的歡苦悲笑，說白了，這樣撕裂又注定雲消煙散的年華，正是每個人的年輕歲月。

在進桑華門前，子都撿起一片嫣紅完整的花瓣。

「落花人獨立。」子都低笑，「妳不是那種多愁善感的人，為什麼看起來這麼憂愁。」

和玉一貫的露出惶恐，「我只是覺得這個世界好可怕，沒想到那些在新聞上的事件都會發生在我們身邊，以前國中班上有打架鬧事、吸菸逃課的同學，我以為這樣已經很誇張了。」

「這個世界不是按照妳以為的樣子在運轉的。」子都把那片桃花沾在她手背上，「和玉，天真是妳最大的優點，妳要好好握著，一個人要是連唯一的好處都沒有了，那就一點價值都沒有了。」

和玉低頭看著那辦桃花，放在手心。

「如果薄芠堅持要和震霍在一起，我不會再勸她一句話，她一向喜歡獨立自主，凡事都有自己的想法，真到了我們再也不能溝通的時候，我只會說是我們這幾年來都變了，不再那麼心有靈犀。」

「你會和她絕交？」和玉震撼的朝門內看著。

「你們之所以是我的朋友，我寥寥少數的朋友，並不是我別無選擇，而是因為我喜歡也只需要你們，只要我執著，無論你們怎麼傷我我都不願也不會放在心上，可是當我放下的時候，一切都舉無輕重了。」子都眼神脆弱的看著她：「我發現到頭來我誰也不能保護，既然如此，我只能守護我自己，也許一直以來我都錯了，真正把我放在心上的人就那麼幾個，也已經走了幾個。」

聚會依舊是琳俐和姿靜打理。薄芠已經等在裡面了，大家白天在學校悶頭讀了一天，晚上能輕鬆地吃個飯都像是出國一樣暢快。

薄芠掀開濃湯上面的一層酥皮，熱煙竄了出來。罵說：「古嬙威除了一直發考卷，最近總是避免出現在班上，她大概已經心灰意冷了，誰叫她之前選擇幫助沈籌，一個老師濫用不平等權力對你明嘲暗諷，她也是夠低級的。」

「她就是那種不允許老師地位被撼動的人，老一輩的思想還沒轉過來吧，覺得學生要把她當成祖宗一樣敬重和巴結，偏偏我最討厭這種形式，她就是再喜歡我，也不可能放過我。」

雷震霍跑了進來，頭髮上有零星水珠。他精神很好和大家打招呼，自己坐下來開動。

「你不是要考警校嗎，五月十幾號就要初試了，都不用準備？」

雷震霍古怪的抬頭，好奇的問：「你怎麼知道我的考試日期，咦！幹嘛突然關心我。」

「我並不關心你，我知道的事情還很多。」子都放下叉子，沉著一張臉說：「那天晚上你還有事情沒告訴我吧，別自作聰明了，說不定你會因為隱瞞而害了你自己。」

震霍眼神飄向正在夾沙拉的琳俐。琳俐是桌上唯一還在用餐的人，其他人都停止了動作，不知道眼前會有甚麼發展。

「你問我？對，是有事情，我自作聰明只是覺得有些東西不需要公開了，你是想要問如雪的事吧！」

「甚麼？」子都幾百年沒聽見別人說出這個名字了。

「我見到了她，她根本沒瘋，不過比瘋了更慘，萬隆竟然讓她去私人招待會所……」

子都試圖想些其他的可能，但連和玉都理解這個意思而訝異地喊叫後，他知道萬隆做出了這麼喪盡天良的事。

「李琳俐，妳怎麼好像不太驚訝。」震霍說。

琳俐鎮定地看著盤子，「她嫁給那個社會敗類我本來就不覺得她會幸福，我再心痛又能怎樣呢。」

「妳心痛，拜託，妳以為不會有人知道妳和嚴驍做的事嗎。」震霍捏了一塊麵包丟進嘴巴，「白子都，我本來對你是那個叫敬而遠之，後來因為子風和你親近才進了這個以你為中心生活的桑華，子風走了以後，我為了他，為了我自己，我都不想得罪你，可是我很討厭你，而且我發現你根本笨的可以。」他拍桌指著琳俐，「你以為她也對你不離不棄，算是你的朋友吧，我告訴妳，要是你知道她所作所為，你有多恨洪岱，你就會有多恨她。」

子都握起水杯，他看見自己的手再抖，因為他貌似猜到震霍的意思，那時候洪郁到桑華說的話，他徹底只當成是一種無聊的口舌，而且也沒追問，那時候洪郁死瞪著雙眼對琳俐罵：「李琳俐妳不用囂張，你以為我不知道妳被嚴驍狠狠甩開，他在外面連孩子都有了，你要是真的像看起來那麼了不起，他會去找別的女孩子嗎？我想都不用想，就可以知道妳一定是個爛貨。」

孩子都有了！別的女孩子！這到底是怎麼回事？照震霍的話，一個懷了嚴驍小孩的女孩子，如果有，不全然讓人訝異，可是這也不是琳俐讓人生的，她有甚麼錯。

「不可能！」子都看著琳俐說：「如雪的小孩不會是嚴驍的，嚴驍不會讓這個小孩出生的，而且，妳怎麼可能讓他們接觸到連小孩都有了。」

和玉張著嘴看著子都，每個人都不敢置信子都的推論，但這是唯一可能。

姿靜握住琳俐的手臂，問：「如果如雪和嚴驍有甚麼，妳怎麼會不知道呢，妳跟她是走的最近的人。」

震霍臉上納悶笑：「姿靜！他不知道，妳不會不知道吧，妳跟琳俐的關係就像我跟子風一樣，她如果殺了人，妳一定是替她埋屍體的那個。」

「你不要血口噴人。」琳俐怒斥他。

「白子都，你又真的不知道嗎，你就沒有懷疑過嚴驍對如雪的心思嗎，讓我提醒你，如雪能夠近來這間學校，就是嚴驍讓李琳俐幫忙的，硬要說的話，他們的接觸早在這之前。」

嚴驍不是個會白幫忙的人，這點子都相當明白，如果嚴驍會幫助如雪，那必然是她有讓嚴驍所圖的好處，家世背景是不可能的，而如雪最大的好處只要還有兩顆眼珠子能看見光，就不會不知道。

子都不是沒有懷疑過，而是最後如雪嫁給了萬隆，一切都只剩難過和遺憾。

子都不確定的看著琳俐，「我要知道這件事情。」

琳俐誠懇地看他：「我可以好好解釋。」

「他會好好跟我說的，他和妳沒有恩怨，不會說謊。」子都起身，「而且除此之外我還有一件事要問他，關於他自己的事。」

子都叫震霍去桑華等他。在自己也過去之前，他對薄艾問：「我要你告訴我一個結論，你到底喜不喜歡雷震霍，我不會阻止你們，有了倪子風的例子，我不願意在背負他人的愛情了。」

「我沒有跟他在一起。」

「現在沒有，不代表以後不會，也許那是明天的事。」

「在考上一間大學之前，我不想這種事，我跟和玉不一樣，她想找一個人好好定下來，任何一段感情她都誇張的當作一生，而我還年輕，還想慢慢來！」薄艾半認真半笑的碰了下和玉。

薄艾垂下頭，「我要的愛情是自由，不是一個他。」

震霍背靠著沙發，坐在鋪有灰塵的地板。以前子都是不允許倪子風坐上沙發的，雖然他總是挑戰，但是震霍很認命在桑華的位置，他慶幸自己不被注意，因為這樣他就能遠遠的看著薄艾，做一個朋友，或者向她表明心意。

雷聲磅的從天際轟下，子都嚇到一驚，在門欄的地方停了下來。

子都撫著自己胸口，恍恍惚惚的，白襯衫下的心臟彷彿休息中。

天空沉重的像隨時都會塌下來，室內無光。子都走到震霍身旁，在麻布沙發上坐下。

「我從來不知道你是怎麼想我的，我不認為你不好，以前的你老實，就是那種庸常的男孩子，有一點人緣，有一點樣貌，也因為這樣，在我決定重回桐城時才選擇了你跟我共同分擔挫折，對我來說，終究是知根知底的熟人，我對你很放心。」

「那為什麼你不能讓我跟薄艾在一起。」

「我覺得薄艾有喜歡你的，可是她能喜歡你，就也能喜歡別人，既然我知道你不會是她最後的人，那我便沒必要讓你耽誤她，毀了她少女那種乾乾淨淨的氣質。」子都抬了他手臂，讓他坐上沙發，「你覺得如果倪子風活過來，我會讓他和和玉在一起嗎？」

他認真的問：「難道不會？」

「當然不會，你是好人，他也是好人，或者說你們最後都變成了一個我認同的好人，但是你們還是那種我討厭的男人，一味的犧牲奉獻，好像這樣就非得讓人感動用情感償還，有些不對啊，那是不是只要有人能為我去死，我就要一輩子感激了，合理嗎？而且你說你愛薄艾，但在我看你不過是著迷在自己的情緒裡，你是愛，可是你還那麼年輕，要是你活到八十歲，你有信心看著薄艾一天天容貌老去愛她六十年嗎？你不能，天下的男人都不能，所以我輕視你的愛情沒有錯。」

「我再問你一次，你喜歡薄艾嗎？」

他低頭不語，彷彿天地間就只剩下愛與不愛這個問題。

「我愛她，我不知道這種感覺要怎麼證明，也不知道有一天會不會改變，但是那又怎麼。你曾經覺得你不可能把倪子風放在心上，可是最後你竟然為他哭了，你敢說你把我放在你身邊，難道跟他一點關係都沒有。」

白子都不可置信的看著他，冷笑：「好，你說的也有道理，我的確改變了初衷，也許你就是薄艾那個對的人，如果你沒有吸毒的話。」

震霍睜大眼睛，氣聲問：「你怎麼知道。」

「洪郁告訴我的，不過我猜，從前你們就多少碰過了吧，他有那種髒東西的傳聞以前也就有了。」

「你要告訴警察？」震霍把子都拉到他面前，瞪著他，然後哈哈的丟開手。「我知道了，你想要藉著這個機會處理最後的萬隆，是嗎。」

「吸毒加上販毒，這夠讓他把社會敗類的招牌扛的緊緊的，這不是我最好的機會嗎。」

「那讓我再告訴你一個有利的事情，如雪的孩子，是他親手殺死的。」

子都抓著自己的衣領，眼睫毛顫抖。「他親手殺死自己的孩子！」

「虎再毒也不食子，他殺死的是嚴驍的小孩，本來應該是不會被發現的，偏偏那個小孩運氣不好，有一雙跟他爸爸一樣的藍色瞳孔。」

當初如雪發現自己懷孕，並且確信這個孩子是嚴驍的，嚴驍當然不可能跟她結婚，再美的女孩對他都只是玩物而已，他安排琳俐帶她去墮胎。如雪是個善良女孩，她不願意殘害一條生命，何況是在自己肚子裡的無辜，她告訴琳俐嚴驍可以不管她，只要讓她生下這個小孩。琳俐想要是這個小孩生下來，沒人能保證以後不會干擾到嚴驍，而且等到小孩大了，萬一認祖歸宗，進入了她和嚴驍的家庭，她簡直是給自己找麻煩，這是個後患。

她逼著如雪一定要墮胎，但如雪死活不肯。最後只好採取一個折衷的辦法，就是讓這個小孩徹底的跟嚴驍無關，也就是變成別人的小孩。而能夠合理地擔任這個角色的人只有曾受洪岱誘使下手的萬隆。如雪嫁給了萬隆，小孩從此就是萬隆的了，這樣她一輩子都與她和嚴驍無關。

偏偏這個小孩繼承了那雙眼睛，萬隆這麼暴戾的個性自然不可能容忍被設計戴了綠帽子，他憤怒的殺了小孩，並佯裝如雪是流產後憂鬱發瘋，讓她去做羞辱不堪的事。並且他相信這一切就是白子都那幫人設計的，心裡存了這種憤怒，加上洪岱努力不懈的出謀策劃，造成了彼此相傷的局面。

子都震撼極了，他想到如雪沒瘋，她還有意識地活在這個世界上，難免有一絲絲的喜悅，可是又想到她現在的處境，那不如讓她瘋了。天哪！這是個最大的悲劇，如果他知道他必然會說服如雪不要毀了自己人生，最起碼她絕對不會嫁給萬隆。

「我想如雪會願意幫助你，徹底毀了萬隆。」

「最後這一步將會結束所有的恩怨，可是如雪還有你，卻也會跟著一起結束。」

震霍手心搗著眼睛，低頭怒吼。他問：「我的人生還有希望嗎？」

「在我眼裡，你的人生早就結束了，我不想騙你，你當然可以想無論多大的打擊，十年後或許又能是一條好漢，可是我也要告訴你，如果真的是這樣，那人生就不會有回不去的錯誤了。」

雷震霍手心沾了一絲淚水，他用力的抹掉，「我不怕，好！我會找一個機會讓他人贓俱獲，白子都，這樣我是不是可以認為自己做了一件了不起的事。」

子都沉默。半晌，他問：「你為什麼想當警察？」

雷震霍恍然回過頭，「我只是覺得能夠執行正義是一件很棒的事，可能英雄電影看多了吧。」

「所以你才會崇拜倪子風？因為他在很多人的眼中都是個英雄。」子都扣住他的手腕，「要不算了，殘忍一點的說，如雪已經沒有希望了，你義無反顧的為我們犧牲，我很難不感動，我覺得也許犧牲你和萬隆一起毀滅有點得不償失，我不想你有一天在牢中怨恨我慫恿你。」

「你看吧，你也改變了想法，所以很多事情沒有那麼絕對的。」震霍很兄弟的拍了子都的肩膀，像對子風那樣，「是不是你現在覺得我像他一樣，所以你有點捨不得，哈哈！其實他的死才是改變你想法的原因，只要他不死，你依然會我行我素不對他有一點感激。」

「是，他死後我才了解他的好，可是這不值得，對一個人太堅持是害了自己，就算我現在想彌補他，他都是一堆土了，他得到了甚麼。」

「求仁得仁，這就是他得到了。」

子都輕笑，「你最近說話怎麼那麼有水準。」

「你不知道《搶救國文大作戰》有多難看嗎。」

「我還要你幫我一個忙！」

「沒有比扳倒萬隆更難的吧。」

「替我寫幾個字，我擔心薄艾會為你的行為而感動，你被關也遲早有放出來的一天，我難道要看著我最好的朋友跟一個更生人在一起？」

「連最後一點希望也不給我。」

「你可以不做，我絕對不會勉強你。」

「你就不能讓我在她心中有一點無可取代的好嗎？」

「倪子風當初用義無反顧的死亡換取了他在我心中一輩子的重量，今天我可以允許你逃避你的錯誤，但是你一旦選擇承擔，我能給你的就只有感謝，而不會用我朋友的幸福來交換。」子都覺得心底不難過，可是眼角還是濕了，「我又不要你去死，所以你最多只有我的感謝，不會有薄艾的永生難忘。」

震霍照辦了。他忽然問子都一個問題，「如果能對倪子風再說一句話，你會跟他道歉嗎？」

子都陷入長長的沉默，「不會，我會說別的，比如……我還真有點想他。」

震霍拍手大笑，「你贏了，或者是他贏了。」他掏出一個信封，「在他要離開學校的時候，他交給我，說如果有一天我知道你很想他，我就要把這交給你，我以為我不會看到這天。」

子都鼻子很酸，他吸氣，「謝謝你，雷震霍。」

震霍穿著暗紅色皮衣，背影像是悲愴的英雄，子都低喃：「以後好好做人，畢了業之後你和我們就再也沒關係了，我還是希望你能好好的，人生很長，你自己保重。」

子都那天日記簿只寫著一句話，字跡洗鍊：又目送一個人，離開了。

和玉、薄艾和姿靜還是第一次到江宅，只有子都知道這個晚上將是一切的終點，所有的怨恨都將寫下句號。

這個時刻的來臨前夕是很奇妙的。當被人傷害、踐踏的當下你會覺得自己根本度不過坎，覺得老天無眼讓惡人作孽、好人流淚，可是果然善惡終有報。

子都口袋裡裝著那張震霍寫的紙條，等到萬隆被警察逮捕的那一刻，他就會把這張紙條交給薄芠，兩個人就不會再有藕斷絲連的感情了。

子都倚在江南的扶手旁，悄悄說：「哥哥，震霍會跟警察說他長期受萬隆所迫，你一定要請律師盡量保證他的安全。」

「茲事體大，無不無辜我都不敢保證能否脫罪，不過你放心，我會提供他最大的援助。」

她們三個知道有事，可是細節全然不曉。大家凝重的面面相覷。

直到子都的電話響了起來。他看了是琳俐打來的二話不說掛掉。換姿靜的電話響了起來。

「喂……我們在子都家啊。」說著說著，姿靜美麗的臉孔迅速扭曲起來。

子都說：「怎麼了！」

姿靜放下電話，像是呼吸不過，氣若游絲的說：「萬隆被警察抓了。」

和玉喊了一聲yes，薄芠和她兩個人嘻嘻哈哈，繞著客廳轉圈圈。

子都先是笑，原本想問那怎麼會是琳俐打來，還有她有沒有說他們在哪個警察局。

姿靜幾乎握不住電話，用丟的給子都。

子都疑惑地拿起來，聽見琳俐焦急的說：「你趕快讓子都接我電話，我要跟他說這件事情，怎麼最後是雷震霍死了呢！」

子都一群人趕到學校時，見到警車亮著紅光停了三輛在大門口，他們到了穿堂就被攔下來，至聖園的階梯也被黃線侷限起來。

琳俐坐在一個椅子上，旁邊還有一個警察陪著她。她看起來就是一個精神崩潰的瘋子。她看到子都立刻撲上去，緊緊抓著他雙臂。

「妳怎麼嚇成這樣。」

琳俐用極清楚的聲音快速說：「你最好也跟我一樣看起來嚇壞了。」

子都扶著她的背，子都慶幸琳俐平常只靠光合作用生存，輕得連他都能支持得住。子都對那個警察說：「我可以和她說話吧。」

警察點點頭。

「這到底是怎麼回事，明明應該是在夜店被抓，怎麼會是在校園和萬隆起衝突，然後還死了！」

他們靠在一個大柱子後面，琳俐說：「下午震霍來找我，問我手機有沒有語音備忘的功能，還說今天晚上一定要等他電話，然後錄下來，我當然懶得理他，想說晚上就知道他要幹嘛，結果晚上他打來，可是他沒有說話，我聽見是他和萬隆在吵架，說甚麼為什麼要強迫我幫你販毒，那些學弟很可憐，自己很害怕甚麼的，後面也沒有大多對話，兩個人好像打了起來，最後一句很清楚喊『你竟然敢殺人，難道黑道就不怕法律嗎，你有本事殺了你兒子，乾脆連我一起殺掉好了』。」

「萬隆就把他殺了？」子都驚駭。

琳俐眼睛瞄了左右，「你真的是這樣覺得嗎？我聽他們討論，萬隆說刀子是震霍帶的，還說他沒有要殺震霍，根本是震霍自己失手殺了自己。」

「自己殺了自己！」子都說：「萬隆有沒有說震霍要殺他。」

「沒有，這我也覺得很奇怪，如果震霍想一刀兩斷，那他大可以殺了萬隆，反正他最慘也不會死，可是如果他讓萬隆背負殺人罪，自己死亡，那圈子是不是繞得有點大。」

「如果他敢去死，這代表他認為死亡不是最可怕的，也許活著接受懲罰更殘忍。」

琳俐不認同擺手，「這不是你對洪岱做的嗎？他哪想的到。」琳俐忽然瞪著白子都，白子都無奈但同樣想到的頓頭，「自己害了自己，讓他們活著接受無盡的懲罰，這是你的思路！」

當初子都的毀容，洪岱等的下場，全是這個邏輯，「如果他認為我的想法更狠毒更有效，他會這麼做的。」

「可是死亡的代價會不會太大了。」

子都悵然的搖頭，「他在賭，只有他徹底犧牲自己，對我，或對薄艾來說才會永遠記得他，並且他會變得無可取代，而我不會去破壞這個美好。」子都想起那天的對話，他緊緊咬著嘴唇，直到有疼痛與血腥並生，「這些瘋子，意氣用事的幼稚鬼，值得嗎？」

你們告訴我，值得了嗎？子都眼淚流了下來。

震霍的成功在於，萬隆始終認為他是失手害了自己，而不是震霍根本就是要自殺，子都得知那一刀是直直地朝心臟插進去，他就覺得心口痛。

震霍賭贏了，子都瞬間也不明白從前對他的看不上，他儼然成了一個有情有義的人，再也沒有不好的地方。

用命換的。值得嗎？

警方相信震霍是由於不甘受迫於萬隆，加諸觸法的恐懼，讓他決定脫離萬隆的控制，而兩人在溝通過程中沒有共識，一言不合打了起來，震霍的確先持刀，但萬隆在打鬥過程讓震霍喪失生命。差別只是在，是意外還是故意致命。不會有人相信一個人會拿刀往自己心臟，插下去。

真相從來都不重要，重要的是別人相信的是甚麼。

子都在震霍的靈堂上看著他的照片，俐落的眉毛，倔強的眼睛，已經變得英俊的臉蛋。他手裡握著那張紙條，對震霍說：「我答應你，你會是薄艾這輩子最美好的遺憾，即便是將來有一個勝過你千倍的人，他都無法撼動你的地位，你求仁得仁，可以無悔了。」

旁邊走過來一個女子，表情靜默，滿臉淚痕，她手執香拜了拜，眼眶裡的不捨讓人看了便被她的情意感染。

「你終究不願意放過他。」洪郁說。

「我一直覺得友情是乾淨的感情，無關天生血緣束縛，也不被情慾左右，可是看到妳對他的心思，如果妳能早點因為他變得善良，也許你們會有一個好的結果。」

「別跟我說這種廢話，不管他愛不愛薄芠，你既然把倪子風當作一隻狗，他又會好到哪裡去，你不會允許在自己眼前打轉的人，和我這種被你厭棄的人交往的。」

子都逼近她，笑說：「這是妳的錯，妳心懷不軌吃飽撐著，喜歡無風起浪徒生是非，我告訴妳，我並非原諒妳，只是可憐妳。」

「誰要你得可憐，白子都，我聽說鄭如雪出來指控萬隆殺了他的小孩，讓我猜，你一定為她的未來擔憂吧，而且你也救不了她，因為你不會接受一個殘花敗柳，現在我們都一樣，都是失去摯愛的人。」

子都現在了解了，洪郁認為他喜歡的是如雪，而洪岱相信是甘棠，寧可錯殺不願勿放，於是雙雙陷害，這兩個女人心腸真夠狠。

「不，我甚麼都沒有失去！」子都眨眼，「在我的故事第一頁，我就只有和玉、薄芠和姿靜，三年過去了，她們三個依然好好的在我身邊，我失去甚麼了？我怎麼覺得不過是過去了一千多個日子，人物依舊啊？歲月靜好啊！倒是妳，陰險假詐最後落的一場空，妳真的好可悲。」

他本來是想把這張紙條燒還他的，但現在看來，有一個更好的用途。

他給了洪郁。

震霍是這麼寫的：「如果妳認為我對妳有所感覺，那是一個誤會，希望妳不要放在心上，因為戀愛對我來說，不過是一個可有可無的遊戲而已。」

洪郁一張臉蒼白的宛如將死之人。「不可能，他不會這麼惡毒的，是你，只有你會這麼做。」

「我告訴他，你為了求我放過妳，不惜把一切都告訴我，妳覺得他聽到後會有甚麼樣的感覺。」子都肩膀抖動的笑著，看起來不可抑制。

她跪在黃色的軟墊上，子都面容同情的彎下腰，「妳一定覺得我很壞心吧，妳沒有機會向他解釋了，他到死都會覺得妳好噁心，不曉得他是不是妳初戀呢，不管怎樣，我都希望妳好好記住現在的感覺，不要太快消化了，因為妳要帶著這樣的悲憤，過完妳最年輕的歲月。」

她怒不可遏的扯住他的袖子，「白子都，我恨透你了，我要撕爛你這張嘴，這張臉，我不會放過你的，你不要忘了，萬隆沒有把我和洪岱揪出來，以我們兩個的本事，你以為自己以後真的逍遙自在了嗎？現在你沒有可以威脅我的事了。」

白子都肯定的點點頭，「是呀，他死了，妳反而輕鬆了，不過讓我提醒妳，過去的白子都的確死在你們手上，被你們所殺，值得嘉獎！但今天的江佐，你覺得會害怕妳們這種等級始終沒有提升的蠢物嗎。」

她一鬆手茫然的跌坐在地。她握緊雙拳，發出嗚咽的啜泣聲。

在外人看來，她只是一個情真意切來悼念友人的女孩子。

肉眼所看見的，竟然可以虛假成如此。

子都知道洪郁已經徹底崩潰了。沒想到一個陰險假詐的人最承受不起的竟然是真切的情意！世事還真是弔詭啊。

子都考完最後一科公民，走在靜謐的走廊上，腳步越來越快，下了樓，朝和玉的方向奔跑過去。

「考完啦。」子都哈哈大笑。

和玉接過他的鉛筆盒，替他收拾。「你要怎麼慶祝！」

子都喘了一口氣，坐到了和玉身邊，「我們注定要分開了，未來四年都不會在同一間學校，這麼久以來我們同進同出，一天超過一半時間膩在一起，一想到之後的改變，我就難過。」

「反正我們都會在台北，這樣還是很近嘛。」和玉表情不如說的開朗。

「恭喜你，有心得嗎。」江南從轉角走來。

「我想都在我預期之上，非常順利。」

「這是個參考，我說讓你去國外讀書的事你真的不考慮嗎。」

和玉尷尬的坐立不安，「我去打給薄艾，問她有沒有想到等一下要幹嘛。」

「不用了。」子都拉著和玉，「江南，和玉都跟我說了。」

和玉瞪大眼睛，千想萬想不能想到被子都給出賣啊。

「發生的事改變不了，但和玉、薄艾她們是我年輕歲月最重要的人，即便是哥哥，也不能取代她們在我心中的分量。」
「發生的事改變不了！那我問你，你是白子都，還是江佐？」
「我曾經想改回姓白，畢竟我活了十幾年的白子都，那才是我，可是後來又領略，我早就不是那個通透乾淨的白子都了，白子都不會被某些……人感動，也不會在意骯髒不堪的人，還用盡心計要他們償還罪孽，甚至在過程裡，犧牲了真心待我的人，這些事都是白子都打死都不會做的。」
微風穿過陽光拂在子都身上，他摸了摸自己的臉頰，「既然我已經不是過去大家認為的那個人，又何必大費周章的改回子都，人都會變的，我也接受了。」
江南心疼地搭著他的肩，臉色俊朗。「沒有人是十全十美的，你從來沒主動害過人，這樣就夠了，我倒覺得現在的你好多了，不像以前那個不食人間煙火的白子都，可見啊！經一事長一智。」
子都悶著笑，「那我太聰明了。」
江南向和玉善意的點了頭。
「其實你還漏了一個人，我是要來體醒你今天不是謝師宴嗎。」
「我不會去，眼不見為淨，那些人的悲慘就足夠讓她膽戰心驚了，何況她終究是老師，算了。」
和玉努著嘴說：「她在欺負我們的時候，可沒有記得自己是個老師。」
「和玉說的沒錯，現在你是因為洪岱不能再傷害你了才心軟，可是如果沒有她的縱容，他們不會有恃無恐的一次次傷害你們，你或許可以當作一切都過去了，可是以後呢，也許未來也會有個像過去的你的孩子又要遭她毒手，你的一時心慈，可能又是另一輪憾事的開始。」江南聳聳肩。

子都出現在飯店的時候，過去的牆頭草們，嚼舌根的，都擔心自己也在清算行列。只是子都也明白有時候人會不小心做了小人，如果真的要計較，大概人生也沒有清閒的時候了。

大家才剛開始吃，一堆人搶著拍照紀念，古嬙威竟然自己抓了空找子都說話。

「子都，老師來找你說說話，以後可能沒有機會了。」這樣甜膩而虛假的聲音，現在聽起來好讓人不勝唏噓。

「我也覺得是該聊聊，在老師的班上，我真的受了不少的照顧。」

當著全班的面處罰震霍而輕放他，像讓震霍不平。為了抵銷沈篝的小過先替薄芠銷了愛校，如果子都反對，就等於不顧慮薄芠。打電話嘉獎和玉在子都遭沈篝攻擊時，以身相護，做人父母聽到女兒成了擋箭牌會有何感想……不計其數的挑撥和算計，子都想的都累了。

「我最近恰好得知一件事情，之前老師說教官室主張輕放沈篝，後來又改口說是輔導室主張寬和處理，而教官說要嚴懲。但我和兩處室的老師聊過之後，發現那時候他們皆不能容忍沈篝野蠻的行徑，都堅持嚴懲，沒有輕放的念頭，不知道老師怎麼會聽到不一樣的聲音呢。」

古嬙威小圓形眼鏡後面的眼睛瞇起，片刻才說：「做一個老師不容易，如果人人都像子都你一樣，那麼那個班會如何？」

「人人都獨善其身互不相干更不相害，必然只會井然有序。」
「或許吧，但是那樣老師何必存在呢？很多時候你們年紀太小，不知道社會上的人情世故，你以後會明白老師的用心良苦的。」
子都不敢相信的呵呵笑，和玉她們納悶地看過去。
「用心良苦，老師不是國文系的，是戲劇系的吧，我終究學不會虛假，到了現在老師還在扮演溫柔敦厚嗎。」
「你已經畢業了，我也會離開這間學校，這還不夠嗎。」古嫱威咬牙說。
「當然不夠，聽說老師以前曾在行天宮地下街擺過攤，不曉得有沒有算到今歲有此一劫。」子都輕鬆的說：「我一直認為看不見的，比如死亡，是最好的解脫，所以我不會讓老師現在就走，您和學校簽的約聘還有兩年，我想董事會不會解聘老師的，一直到兩年後約滿為止，在這之前，妳就好好待在學校，我不會花力氣讓新進來的學弟妹知道你的惡行惡狀，以免家長疑慮，但是辦公室的那些老師或許都聽到這些日子以來的風言風語了，妳要怎麼應對這種眼光，那就全看老師的能耐了。」
「大不了我付違約金，那一點錢我不是付不起。」
「千萬不可以。」子都看起來早有預料，「我哥原本要把您的一切作為都交給人本基金會調查，老師不陌生吧，那可是專門調查你們這種失職老師的機構，但是被我阻止了，不過只要老師一申請轉調或辭職，那我哥就會按照原計畫，到時候老師上了新聞……不至於要搞到在社會上無立足之地吧，您也只是一隻腳踏進棺材而已，還有半截身子沒入土呢。」

古嫱威不斷的吸氣吐氣，臉上鬆弛的臉皮不斷顫抖。

「您放心，就當作是兩年的監獄，還給付你薪水，夠寬厚了，您就好好潛心思過，為如雪，為子風，為震霍還有我，多抄寫福報經文，搞這種法術不是老師的本行嗎。」子都從容地起身，悠悠說：「兩年後，不會有人阻止您離開，您如果想也可以留下來，我只是要妳知道，壞事做盡，總該要受報應的。」

「多行不義，必自斃。」子都清淡的笑，償還了他與古嫱威的恩怨。

花漾心計18

其實日子過久了，終於漸漸能明白沒有甚麼是留得住的，也沒有甚麼事該捨不得。攢在手心的愛恨，隨時會如輕煙散去；失去的在峰迴路轉後，也許將在街角相見。人世、生命、情緣，皆是禍兮福之所倚，福兮禍之所伏。都只是循環而已。

一個金髮碧眼的男子拿著日報再看，子都坐在他隔壁，靜靜看著飛往美國的班機時刻牌子一格格往上翻。

琳俐拖著Rimowa銀色行李箱，摘下墨鏡。

「既然來了為什麼不和我打招呼。」琳俐故作生氣。

子都冷冷瞧她，然後嘆息笑著，「我還是沒有原諒妳，可是又恨不了妳，畢竟一起經過這麼多，別人以為妳為達目的不擇手段，是個狠辣的人，但只有我知道妳其實只是要強，不肯認輸，並且在感情上，妳脆弱的不得了。」

琳俐對他身旁的老外勾起俏笑，果然老外笑呵呵的讓出座位。

「我知道我對不起如雪，上個月我和她碰過面，法院裁定——」

子都沒看她。「——那時候妳終究是為了自己和嚴驍著想，才讓她別無選擇，琳俐，但到頭來妳是一場空，妳後悔嗎？」他白色格紋狀的運動外套敞開，胸膛微微起伏。

「人生要後悔的事太多了，後悔該愛不去愛，後悔愛上不該愛。」琳俐吸了一口氣，「子都，可是我別無選擇，為了他成為壞人我不後悔，現在也一樣，我完全理解你始終不能原諒我的心情，可那是因為你不知道當你愛上一個人，你寧可放棄自己對不起全天下，你都不會對不起他。」

子都靠緊椅背，神思飄進舊日時光。

「我真的不能理解。洪郁因為震霍徹底認輸，痛徹心扉；震霍為了求薄艾心中小小的難以忘懷，情願離開。我想不透啊？如果是我跟和玉這樣情意互通的朋友為彼此犧牲，那還算合理，可是你們……並不是彼此深愛，單向的愛戀就足以讓你們義無反顧嗎。」

琳俐苦澀的抿了嘴，「雖然不合理，可是卻很真實，你想想，愛情可以讓一個朝代顛覆，合理嗎？愛情可以讓人生，也讓人死，我們太渺小了，在愛情面前，我們永遠無可奈何。」琳俐起身，妝容完美的臉龐彷彿撒了亮粉，一雙看透人魂的眼炯炯直視他，「你沒有真正愛上過一個人，你太幸運了！等到有一天，你愛上一個人卻得不到的時候，你大概也會變得跟我們一樣？又或許如果是白子都，可能會和世界上所有人都不一樣吧。」琳俐笑了，笑出一個天真的神情，子都從來沒有見過的。

琳俐挺直離去背影，被越來越多的人擋住。

和玉她們喊了子都的名字。揮舞著雙臂。

薄芝勾著和玉，揚起嘴笑著，她的笑容是最有感染力的。姿靜長長柔髮披在肩上，目光輕柔，這些年她雖不像和玉時刻黏在子都身旁，可是默契始終存在，你若需要我，抬首便能看見我在你面前。

薄芝賣力地招他，「你再不過來，我要過去找你了。」永遠的行動派，想要的就伸出手抓，說來有趣，最後她緊緊握住的不是自由，而是和子都這份纏繞難捨的情誼。明明是最怕受縛的人。

子都邁開步伐，眼神堅定的朝她們走過去。

他慎重的凝視她們，單膝跪地，捧出一個暗藍色絨布的珠寶盒。

「不論生老病死，貧窮或富貴，美麗或醜陋，善良或邪惡，也無論未來生活是好是壞，妳願意始終不離不棄，看在青春的面子上，永遠跟我站在一起嗎？」

薄芝把他拽起來，「白子都，你有沒有這麼猛啊。」

「妳願意嗎？」白子都昂首看她。

薄芝笑了一口氣，皺起眉頭，笑出來：「我願意。」

子都像拆糖果打開盒子，拿出一枚閃耀的黃金圓圈，像是咕嚕超愛的純金魔戒。那是子都用他收到的黃金方磚融造的。

他抓著薄芝手指，薄芝忽然阻止，子都垂下嘴角，見她拗了無名指，不讓子都戴到底，笑說：「可以幫我戴上了。」

子都又重新單膝跪下，姿靜像看著一個頑皮的孩子搖頭。

子都深情款款，足以讓所有女孩傾心的說：「妳愛，或者不愛我，愛就在那裡，不增不減。妳跟，或者不跟我，我的手就在妳手裡，不捨不棄。所以，趕緊說yes妳願意！」子都瞪了一個對他拍照的路人。

「真受不了你，就從沒見你安分過。」薄芠撞了姿靜肩膀。她笑：「我當然願意啊。」她接過子都的戒指，自己戴上。

和玉不斷吸氣，她哽咽的說：「我準備好了，快，我可以，來。」

子都站了起來，拿出最後一枚戒指，「我只準備兩套台詞，所以妳直接決定Yes or No?」

和玉像被嚇醒，「what?」

子都搭起她的手，把戒指在她眼前轉轉，表示給她考慮時間。戒指緩緩的套進她無名指，牢牢的套住時，他說：「請記得終生至死不渝，直到地球爆炸，謝謝。」

「我願意。」和玉抱著他大哭。

姿靜和薄芠張開雙臂，加入緊緊相擁。

《花漾心計》完

青春文學01　PG1543

要有光 FIAT LUX

花漾心計

作　　者	明星煌
責任編輯	喬齊安
圖文排版	周妤靜、杜心怡
封面設計	王嵩賀

出版策劃	要有光
製作發行	秀威資訊科技股份有限公司 114 台北市內湖區瑞光路76巷65號1樓 電話：+886-2-2796-3638　傳真：+886-2-2796-1377 服務信箱：service@showwe.com.tw http://www.showwe.com.tw
郵政劃撥	19563868　戶名：秀威資訊科技股份有限公司
展售門市	國家書店【松江門市】 104 台北市中山區松江路209號1樓 電話：+886-2-2518-0207　傳真：+886-2-2518-0778
網路訂購	秀威網路書店：http://www.bodbooks.com.tw 國家網路書店：http://www.govbooks.com.tw
法律顧問	毛國樑　律師
總 經 銷	易可數位行銷股份有限公司 地址：231新北市新店區寶橋路235巷6弄3號5樓 電話：+886-2-8911-0825　傳真：+886-2-8911-0801 e-mail：book-info@ecorebooks.com 易可部落格：http://ecorebooks.pixnet.net/blog

出版日期	2016年9月　BOD一版
定　　價	360元

Printed in Taiwan

國家圖書館出版品預行編目

花漾心計 / 明星煌著. -- 一版. -- 臺北市 : 要有光, 2016.09

面 ;　公分. -- (青春文學 ; 01)

BOD版

ISBN 978-986-91655-7-0(平裝)

857.7　　105008795

讀者回函卡

感謝您購買本書，為提升服務品質，請填妥以下資料，將讀者回函卡直接寄回或傳真本公司，收到您的寶貴意見後，我們會收藏記錄及檢討，謝謝！
如您需要了解本公司最新出版書目、購書優惠或企劃活動，歡迎您上網查詢或下載相關資料：http:// www.showwe.com.tw

您購買的書名：________________________________

出生日期：________年________月________日

學歷：□高中（含）以下　□大專　□研究所（含）以上

職業：□製造業　□金融業　□資訊業　□軍警　□傳播業　□自由業
□服務業　□公務員　□教職　□學生　□家管　□其它______

購書地點：□網路書店　□實體書店　□書展　□郵購　□贈閱　□其他

您從何得知本書的消息？

□網路書店　□實體書店　□網路搜尋　□電子報　□書訊　□雜誌
□傳播媒體　□親友推薦　□網站推薦　□部落格　□其他__________

您對本書的評價：（請填代號　1.非常滿意　2.滿意　3.尚可　4.再改進）

封面設計____　版面編排____　內容____　文／譯筆____　價格____

讀完書後您覺得：

□很有收穫　□有收穫　□收穫不多　□沒收穫

對我們的建議：________________________________

____

____

____

請貼
郵票

11466
台北市內湖區瑞光路 76 巷 65 號 1 樓
秀威資訊科技股份有限公司 收
BOD 數位出版事業部

(請沿線對折寄回，謝謝！)

姓　名：________________ 年齡：________ 性別：□女 □男

郵遞區號：□□□□□

地　址：________________________________

聯絡電話：(日)________________ (夜)________________

E-mail：________________________________